赵琳娅◎著

行走于20世纪的美国文学长廊

20世纪美国小说精华阐释

经济管理出版社
ECONOMY & MANAGEMENT PUBLISHING HOUSE

图书在版编目（CIP）数据

行走于20世纪的美国文学长廊——20世纪美国小说精华阐释/赵琳娅著. —北京：经济管理出版社，2017.8

ISBN 978-7-5096-5277-0

Ⅰ.①行… Ⅱ.①赵… Ⅲ.①小说—文学欣赏—美国—20世纪 Ⅳ.①I712.074

中国版本图书馆CIP数据核字（2017）第196868号

组稿编辑：杨　雪
责任编辑：赵喜勤
责任印制：黄章平
责任校对：董杉珊

出版发行：经济管理出版社
（北京市海淀区北蜂窝8号中雅大厦A座11层　100038）
网　　址：www.E-mp.com.cn
电　　话：（010）51915602
印　　刷：北京玺诚印务有限公司
经　　销：新华书店
开　　本：720mm×1000mm/16
印　　张：12.5
字　　数：206千字
版　　次：2017年9月第1版　　2017年9月第1次印刷
书　　号：ISBN 978-7-5096-5277-0
定　　价：46.00元

序

美国文学的历史不长，但在世界文学史上占据突出的地位，对世界文学产生了巨大的影响。作为美国文学最重要的组成部分——小说，其成就更为突出。然而，也许我们的视野依然停留在19世纪或20世纪之初的文学，但不知不觉间，整个20世纪也已画上句号。20世纪的后50年，美国国力如日中天，颇似我国盛唐之时，为文化艺术的繁荣奠定了社会基础，而20世纪的美国小说更是以新的主题和新的风格极大地丰富了小说创作。20世纪是小说的时代，以往任何时期和任何工具都没能像小说那样充分地表达20世纪的生活。

20世纪堪称美国文学史上的“黄金时期”，同时也可以说是又一次“文艺复兴”。这一时期，现实主义、自然主义和现代主义形成了多元并存的局面，促进了现代美国文学的空前繁荣。20世纪美国小说内容庞杂，手法多变，风格奇特，各种小说流派的创作倾向花样繁多，层出不穷，大小若干流派并存于一个时期的小说创作之中。这正充分反映了美国文学由于地区差异、民族文化传统差异和好奇求新的社会心理影响而形成的多样性、复杂性的总特点。

20世纪初，第一次世界大战使战争的硝烟久久笼罩在人们的心头。美国新一代青年对社会、世界甚至人类产生了一股茫然不知所措的悲观失望情绪。新的社会意识和复杂的思维动摇、削弱了传统的现实主义，从欧洲大陆传播来的“意识流”、“象征主义”、“未来主义”等思潮直接影响了20世纪20年代美国的小说创作，一些作家崭露头角。以海明威为代表的“迷惘的一代”文学就是典型。20世纪40年代末，第二次世界大战对人类精神的摧残，使美国人民对现存道德标准和人生观念开始怀疑，广大美国人民尤其是中产阶级知识分子产生了“人的道德何在，人的价值何在”的疑问，这促使人们去观察、去思索。于是作家开始注重描写和刻画人类的精神世界，“心理小说”应运而生。主人公往往是受到战后社会风气感染的“反英雄”形象。在20世纪50年代初期，由于社会上盛行的政治迫害，造成了“沉默的五十年代”。一部分年轻人出于对虚假的现实的反思，发起叛逆和挑战，出现了“垮掉的一代”的文学。第二次世界大战以后，美国先后发动朝鲜战争、越南战争等一系列政治事件，深深影响到美国人的心理和精神状态，反映到小说创作中则出现了黑色幽默、荒诞派小说、反现实主义小说、存在主义小说等。20世纪末，美国的小说创作步入发展期，新现实主义小说、科幻小说成为主流。

20世纪的美国小说所折射的当时美国社会的方方面面，在很多方面正是当下中国的写照，对今天的社会和读者都具有更深刻的阅读意义。20世纪美国的社会、政治、经济、精神、道德等方面的点点滴滴都记录在了那些小说作品中，是今天我们英语学习者深刻了解美国社会和文化的最好阅读资料。通过阅读20世纪的美国小说，读者能更好地理解自身所生活的时代和社会特点。

本书按照时间顺序和文学发展的阶段性分别论述与探讨了20世纪的美国小说发展状况，主要对那些极具代表性的小说进行个人性的阐释。全书分四个章节：第一章首先简要论述了20世纪初美国小说的发展状况，并重点选取了这一时期最具代表性的五本小说加以论述；第二章首先简要论述了两次世界大战之间美国小说的发展状况，并重点选取了这一时期最具代表性的五本小说加以论述；第三章首先简要论述了“二战”至20世纪60年代美国小说的发展状况，并重点选取了这一时期最具代表性的五本小说加以论述；第四章首先简要论述了20世纪70年代以后美国小说的发展状况，并重点选取了这一时期最具代表性的五本小说加以论述。需要说明的一点是这些作家都是本人根据自己的理解选定的。

本书可供大学生和广大英美文学爱好者学习英美20世纪小说历史、提高文化品位和审美修养之用。

前　言

1914 年 7 月，第一次世界大战爆发，战争由两个帝国主义集团进行，一方是由英、法、俄组成的协约国，另一方是由德国与奥匈帝国组成的同盟国。战火燃起后，美国国内的反战情绪高涨。美国人是听信威尔逊总统充满理想主义色彩的宣传而加入到战争中来的。他们并不理解为何而战。为了动员全国人民投入战争，威尔逊总统试图赋予美国参战以道义的和利他主义的含义，用强烈而真纯的民主政治的字眼来描绘干涉。他将美国参战说成是“为和平而战”，将战争描绘成“为结束一切战争而进行的战争”，许多美国青年怀着满腔的爱国热情走上前线，这就是为什么他们在认清这场帝国主义战争的本质之后会感到精神幻灭的原因。他们并非冲动好战，而且战争与他们切身利益的关系也不像欧洲人民那样直接，可以说他们更多的是在为信念而战，所以当他们发现自己受了欺骗，无论他们在物质上的损失与他人相比多么微不足道，但这种心灵上的创伤是极其深刻的。

第一次世界大战是美国自 1861 年以来参与的第一次大规模战争。这场战争对美国产生的巨大影响与美国的参战时间和所付出的代价是不成比例的。战后，对于战争极端憎恶的情绪在美国十分普遍。参战的青年人在看到巴黎和会上玩世不恭的各国政客们争吵不休和讨价还价时，产生了深深的被出卖的感觉。他们通过自身的经历发现，这场战争并不像威尔逊在参战演说中所鼓吹的那样，是“为了捍卫民主、为各国带来和平和安全、在这个世界中确保民主的生存”，他们在战争中见到的只是屠杀和死亡。作为美国人，他们的厌战情绪又比别国人民多了一层内容，那就是他们觉得自己受到了欺骗而被卷入了一场本来不属于他们的战争。他们认为，这场战争是欧洲各国的一场混战，美国被卷入其中仅是替欧洲做了一件它不论从道德持久力，还是从人力物力方面都无法完成的肮脏事情。为这样的战争而牺牲一批最优秀的年轻人的生命是毫无意义的，甚至是可耻的。战争对知识分子造成了更为深刻和持久的精神创伤。这场战争使他们看到了曾令他们引以为荣的欧洲文明的破产，战争暴露出来的资本主义文明的虚妄本质使他们产生了欧洲文明该往何处去的困惑。曾为他们的父辈所珍视、所恪守的一些传统价值观念在这场战争中被无情地摧毁了，他们感到个人与社会之间出现了无法弥合的缝隙。旧的体制已经被摧毁，而新的体制又尚未建立，他们处于一种孤立的境地。于是，迷茫、失望便成了笼罩整个20年代的情绪。

20世纪堪称美国文学史上的“黄金时期”，同时也可以说是又一次“文艺复兴”。这一时期，现实主义、自然主义和现代主义形成了多元并存的局面，促进了现代美国文学的空前繁荣。这一时期的小说创作主旨虽然是现实主义，但不同的作家在创作实践中却呈现出各自的特色。

这一时期的小说创作呈现出以下几种倾向。首先是两种现实主义小说。这方面的主要代表是亨利·詹姆斯，他的创作继承了19世纪的高雅“现实主义”传统，擅长描写美国东部有闲阶级男女的心理。他的作品描写的民主思想浓厚、独立性强、天真无邪、不拘虚礼但又有些我行我素的美国上层妇女形象，始终被视为美国文化产物的典型。与这种创作倾向截然相反的是乡土小说和反映农民心声的作品。其次是乡土作家和幽默小说。这方面的代表作家是欧·亨利。他的短篇小说篇幅精练，以情节取胜，一般以写小市民生活为主，充满了蕴含同情的幽默和诙谐之特色。尤其是那些出人意料的结尾和“情理之中、意料之外”的谋篇布局手法更是频频令读者拍案叫绝。再次是“黑幕揭发者”与厄普顿·辛克莱。从19世纪90年代开始，一批以揭露资本家穷奢极欲和政府丑闻为主要内容的暴露文学曾一度发展到高峰。其中以厄普顿·辛克莱的《屠场》最有影响力。最后是自然主义和现实主义的交织。这一时期美国文学的一个重要成就在于出现了一批既具有现实主义倾向同时又受到欧洲自然主义哲学和文学思潮影响的作家。他们所描写的往往是一些没有文化、出身贫寒的下层人民和社会渣滓。

第一部显示出决定论哲学倾向的作品是斯蒂芬·克莱斯的中篇小说《街头郎梅季》。杰克·伦敦同时受到马克思主义、尼采的超人哲学和斯宾塞的社会达尔文主义的影响，这些均反映在他的主要长短篇小说中。他的写作风格粗犷而刚劲有力，人物性格常常在激烈的矛盾冲突中得到展示。西奥多·德莱赛运用巴尔扎克写典型、写细节的手法，成功地再现了他那个时代大城市中的社会生活和典型人物，场面比较广阔，含义比较深刻。他虽然揭露了资产阶级社会尔虞我诈、弱肉强食的现象，但又塑造了一批随波逐流、任性纵欲的主人公。辛克莱·刘易斯是美国第一个获得诺贝尔文学奖的小说家。他的小说多以讽刺手法揭露美国资产阶级社会的丑恶现象和矛盾。作为美国中产阶级的代言人，虽然他的作品从某些侧面揭露展示了资产阶级社会的矛盾和黑暗，但他的视野从未超越中产阶级。约翰·斯坦贝克的创作继承了现实主义传统，力求真实地反映出现实生活的本质。他的作品大多以描写加州下层劳动人民的生活为主，充满了对小人物的深切同情，洋溢着浓厚的乡土气息。代表作《愤怒的葡萄》同时也是20世纪30年代美国文学界最重要的作品。斯坦贝克十分重视写作技巧，无论是从情节安排到人物刻画，还是从遣词造句到人物语言，他都精心筹划，独具匠心。他尤其重视从下层人民的口语中汲取营养，加以提炼，形成了个性化的、富有乡土气息的、色彩明亮的文学语言。

目　录

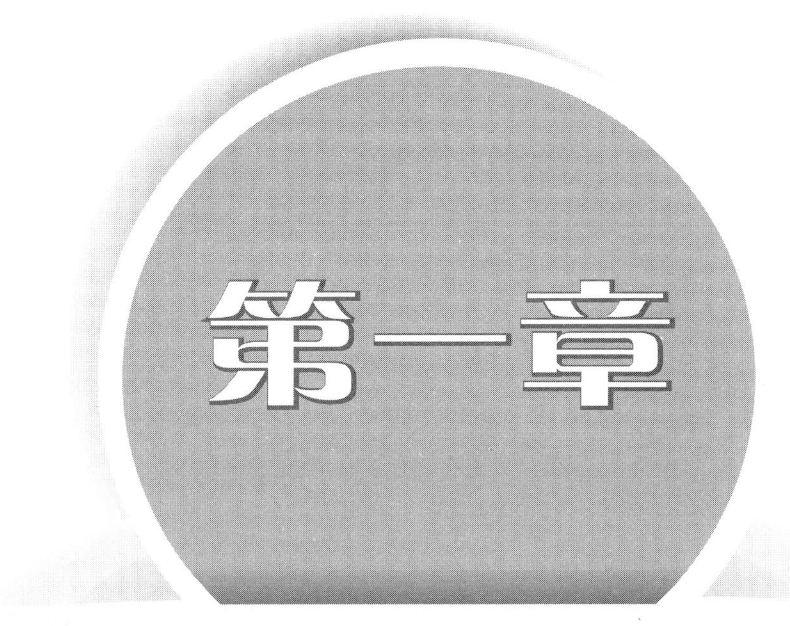

第一章

20世纪初的美国小说

19世纪末到 20 世纪初，是美国资本主义向垄断资本主义发展的时期。具有 19 世纪优秀的浪漫主义和现实主义传统的美国小说，伴随着美国社会的这一演变踏进了 20 世纪的门槛，在丰富的民族传统和社会土壤的培育下，形成了 20 世纪初期绚丽多彩的创作盛景，不但产生了一大批杰出的小说家和优秀的作品，而且在形成美国民族文学独特的风格和众多的流派上起了巨大的作用。从整个美国文学发展历程看，它是继 19 世纪 30~50 年代的浪漫主义高潮和 70~90 年代的现实主义高潮之后的第三个高潮。

20 世纪初首先涌现了一批优秀的现实主义作家，其中有西奥多·德莱赛、杰克·伦敦，随后又现出舍伍德·安德森、辛克莱·刘易斯、欧内斯特·海明威、司各特·菲茨杰拉德、威廉·福克纳、约翰·斯坦贝克、多斯·帕索斯等。他们当中的好几位获得过诺贝尔文学奖，使美国小说一跃成为世界文坛的一支劲旅。

第一次世界大战以后，美国新一代的青年对社会和世界产生了一种茫然的失望情绪，新的社会意识和人们思维的复杂化，加上从欧洲大陆传播过来的“意识流”、“象征主义”、“未来主义”、“超现实主义”等新思想的直接影响，一股新的文学潮流开始在美国形成。以海明威为代表的“迷惘的一代”和以福克纳为代表的“南方文学”是其中最主要的流派。此外，还有以厄普顿·辛克莱为代表的“黑幕揭发运动”。

司各特·菲茨杰拉德被誉为 20 世纪 20 年代的代表人物，“爵士时代”的“桂冠诗人”。他既站在 20 年代之中，又站在 20 年代以外，描述了“迷惘的一代”青年的雄心、成功、失败和痛苦。其代表作《了不起的盖茨比》形象地刻画了美国青年在“美国梦”破产时的心理。欧内斯特·海明威和多斯·帕索斯参加战地救护队，亲身经历了第一次世界大战。他们关于战争的小说反映了士兵对战争的厌恶以及幻想的破灭。托马斯·沃尔夫并没有参军作战，他的小说反映出一种孤立感和世纪末的病态及愤怒。在“黑幕揭发者”集团成员中，最有名的是新闻工作者林肯·斯蒂芬斯和小说家厄普顿·辛克莱。南方小说具有鲜明的地方色彩，呈现出一幅美国南方社会兴亡盛衰的通俗历史画卷。尽管是描写过去的时代，尽管不无神秘、虚幻、痛苦的感情色彩，但南方小说自从30年代福克纳创建以来一直拥有广泛的社会影响。

现代美国小说是世界文学的后起之秀，西奥多·德莱赛等作家以丰富的创造力，继承过去的传统，照亮了未来的道路。他们的作品所勾勒的社会画面的广度和深度，以及创作手法上的创新与成熟，使现代美国小说成为美国文学的一个高峰。《嘉莉妹妹》是美国小说史上一部划时代的作品。它突破了维多利亚式的、豪威尔斯式的胆怯与高雅传统，打开了通向忠实、大胆和生活激情的天地。《美国的悲剧》是德莱赛最著名的长篇小说。他用自己毕生的努力使美国的现实主义在继承19世纪以马克·吐温为代表的优秀传统的基础上，形成了更加深刻、更加完备、更具有强烈的时代色彩的体系，在30年代终于把美国新现实主义文学推向了一个空前未有的高潮。

舍伍德·安德森在美国20世纪文学史上树立声誉的则是1919年出版的短篇小说集《俄亥俄州瓦恩斯堡镇》（又译《小城畸人》）。维拉·凯瑟（1873–1974）是美国20世纪前半期一位有才华的女作家，她的作品以富有浓郁的中西部边疆乡村气息和刻画深邃的精神世界著称于世。1900年，杰克的第一部短篇小说集《狼的儿子》出版。杰克在这部作品中所表现出的现实主义和粗犷有力的风格，确实为现代美国短篇小说揭开了一个新纪元。

20世纪初，由于美国社会日益腐败，政府与大财团勾结，徇私舞弊事件不断发生，政治丑闻、经济丑闻和生活丑闻成了人们极为关心的问题。一批小资产阶级出身的正直、进步的新闻记者和作家就担负起揭发这些丑闻的责任。这场专事暴露社会黑暗内幕的文学运动被称为“黑幕揭发运动”，而从事这方面写作活动的作家被称为“黑幕揭发者”。其中最有名的是林肯·斯蒂芬斯（Lincolon Steflens，1866–1936）和小说家厄普顿·辛克莱（Upron Sinclair，1876–1968）。辛克莱的第六部长篇小说《屠场》出版，才使他真正成为“黑幕揭发者”集团的代表作家。

第一节
一次对传统道德的挑战——《嘉莉妹妹》中的消费主义分析

一、作品概述

西奥多·德莱赛（1871–1945）是 20 世纪美国文学史上第一位杰出的作家，也是美国现代小说的先驱，更是美国杰出的自然主义作家之一。在 19 世纪的美国社会，一股强劲的“自然主义”之风冲击了文坛。作为注重环境描写的文学流派，自然主义文学特别强调客观环境对人物性格命运的决定作用，强调环境决定人物，决定人性善恶，决定人的本质属性。1900 年，德莱赛发表了他的第一部长篇小说《嘉莉妹妹》，这也是他自然主义思想最具代表性的作品。

故事发生在 19 世纪 80 年代末和 90 年代初的芝加哥和纽约。小说主要围绕女主人公嘉罗琳·米贝（嘉莉）和赫斯特伍德展开。嘉莉出生在芝加哥附近的农村。她家境贫寒，但她虚荣心很强，向往城市的富裕生活，较为典型地代表了当时一心想往上爬的美国下层人民。然而，她到了芝加哥后马上就成了失业大军中的一员，陷入贫困和疾病的泥潭。这时，嘉莉意识到贫富的极大差异性：一方面是贫困潦倒，另一方面是朱门酒肉臭。依靠做工获得她幻想的幸福是不可能的了。于是她先后成了青年推销员杜洛埃和酒店经理赫斯特伍德的情人。后来，她在纽约偶然成了一位名演员，挤入了资产阶级的“上流”社会。这时的嘉莉发现她原来梦想的生活并不是那么诱人了，相反，她觉得自己非常空虚和无聊。德莱赛在小说中还刻意描写了赫斯特伍德。他是美国上层社会的一员。在物质上，他过着优裕富足的生活，但在精神上，他却是个十足的贫困儿。他与妻子和子女缺乏

交流，没有感情。因此，他遇到嘉莉后立即“感觉到她的青春与朝气……感到神清气爽，好像在烈日炎炎的夏季突然吹过一阵清凉的春风”，并对她倾心相爱。与嘉莉的性关系被发现后，他受到舆论的指责，因此而身败名裂。

赫斯特伍德本是一个令人瞩目的上层人物，圈子广阔，朋友众多，因为自身的才华与魅力，很受人敬仰。按理说，他本该体体面面地享受着自己的人生，却毁在了情欲之上。嘉莉的出现，晕眩了他的眼睛，爱情是自私的，他不惜背叛朋友，迫不及待地要把朋友的情妇变成自己的情妇。但谁都不是省油的灯，他虽然做得精巧、隐蔽，却依然逃不过旁人的眼睛，他的暗度陈仓，注定了会有东窗事发的一天。妻子因为愤怒，封锁了他的财产，并通过律师提出离婚诉讼；杜洛埃因为气愤，揭了他已婚的老底；而嘉莉，因为知晓了他的虚伪，决定与他决裂。他几乎要被逼疯了，不惜铤而走险，卷走巨款；继而要用手段，骗取嘉莉，与其一起私奔。被侦探找到，为了不被起诉，归还了绝大部分钱款。爱，竟然会让一个如此聪明的人这么疯狂。而疯狂，是注定了要付出巨大代价的。他带着心爱的人四处奔逃，如同丧家之犬，狼狈万分，往日的风光不再。他并不想沉沦，为了东山再起，他确曾十分努力，但生活是残酷的，好运不会一直对某一个人特别惠顾，尤其是像他这样丢了基业又有了一定年纪的人，他注定要失败。折腾了三年他破产了，几经碰壁之后，空想、抱怨、沉沦成了家常便饭，嘉莉离开了他。他成了寄生虫，凄凉地挣扎，苟延残喘。终于在一个寒冷的冬天，因为不堪忍受生存的折磨，在贫民窟里用煤气了结了大起大落的一生。

二、迷失于消费社会的虚假表象中

南北战争后，经过近半个世纪的发展，美国资本主义工业生产获得突飞猛进的发展，巨大的社会财富得以积累，过剩的工业产品急需最大限度地刺激消费，以便扩大再生产。于是到19世纪末20世纪初，美国社会那种与传统的农业生产相适应的倡导勤俭节约的生产型社会状况，逐渐向新型的满足进一步扩大生产需要的消费型社会转变，进而鼓吹消费、刺激欲望。

在这种背景下，人们很容易被消费社会制造出来的虚假需求所欺骗。赫伯特·马尔库塞评论称虚假需求是社会某种利益施加给个体的。这种虚假需求包括社会普遍需求中的大部分，如对于休闲的需求、娱乐的需求、根据广告推荐进行的购物和肢体反应、随大溜来决定自己的喜好等。这样的需求“具有一种社会内容和功能，由外界力量所操控，而个人对此毫无掌控力”①。嘉莉妹妹在追求名气、地位和金钱的过程中也被这种虚假需求控制了。她把舞台上的掌声、金钱和绚丽的服装认定为成功的代名词。

在嘉莉妹妹对华服的向往中，服饰的两种功能表现出了激烈的冲突，同时也表现出了相互影响的趋势。服饰成了躯体的一个元件，一个进行价值交换的社会元件，这种价值交换里面包含了个体在社会等级机制中的地位。服饰的丧失或降级具有使人的价值迅速降低为零的危险性。彼得·斯塔利布拉斯在《马克思的外衣》一文中提出了物品的拜物性及商品拜物教两个概念，前者指的是个体或集体赋予了物品重要的甚至神圣的对于个人或者集体的意义，后者指的是从物品中抽象出来价值，并且在评估该抽象价值的过程中将其上升到了经济的层面②。从本质上讲，前者体现、物化个体，后者抹去个体的存在。其实，服饰首先传达的是其金钱价值和歧视性比较，其次传达了个体和主体性的概念。当人们拥有自己的大衣并穿在身上，就觉得可以把握自己的存在，即使自己对于过去和未来积虑重重。人们就是以诸如服饰、寝具、家具等物品为原材料加工了一个人生，它们都是辅助材料，一旦失去，个体就不复存在。德莱赛在该小说的开头部分介绍杜洛埃的时候就引入了一个没有华服就没有存在的逻辑：“让我来描述他这种人能讨人喜欢的举止和手段有哪些最突出的特点吧，以免我们错过了这一次，以后再也碰不到这种人了。首先当然是鲜亮的衣装，这是必不可

① Marcuse Herbert. One-Dimensional Man: Studies in the Ideology of Advanced Industrial Society [M]. 2nd ed. London: Routledge, 2002.

② Elahi Babak. The Fabric of American Literary Realism: Readymade Clothing, Social Mobility and Assimilation [M]. Jefferson: McFarland & Company, Inc., Publishers, 2009.

少的，否则，他可就一钱不值了。”① 这句话指出了服饰的重要性，没有了精致的服饰，一个人的社会存在就烟消云散。这对于赫斯特伍德来说尤其适用。小说接近尾声的时候，赫斯特伍德问一位身着制服的警察他应该去哪里才能找到工作，这个场景之所以重要，一部分就是因为它体现了“没有华服就没有存在”的逻辑，落魄潦倒的赫斯特伍德此时已经丧失了在社会中的身份。当蓝衣警察告诉他在办公室那边台阶上面时，这位警察的脸色并没有显露任何偏袒，可是在他的内心深处，他同情罢工工人，憎恨眼前这个“工贼”。在他的内心深处，他同时感受到了维持秩序的警察的尊严和作用。对于这一职责的真正的社会意义他从前做梦也不曾想过，他没有那个头脑。这两种感情在他脑海中搅缠在一起——互相抵消，使他中立。他可以奋力保护眼前这个人，就像保护自己一样，然而他只能维持秩序；脱掉这身制服，他就会毫不犹豫地表明自己的立场。这段文本体现了在社会和意识形态领域服饰的重要性。正是警察身上的制服展示并物化了这个警察的社会地位和政治地位。

后来赫斯特伍德找到了一个工贼的职业，他衣衫褴褛，睡在肮脏不堪的毯子里，这时候的赫斯特伍德只剩下了躯体的存在。没有了金钱，他只能在列车码头里面过夜，曾经那个西装革履的赫斯特伍德已经变成了被破布包裹得模糊不清的形象。因此，在《嘉莉妹妹》的故事中，不仅存在“没有华服就没有存在”这种逻辑，也存在服饰到零存在的变迁。嘉莉妹妹评价人的标准正是依据上面提到的服饰可以体现个体和主体性这个观点。她很注重自己的美貌，很能领会人生中美妙的乐趣，渴望获得物质上的享受，而且她还异想天开地梦想着某种模糊而遥远的至高无上的力量，去征服那座城市。在她尚未对芝加哥这个大城市有充分了解之前，她脑海里就在勾勒这样的画面了：一个成功人士必须是穿着体面，住在高档公寓，经济来源稳定。这些就是她对于杜洛埃和赫斯特伍德是否有价值的评价标准。

在去往芝加哥的火车上，推销员杜洛埃试图向嘉莉示爱，嘉莉很谨慎

---

① 西奥多·德莱赛. 嘉莉妹妹［M］. 王克非，张韶宁译. 南京：译林出版社，2000：36.（本节以下引自该书的内容只标注页码。）

地在私下里仔细地观察他。对她来说，男人可以根据一种穿衣哲学来划分不同层次，这种哲学也为大多数女人所熟知。男人的衣装上隐约有一条说不清道不明的界限，为女人区别出什么穿着的男人值得关注，什么穿着的男人应该不屑一顾。杜洛埃显然符合值得关注的那一类，他当时穿着一套崭新的西装。外衣袖口露出一截亚麻衣袖，也是白色间粉红条纹的，扣着黄灿灿的镀金大袖扣，袖口上嵌着一条精致的金表链，链子上还挂着共济会那神秘的会徽。整套衣服穿在他身上有点儿紧绷绷的；他脚下配的是一双厚跟的棕黄色皮鞋，擦得铮亮；头戴一顶灰色浅顶软呢帽。相比之下，嘉莉当时却因为她的简朴衣着而羞愧。这种自卑恰恰暗示了她性格中同样存在着很强烈的无价值感。就这样怀着对城市生活的美好憧憬，当杜洛埃给她讲述芝加哥的魅力时，她很快被他吸引住了。

嘉莉刚到芝加哥的时候，听从别人的建议去百货商场寻找工作。但是在那里，敏感的嘉莉感觉到了商场销售女孩对她的评头论足，羞愧难当。她对于华服的憧憬是如此强烈，因此当她生病失去了工作，连过冬的衣服都没有，她的姐姐米妮和姐夫对她毫无任何同情帮助时，她转身投入了杜洛埃的怀抱，尽管她的良心告诫她是不应该这样做的。回家显然不是她期望的，因为她强烈地向往变成跟那些衣着华美的女演员一样出名和成功。

她对于赫斯特伍德的价值判断简直与对杜洛埃的评价如出一辙。当杜洛埃没有表明想要立即迎娶嘉莉妹妹并且还很不体贴的时候，嘉莉有了强烈的身份危机，在赫斯特伍德那里她感受到了更好的理解和支持。除此之外，赫斯特伍德地位还更好，比杜洛埃穿着也更得体高档。赫斯特伍德那簇新的衣服格外华丽。外衣翻领的硬度刚刚好，看得出是优质的衣料。外衣里面是华丽的苏格兰呢马甲，钉着双排扣珍珠色圆纽扣。他的衣着虽然不如杜洛埃抢眼，但嘉莉看得出，那衣料却是十分雅致的。正是深受这种“没有华服就没有存在”逻辑的影响，嘉莉妹妹也热切渴望把自己从头到脚打扮得高贵华美。其实她刚来到芝加哥时，这种愿望就已经在她心里熊熊燃烧了起来，那时候的她已能强烈地感受到内心对于新颖夺目的华服的渴望。当她穿上花杜洛埃的钱买的新衣服时，她觉得自己简直是美极了，而且浑身充满了某种力量。这种力量就是感觉自己已经符合了当时流行标准

时的安全感，她感觉自己已经摇身变成了一名上流社会的淑媛。她确信有了这样的衣服，再加上一份工作，她肯定能有自己的立足之地和名誉。

如上所说，服饰具有一种物质和个体化的拜物力量，能够传达过去和身份。但是，这只是拜物教的一个方面——用斯塔利布拉斯的话来说就是拜物主义，即物品体现个人价值。伊拉希说这种拜物教或拜物主义会被消费拜物教或商品拜物主义所吞噬，换句话说，消费拜物教使得个体身份的物质性被转换成了非物质价值，因此个体有被抹杀为零价值的风险。一个个体因而有了和物品相同的命运。如果一个人推翻了消费和展示的平衡性，他或她的命运就如同经历了拜物主义到商品拜物主义转换的物品一样：此人的价值会被抹杀，变得分文不值。在赫斯特伍德身上，这种抹杀是表面和生理层面的；在嘉莉妹妹身上，则是符号和社会层面的。对于嘉莉妹妹来说，尽管她获得了华服——满衣柜的衣服——但是她在得到这些的同时个体也被转化成了一个抽象的价值。一方面华服具体体现了她的价值，另一方面她的个体却被抽象成为这样一种价值：她变成了去看戏剧演出的观众眼中一种崇拜欣赏的商品。最初嘉莉妹妹在跟舞台上其他女演员比较的时候发现她们享有特殊待遇而且拥有言听计从的观众，但那时她的价值是不值一提的。后来虽然她获得了这种特殊待遇和言听计从的观众，但却在不知不觉中被抽象转换成了“无价值”，通过物品展示的个体价值又变成了隐形的，因为她的价值已经变成了非物质层面的：她对于戏院来说是一个广告，对于居住的旅馆来说是一个招牌。美国新发展起来的百货商场的城市空间对于嘉莉所处的社会位置来说是一个生动的展示，她处在物质价值和抽象价值之间，在华服和无价值之间，在时尚建构起来的个体和商品拜物教抹杀的个体之间。

当嘉莉对于物品的价值越来越明晰的时候，她也越来越明白自己也可以被转换成抽象价值。在这个大都市游走的日子里，嘉莉经历了个体对于物品的崇拜。这种物品往往和过去紧密相关，是过去匮乏的东西。对和过去紧密相关物品的崇拜一个鲜明的表现就是嘉莉每当想起父亲那个沾满了面粉的外套，就会联想到自己的过去，就会迫切渴望商场里的华服，可以体现交换价值以及社会地位的华服——这种价值其实就是凡伯伦所说的歧

视性对比的价值。这种转换最初的某个开始便是嘉莉妹妹在鞋厂工作的日子。她体会到那些让她心心念念的华丽服饰的制作环境竟是如此艰苦、制作过程竟是如此艰辛。一方面是残酷的工作环境，另一方面与百货商场闲逸无比的氛围相比，嘉莉姐姐家里却充满着父权制的家庭气息。嘉莉就这样被困在工业生产的艰难和姐姐家的穷窘之中。在姐姐家里，嘉莉面对的是衣着简陋甚至丑陋的人，她的姐夫总是穿着他喜欢穿但其实很不堪入目的一双黄毡拖鞋。下着冷雨的那天，姐姐米妮把她褪色的旧伞给嘉莉时，嘉莉拒绝使用这样破旧的伞，而是径直去了一个百货商店用她所存不多的钱给自己买了一把新伞。可见嘉莉妹妹对外表的重视已经到了十分严重的地步。

因此，在被困于令人恶心的工厂环境和穷苦不堪的家庭环境之时，嘉莉妹妹在杜洛埃那里看到了出路，杜洛埃给她钱、衣服和装修妥当的公寓，这些都是嘉莉妹妹内心所渴望的。这时候嘉莉妹妹对于人与人之间价值的差别有了初步认识。德莱赛在这里描绘嘉莉对于个体价值的认知过程中，也展示了一套赤裸裸的价值对比体系，在这套体系中，每个人都在不同的层级上。当嘉莉离开工厂后来偶遇工厂的一个姐妹时，她感觉到在她们之间似乎已经有一条无法逾越的鸿沟了。此时，嘉莉已经深刻认识到她所穿华丽衣服的符号价值，但是这进一步将她推向了消费社会单向度的思维模式：穿着体面华贵才是社会上流人物的标志，有了这种标志才可以拥有社会价值。

另外，嘉莉将她的服饰与杜洛埃、赫斯特伍德、百货商场售货小姐、万斯太太及百老汇大街衣着时尚的女士们相比，体现了凡伯伦所说的“歧视性对比”的概念。托斯丹·凡伯伦 1899 年给出了此专业术语的解释：“财富水平较高的阶层通过炫耀性消费来力争区别于财富水平较低的阶层，这种对比可以将人们划分到不同的价值等级中去。”在凡伯伦所指的品位的金钱标准中，歧视性对比将人的价值物化成了其所着服饰的价值。嘉莉对于服饰此时的理解正印证了凡伯伦的解释。嘉莉妹妹开始将她的服饰与万斯太太的做对比，敏锐地觉察到赫斯特伍德在和万斯太太说话时候似乎更加机敏和奉承，嘉莉发现万斯太太的衣着更加华丽，她的甚至远远比不上

万斯太太的。清楚地看到了自己的情况后，嘉莉不由得忧郁了起来。嘉莉此时显然已经受到歧视性对比逻辑的控制，不仅意识到自己的服装或者说个体价值相形见绌，还敏感地意识到赫斯特伍德对此也心知肚明。

这种歧视性对比在嘉莉和万斯太太漫步百老汇大街时更加明显。嘉莉越发清晰地认识到服饰的社会价值及其赋予个体的价值。百老汇大街男性的目光刷刷地落在女人包括嘉莉身上，在这种歧视性对比的环境中，嘉莉被自己拙陋的衣着深深刺痛。看到满大街都充斥着一种富足和炫耀之气，嘉莉觉得自己与之格格不入。她无论如何也不会有万斯太太的仪态和风度，因为人家漂亮。她清楚，许多人一眼就能看出她穿得不及万斯太太，这一事实令她难以接受，使她痛苦万分。最后她发誓，不打扮得漂亮点儿就绝不再到这儿来。嘉莉领悟到服饰具有价值衡量的作用，无比渴望拥有更多的物品，以便像万斯太太那样拥有更多的社会价值。对百老汇大街的时装秀来说，服饰更多的是显示穿戴它的人的社会地位和品位，而非显示其实用价值。她不仅在衣着方面十分敏感，而且在觉察哪些是杜洛埃欣赏且是名媛标志的女性行为举止上也目光敏锐。擅长表演的嘉莉很快就学会了这些上流女士得体的衣着打扮和言谈举止。除了歧视性对比，炫耀式消费也在服饰中得到了体现。凡伯伦在德莱赛写作这部小说的同一年提到脱离工业社会的劳作这个渐进性的过程通常都是从妻子不需要工作开始的。这种无须工作的闲逸生活最明显的表现就是服饰，女士的礼帽越优雅，其佩戴后就越不便于工作，这比男士的高帽子表现得更加明显。此外，那些“钱”途无量的人衣着打扮都尽显他们更高的地位和更大的权力①。

炫耀性铺张浪费的逻辑不仅引导着人们的衣着打扮，也影响着其他方面。凡伯伦说购买奢侈衣物的人们出发点大多是要遵循圈内人物约定俗成的打扮或者达到公认的品位和名声的标准。炫耀性挥霍钱财能有效地证明自己财富上的成功和社会地位。另外，优雅昂贵的衣着每一个细节的设计都是为了向观众传达其穿戴者必然无须工作，如此就演变成了有闲阶级的

---

① Ryan Micheael. Cultural Studies: A Practical Introduction [M]. West Sussex: John Wiley & Sons Ltd., 2010: 212.

标志。高跟鞋、紧身胸衣、烦琐的裙子、长发都不是适合工作的装扮，但是凸显了其穿戴者的经济地位。更重要的是，考虑到穿戴此类服饰的多是被男人视为自己财产的女性，优雅的衣着于是更变成了彰显她们丈夫经济实力的一个标志。

但在《嘉莉妹妹》中，凡伯伦对于衣着的这种性别逻辑似乎颠倒了过来。在嘉莉的演艺事业蒸蒸日上之时，赫斯特伍德却在卷公款逃走被追查后日渐堕落，一蹶不振。嘉莉越发担心赫斯特伍德的寒酸衣着会给她带来不利影响。当万斯太太说要登门拜访时，嘉莉抱怨了赫斯特伍德的旧衣服，他在接待万斯太太的时候也羞愧不堪，而嘉莉此时更加羞愧，担心被其他上流社会的成员看不起。但是考虑到社会习俗和她自身的经济状况，嘉莉无法将她的钱花到赫斯特伍德身上让他添置新衣。或许她内心已经接受了父权制社会灌输给她的理念：女性即使开始自谋职业，也必须由其丈夫来支持生计。

嘉莉眼里最重要的东西就是漂亮的衣服。当嘉莉发现赫斯特伍德已经丧失了曾经的声望和地位、日趋堕落时，嘉莉决意寻找工作的转机。当她的薪水已经从 12 美元升到 18 美元时，嘉莉最先想到的是给自己买件新的宽松短罩衫，尽管她的薪水在支付了房租后已经所剩无几。当赫斯特伍德提醒她他们还欠着小卖部的牛奶钱的时候，嘉莉拒绝支付除了衣服外的其他费用。尽管最后不得已支付了其中的一些开支，但她决意要把她的钱花到服饰上。嘉莉下定决心要离开赫斯特伍德。在给赫斯特伍德的离别信中，嘉莉坦率地告诉他她需要买衣服，这是赫斯特伍德无法满足的愿望，她还说自己愿意帮助他，如果她能够，可是她没法维持两个人的生活，又付房租。她要用她微薄的薪水买衣服。有了得体的衣服，嘉莉感觉才能和万斯太太一样进入上流社会，成为她渴望的理想的自己。

对服饰的渴望在百老汇大街琳琅满目的商品诱惑和万斯太太光彩夺目的外表对比下越发强烈。但是嘉莉所不知道的是，这种对于时尚的追逐永无尽头。正如凡伯伦所说，服饰必须不仅为了炫耀而奢侈、复杂，而且要跟得上潮流。尽管尚未有理论解释瞬息万变的时尚现象，但很明显新奇是必需的元素。每一次换季服饰的变换更是增加了这种财富的挥霍。服装的

屡次更新理论上来说应该比之前的都更加漂亮。但是凡伯伦说，这种变化多端的服装风格实际上是一个因为担心在激烈的炫耀性竞争中被淘汰而求生的过程，这种战战兢兢的求生是永无止境的。国内传统服饰或大众服饰相对更为稳定，不仅价格适中，而且能历久不衰，相比而言，时尚服饰带来的炫耀性挥霍在本质上是十分丑陋的。人们理所当然地认为时尚的就是最美的，部分是由于最时尚的有别于旧有的款式，部分是由于其能够建立声誉。殊不知时尚潮流所谓的美是转瞬即逝的，大部分经受不住时间的考验。因此，美这个概念是被人为操纵了的。有这样一种假设，即社区越是富有、流动性越强、人类之间联系越多，服饰上的炫耀性浪费就会越明显。嘉莉尽管此时已经知道物品的符号性价值，但是仍不知晓时尚和美的转瞬即逝。对于服饰的渴望已经是欲壑难填，嘉莉被困在了这种商品拜物教中难以自拔。

三、迷失于符号价值与单向度的思维中

本质上来讲，嘉莉追逐的不是华服本身，而是衣服的符号价值。鲍德里亚认为人们所消费的并非是物品本身，即其使用价值；人们是在利用物品作为符号将你与普通人划分开来，或者将你归入理想的那类人中，或者将你凸显出来以便符合你所处的更高的社会地位①。根据鲍德里亚的说法，这不是将物品的价值从其使用价值中剥离出来，而是根据一个符号等级体系使得该物品通过与其他物品的不同凸显其价值。如此，物品便被物化为了符号。消费社会充斥的符号和影像之多史无前例。美丽的服饰、百货商店和金钱这些嘉莉渴望的东西仅是符号而已，是虚假的表象，它们之所以宝贵是因为能以其符号价值彰显嘉莉的社会地位，满足她的虚荣心，让她感觉自己已经置身上层社会，远离了穷苦不堪的社会底层的女孩子们。嘉莉在成名之前就梦想成为百老汇大街上衣着优雅的女士中的一员，尽管她

① Baudrillard Jean. The Consumer Society：Myths and Structures［M］. London：Sage Pulications，1998：197.

名利双收、锦衣玉食，但是这个梦想注定是个虚妄的幻想。费瑟斯通说，消费社会的影像有一种去现实性的功能。在这个充斥影像的新型社会中，现实和影像的界限模糊不清，日常生活变成了一个美学上的概念：仿真世界或后现代文化。在这种超现实中，艺术已经不再是一个单独的个体，它融入了生产和再生产中，因此所有的事物都归并到了艺术领域的符号下，变成了美学意义上的概念。探讨了有关服饰的这些命题之后，不难看出在学习成长的过程中，嘉莉遇见阿梅斯之前始终没有看清消费社会的虚假表象。嘉莉深受消费社会假象的影响，被社会的景观所迷惑，将华服、舞台和财富视为所谓的艺术人生，渐渐沉迷于光怪陆离的虚假影像，偏离了真正的艺术之路。从另一个层面说，嘉莉的成名也使得她自己对于别人来说抽象成了一个符号价值。她苦心经营的那个麦登达小姐只是供这个社会消遣的一个影像，不是为了能够走上真实艺术之路的形象。伊拉希也说，嘉莉把华服的光芒错认为艺术的魅力了。嘉莉陷入了一个价值交换的体系，在商品拜物教中物质构建的个体也已不复存在。

此外，消费如同教育一样，都有一种修正作用，即一个人可以通过消费获得与富人们符号性的一致，但是这种平等地位只是形式上的。通过对比，在这种同质性抽象化了的基础上，在言语、传媒自由搭建起来的抽象民主基础上，歧视的真正系统才可以运作，甚至可以运作得更加有效。因此，即使拥有了通往社会高层的阶梯，嘉莉仍无法适应名人的生活方式。她讨厌和那些谄媚逢迎的男人们出去，无法适应这个富人圈。或许这也可以在部分层面解释嘉莉最终为什么仍感到恐惧，无法确定自己所处的位置。嘉莉讨厌那些讨好她的男人，或许也是在厌恶她自己，因为她曾经就做了两个这样男人的猎物。一旦她醒悟并认识到自己追逐的都是虚假的表象，一直饱受良心谴责的她不由得会有这种自厌之情。

消费社会中，追逐名利的人常常会忘记他们所渴望的其实是商品能将他们区别于众人的价值。换句话说，他们是想获得上流阶层中人们的认可。在这种充满焦虑的人际关系中，没有了实际价值一说，只有是否能融为一体的判断标准，人们思考的不是如何肯定自己或如何证明自己，而是将自己嵌入关系网中，获得他人的认可和正面评价。这种获得认可的神话已经

在各个角落逐渐取代证明自己的神话。人们丧失了反思的能力。正是由于这种反思的缺失，当代社会的人们挥金购买商品却无法感到满足和快乐。迅速成名、物质丰盈的嘉莉就是鲍德里亚笔下缺乏反思的人们中的一个例子。这才是她为什么从梦想的艺术之路偏离，最终无法回到最初想要的宁静和自如。即使嘉莉意识到她追逐的都是虚假的表象，她也无法对其生活做出巨大的改变。这是因为她只身一人无法打垮工业社会既定的经济秩序。消费社会中，大型运输和大众传媒的手段和方式、衣食住行涉及的商品、娱乐业和信息产业难以抵挡的产出都附带着既定的态度和习惯、特定的智力和情感反应，而这些附带的内容迷惑了大众的头脑，这是制造商窃喜不已的。具有这样“裨益”的产品走进了越来越多的各个阶层的公众生活中，它们携带的教导不再是宣传的内容，而是要演变成一种生活方式深入人心。因此，要改变现状，人们需要重新拾起批判性思维，改变已经将消费需求强加于人们身上、遏制并麻木了他们批判性思考的单向度工业社会系统。

四、结语

嘉莉孤独、担心和迷茫的原因可以概括如下：她所追逐的其实是瞬息万变的虚幻；她渴望通过财富名利获得安全感和身份却陷入了消费社会的假表象难以找到真正的艺术出路。所有这些原因最终可归结为工业社会强加于人们的单向度思维模式。在这种所谓的民主的思维模式下，人们似乎有足够的自由去追逐想要的东西，但是却在物质名利的追逐中无法自拔、汲汲于享受和消费得到的符号价值并且沉浸在歧视性对比和炫耀性消费中，从未思考过什么是他们真正追逐的，他们的思想又处在什么状态。他们需要重新审视当代社会的生活，做出改变。至于困境的出路，德波提供了一些想法：一个是转向，否定性思维或者推翻既定的逻辑；另一个就是唤醒民众废除阶级概念，将工人们从被全方位控制的生活中拯救出来。这种否定思维和变革意识或许会给陷入僵局的人们一些启示和希望。因此，嘉莉的迷茫和担忧能给消费社会的人们带来一些启发。从嘉莉的类似困境中吸取教训，才能找到改变和抵制单向度思维模式的出路。

作|者|介|绍

西奥多·德莱赛，1871 年 8 月 27 日出生于印第安纳州的特雷乌特。父亲是个编织工，信奉天主教，为了逃避兵役，南北战争前从德国移居美国，住在俄亥俄，与当地一位孟诺教派的没文化的农家女成亲，共生了 13 个子女，德莱赛排行倒数第二。其父约翰勤奋而严厉，他办的毛纺厂不慎起火，自己受伤，经济陷入困境，情绪不好，对子女粗暴。其母则待人亲切，疼爱子女，德莱赛从母亲的身上学到了对别人的同情，其父顽强的精神则使他在困境和失败面前鼓起勇气奋然前行。

德莱赛的童年生活很穷苦，家里人多，经济拮据。他的兄弟姐妹有的酗酒、有的遇到不幸的婚姻，唯有一位哥哥保尔独闯江湖卖艺，成为流行歌曲作家，为他树立了榜样，家中的种种苦难后来都被他写进小说。德莱赛 15 岁便自己谋生，他初次独自来到芝加哥，先后在餐馆和五金公司干粗活，尽管如此，他还是被这个充满兴奋和刺激的大城市生活所吸引。1889 年，他在一位好心中学老师的慷慨资助下进入印第安纳大学念书，无奈次年即辍学，到芝加哥某地产公司和家具公司当收账员，整日挨门逐户去敛钱。他先后做过饭店洗碗伙计、洗衣房工人、火车站验票员、家具店伙计等，这些经历使他接触到下层社会各种人物和阴暗面，为日后创作积累了丰富的素材，也决定了他的创作中的悲剧性思想和自然主义色彩。1892 年，德莱赛进入了报界，开始记者生涯，先后在芝加哥《环球报》、圣路易斯《环球—民主报》和《共和报》任职。1895 年，德莱赛寓居纽约，正式从事写作，同时编辑杂志。1900 年，德莱赛发表了第一部长篇小说《嘉莉妹妹》，据说，他从未想到写小说，这是他的好友阿瑟·亨利促成的。这部小说因被指控“有破坏性”而长期被禁止发行，但一些散发出去的赠阅本却引起了许多有影响的作家的注意。1911 年出版了《嘉莉妹妹》的姊妹篇《珍妮姑娘》，这篇小说是以他父母和兄弟姐妹的辛酸遭遇为蓝本写的，但因为主人公珍妮在诸多事情上违背了当时的道德伦理准则，如未婚生子、做人情妇等，所以仍然引起了很大的争议。1912 年和 1914 年分别发表的《欲望三部曲》的前两部《金融家》和《巨人》，对当时的美国社会产生了巨大影响，从此奠定了德莱赛在美国文坛的地位。1915年出版了《天才》，这是德莱赛自己最满意的一部长篇小说。1915年，德莱赛到故乡特雷乌特旧地重游，追忆往事，搜集素材，为创作小说做准备，1919年开始动笔，1925年发表了以真实的犯罪案件为题材的长篇小说《美国的悲剧》，由波尼与莱弗赖特出版公司正式出版，立即轰动美国。这部作品标志着德莱赛的现实主义创作取得了新的成就，该作品使他享誉世界。20世纪30年代初德莱赛发表了优秀的政论集《悲剧的美国》。这是他多年来和工人群众紧密结合的结果，是他创作的一大成就。1927年，德莱赛访问了苏联，1941年被选为美国作家协会主席，1944年获美国文学艺术学会荣誉奖。1945年8月，74岁高龄的德莱赛加入了以福斯特为首的美国共产党，同年12月28日病逝。在他去世后的1946年和1947年，他的两部长篇小说《堡垒》和《斯多噶》（《欲望三部曲》的第三部）分别出版。

第二节

杰克·伦敦的旷世野恋——《野性的呼唤》中的人生哲学与叙事

一、作品概述

杰克·伦敦是美国19世纪末20世纪初著名的小说家。他一生勤奋，在18年的创作生涯中发表了大量优美的小说。在杰克·伦敦留给世人的文学名著中，1903年发表的《野性的呼唤》是他最具代表性的作品。

巴克是一条圣伯纳犬和牧羊犬混种的大狗，野性、灵敏。这是只狼性很重的狗，拉雪橇时尽职卖力，战斗时机智勇猛。它本来在一个大法官家里过着优裕的生活，它和孩子们一同散步，在水中嬉戏，冬天的时候就坐在主人的炉火边取暖。但是在1897年，人们在育空河发现了金矿，在美国很快掀起了一股淘金热。许多美国青年来到阿拉斯加这个冰雪世界，希望能淘到属于自己的黄金。于是狗成了人们淘金旅途中不可缺少的伙伴和工具，他们需要像巴克这样的狗。强壮的巴克被法官家的园丁偷走，辗转卖给邮局，又被送到阿拉斯加严寒地区去拉运送邮件的雪橇。巴克最初被卖给两个法裔加拿大人。这些被买来的狗受到了人类冷酷的虐待，它在那里学会了拉雪橇，在冰天雪地中日复一日地跋涉，它学会了偷食以慰饥肠，破冰取水解渴。而且狗之间为了争夺狗群的领导权，也无时不在互相争斗、残杀。巴克还是天生的领导者，由于体力超群、机智勇敢，绝不愿久居人下。它觊觎领队狗的位置，一面拉拢犬党，充实自己的实力和政治资本，一面养精蓄锐，伺机而动。最后巴克终于击败领队狗史必兹，成为新的领队。它似乎很能发挥管理才能，恩威并施，把狗队治理得井然有序，因而使得每天的行程大增。巴克的世界里再也没有怜悯和仁慈，它信奉的是很简单的原则：杀，或是被杀；吃，或是被吃。捕猎与杀戮是为了果腹和自卫，就像呼吸那么必要和自然，绝对没有错与对的考虑。它先后换过几个主人，最后被约翰·索顿收留。那是在巴克被残暴的主人哈尔打得遍体鳞伤、奄奄一息时，索顿救了他，并悉心为它疗伤。在索顿的精心护理下，巴克恢复得很快，由此他们之间产生了真挚的感情。巴克对索顿非常忠诚，两次不顾生命危险救了索顿的命，不幸的是，在淘金的过程中，索顿被印第安人杀死。狂怒之下，巴克咬死了几个印第安人，为主人报了仇。这时恩主已死，它觉得对这个人类社会已无所留恋。最终，它回应自身野性的呼唤，进入森林，从此与狼为伍，过着原始动物的生活。但它不忘旧谊，仍然定期到主人的葬身之处去凭吊。

二、杰克·伦敦的人生哲学

杰克·伦敦接受过极为驳杂的思想影响。他起初受过尼采思想的影响，对尼采的超人哲学产生强烈的共鸣；继而又向往空想社会主义，阅读过马克思主义的著作；还研究过达尔文和斯宾塞的学说，斯宾塞的《原理论》令他爱不释手。这些理论和学说，在《野性的呼唤》这部小说中都

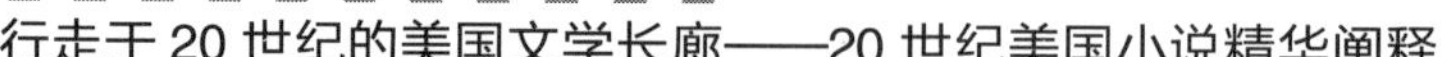

有明显的反映。很多评论家认为由于杰克·伦敦同时喜爱、信奉几种互为矛盾的哲学思想，在这部作品里所表现的几种不同的思想也是矛盾的。朱刚对此评论道："正因为如此，对杰克·伦敦的看法必须尽可能地周全，如果肤浅地解释杰克·伦敦的单部作品，人们可能会得出结论，说他集种族主义、尼采哲学、法西斯主义、人文主义、动物保护（动物憎恨）、社会主义、精英主义、重精神（重物质）于一身。但是如果我们从他作品的整体去观察，就一定会得出结论：他尽可能客观地从所有方面探讨人间事实，不管这个事实是美丽还是丑陋。"[①] 也就是说，要评判社会这个庞大而复杂的机体，应该首先从多层次、多角度尽可能客观地去了解它，认识它。在《野性的呼唤》这部小说中，伦敦正是通过塑造巴克这一主人公形象，把看似矛盾的几种观点，比如尼采的超人哲学思想，达尔文的进化论思想，以及马克思主义思想观契合在一起，淋漓尽致地诠释巴克在成长过程中的不同表现，让人们从不同视角看到一个鲜活的社会。但最终伦敦还是让巴克回归到了荒野，回到了生命的本真状态。

1. 达尔文的"适者生存"思想在小说中的体现

1897~1898年，杰克·伦敦随着淘金大军来到育空河的支流克朗代克。在此期间，他读完了查尔斯·达尔文的《物种起源》。这本书和他的《进化论》动摇了当时人们对"上帝造人"的信仰，也给整个社会带来了观念上的冲击。这种观念上的冲击在美国文学作品中的反映表现为，作家突出环境对人的生存所起的决定性作用，强调只有适者才能生存。达尔文在《物种起源》中认为，自然生活条件迫使生物不断进行自身调整以求适应。在为生存而进行的搏斗中，一切生物可能在一系列持续的进化过程中，产生各种优势和劣势变种，劣势变种逐渐消亡，优势变种的遗传产生新的、更先进的变种。[②] 斯宾塞把生物进化论的一般规律运用到社会研究中，变自然选择法为社会选择法。社会是一个机体，虽然社会机体和生物机体有所不同，但是它们的发展规律却是一样的。推动生物进化的自然选择法也是

---

① 朱刚. 新编美国文学史（第二卷）[M]. 上海：上海外语教育出版社，2002：157.

② 史志康. 美国文学背景概况 [M]. 上海：上海外语教育出版社，1998：89-90.

社会发展的原动力，因为在社会中也存在着为生存的斗争。《野性的呼唤》这部小说从头到尾无不充斥着达尔文“物竞天择，适者生存”的思想。

故事一开始，巴克是一只文明的狗，在阳光灿烂的加利福尼亚大法官家里过着逍遥自在的生活。然而，自从被黑心园丁偷卖之后，生活有了天壤之别。它周围的一切都变得陌生了：绳子、笼子、钱、大棒、“红衣男子”、荒野、狗群、雪、雪橇……这一切让它深感到人类的无情，但它也很快就知道了要适应这个新的世界。纵使巴克有着 140 磅的体重，又十分健壮，它也远非驯狗师的对手。在它的经历中，从未被人一次又一次如此毒打过，尊严也从未遭到如此践踏，但它清楚只有两条路可走，要么屈从要么死亡。它知道拿着棍子的人比它强大，它必须服从。这是巴克为了适应环境学会的第一个生存法则：棍棒法则，即永远不与拿棍子的人作对。

巴克学到的第二个生存法则是：犬牙法则，即从来都不能倒下。巴克目睹了自己的朋友柯利在向一群北极犬中的一只示好时，在顷刻间被撕成碎片。柯利之死使巴克意识到生活没有公平可言，一旦倒下，就是生命的终端。所以，巴克选择永不倒下。这一惨痛的经历反复在巴克的梦里出现，巴克明白，在这个新世界中的法则是，要么取得支配权，要么被支配。仁慈是懦弱的表现，仁慈可被误解为恐惧，一旦被误解就会导致死亡。杀死敌手或被敌手杀死，吃掉敌手或被敌手吃掉。新的环境使巴克很快丢弃了文明世界里的道德观。为了生存下去，它学会了偷东西。以前它可以为了捍卫尊严而死，但是现在尊严却成了生存的障碍。巴克第一次偷东西标志着它对北方恶劣环境的适应，这是它适应变化无常的环境的能力，缺乏这种能力将意味着迅速而可怕的死亡。它更标志着巴克道德本性的衰败和瓦解。在为生存的斗争中，道德是一个毫无价值的东西，一个拦路虎。在北方的荒野，生存是唯一的目标，残忍是唯一的途径。巴克的身体也很快适应了新的环境，“它的肌肉变得像铁一样硬，能够吃任何东西，不管多么难吃和多么难消化的；一旦吃下去，它的胃液就能够把最后一滴养料都吸收掉”。它的视觉和嗅觉也变得异常敏锐，“连在睡觉的时候都听得见最轻微

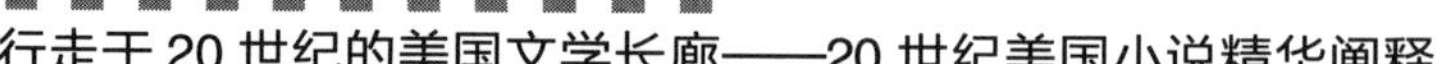

的声响，并且知道它预告的是吉是凶”①。巴克出于求生的本能，不畏艰难，勇于直面困难，从身心上战胜自我，努力适应新的环境，从而成为荒野适者的这种自强不息的奋斗精神是作者所生活的那个时代人们奋斗的真谛。充分展现了达尔文“适者生存”的思想。

2. 尼采的超人哲学观在小说中的体现

尼采在他所著的《查拉图斯特拉如是说》一书中创立了其“超人哲学”，尼采式的“超人”是身心完美无缺，体质无与伦比。杰克·伦敦自称是尼采的仰慕者，在他的作品中我们可以发现许多超人的形象。杰克·伦敦在许多作品中所描绘的主人公为实现理想而奋斗的过程正是他早期在社会最底层挣扎的缩影。在很大程度上，他将自己无意识地融合到他的主人公身上。这种倾向使他在客观上对超人进行了美化，强健的体魄、非凡的智慧、坚强的性格就成了其超人式的个人主义的写照。杰克·伦敦信奉尼采的超人哲学，他认为自己就是一个超人，能够克服所有的障碍，最终领导大众。在《野性的呼唤》中，杰克·伦敦塑造了一个具有高贵出身、适应能力极强的尼采式的“超狗”形象。巴克是圣伯纳犬和牧羊犬的混种大狗，体重超群、仪表堂堂。

从在法官家安逸舒适的生活到被卖掉，在运输途中陌生人对巴克无情的虐待，在酒吧里四个汉子和红毛衣男人对它的毒驯，哈尔对它冷酷的逼迫，以及在北方荒野的生活中，巴克每一次无不历经生死，但它都凭借超人的体力和智慧渡过难关，以极快的速度学会了忍受大棒、利牙的生存法则。巴克健壮、聪明，拉雪橇时尽职卖力，战斗时机智、勇猛，是天生的领导者。巴克开始在狗队忍气吞声，迅速调整使自己羽翼丰满；然后它伺机而动，挑动狗群之间的矛盾，战胜史必兹，成为领头狗；接着，它又挑战狼群，成了狼群之首，从而完成了对同类的征服。巴克治理狗队精明有方，狗们个个卖力，使得雪橇行程猛增，从而成为北方著名的拉雪橇狗。恩主索顿死后，巴克狂怒之下咬死了印第安人，为恩主报了仇，从而完成

① Jack London. The Call of the Wild ［M］. Beijing: Foreign Language Teaching and Research Press/Oxford: Oxford University Press, 1994: 22.（本节中其他出自本书的引文只标注页码。）

了对人类的征服，即摆脱了对棍子的恐惧。这就特别符合尼采的超人思想，尼采认为超人比任何人更高大、更强壮、更聪明，他能克服所有的障碍，能统治奴役大众。巴克在完成两次征服之后，成为群狼之首，在漫长的冬夜，带领着狼群在月光下奔跑和嚎叫。最终，巴克回到了荒野，回归了自然，回到了生命的本源。小说美妙之处在于，巴克每年都会回到恩主葬身的山谷怀念、凭吊。这样的“超狗”巴克便不再只是强势、冷血、残酷无情，为了前进不择手段，而是更具有人情味，朴素的、回归自然后对恩主更难以割舍的爱使得它在作品中的形象丰满起来，也使得作品更具魅力。

3. 马克思主义哲学观在小说中的体现

杰克·伦敦出身贫苦，为了养家糊口很小就开始出外谋生，生活在社会的最底层这一点让他目睹和体验了被剥削的人们的苦难和不幸，透彻地了解了社会的真实面貌，于是他把这些反映在自己的作品中。《野性的呼唤》渗透着作者对资本主义世界的反抗精神，对资产阶级文明的反叛。巴克所处的动物环境，其实就是作者所处的社会环境的真实反映，体现了作者对资本主义压迫剥削制度的极其不满和对现实社会人与人之间互相倾轧的强烈控诉。

在这部小说中，作者以狗喻人，狗性和人性在巴克身上得到了很好的统一，巴克的经历映射了作者自己的生活经历和他对不公平的社会的愤懑之情。作者将自己的感情灌注到自己刻画的艺术形象中。他认为通过辛勤的劳动就能够赢得最大的硕果，认为只有广大的工人阶级才能取得最大的胜利。巴克在被拐卖之前是一只过着逍遥自在生活的宠物狗，被拐卖后，它沦为自然环境和人类双重奴役下的奴隶，没有了加利福尼亚明媚的阳光，有的只是阿拉斯加的严寒冰雪；没有了主人的温情爱意，有的只是持棍人的侮辱和毒打。但巴克并没有屈从于命运，它为了生存进行着坚持不懈的抗争。作者多次提到了北方的荒蛮，南方的文明。但就是在南方的文明社会里，巴克被黑心的园丁拐卖了。在艰苦的囚程中，它受尽了虐待、嘲弄和侮辱。那提着棍子的红衫人给了巴克一顿残酷无情的毒打，几乎让它死去，然后拍着巴克的脑袋，抚摸它并殷勤地拿来水和肉，说：“巴克老弟，我们有一点小小的不愉快，现在，最好算了吧。你已经明白你的地位，你

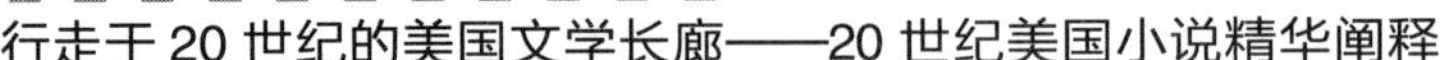

也知道我的。做一条好狗，前程无量，一切都好；做一条坏狗，我会将你的五脏打出来，知道吗？"[①] 虚伪之至，淫威之至。而三个门外汉中的哈尔更淋漓尽致地展现了一个庸俗、狭隘、虚伪和自私的文明人的丑态，而如此无能又只会抱怨的人对待动物却是非常冷酷的。哈尔有一套只会用在别人身上的理论，那就是"一个人必须心狠手辣"。为了向他姐姐、姐夫宣传这套理论，他竟然凶狠地把一根削尖的木棍插进一条雪橇狗的心脏！这一切无不说明，这个社会表面祥和，实质丑陋、虚伪、腐朽，散发着铜臭味。杰克·伦敦否定了资产阶级的文明，对资产阶级的虚伪道德进行了深刻的揭露和批判。作者用具有人性的动物之间的争斗、撕咬，影射现实社会中人和人之间的争夺和不择手段。红衫人用棍子将一条最基本、最重要的法则烙印在巴克的心灵深处，而它自己又不断地磨炼它的牙齿，让死亡已久的本能在它的体内复活。学会了用突然一咬来切割的狼的方式战斗，更确切地说它终于拿起了自己的武器，进行反叛斗争。反叛、支配是它的天性。赫斯基狗袭击营地，巴克第一次用牙齿咬断了同类的喉咙静脉；斯帕斯偷袭，巴克拿起了自己的武器，以牙还牙，战胜了斯帕斯的利牙。巴克知道了自己牙齿的利害，当然它刻骨铭心地记着棍子法则。它与福娄沙手中的棍子斗争，不是以利牙对棍子，而是狡猾、巧妙地避开棍子，让棍子不能发挥其作用，取得了胜利。在之后的日子里，巴克更纯熟地利用自己的利牙。向印第安人实施报仇时，它战胜了棍子，以利牙战胜了棍子，也战胜了人类。巴克是杰克·伦敦思想的化身，巴克的反叛斗争最终取得胜利，也是作者信念的胜利，因为他相信无产阶级一定会经过斗争取得胜利。巴克，这一人性化的主人公，在"文明社会"有着悲惨遭遇，认识到棍子和利牙法则，发展壮大起来，最终野性恢复，奔入荒林，完成了反叛。巴克回到荒野，回归自然，回到生命的初始状态，表达了作者对所谓人类文明的失望。

杰克·伦敦是美国近代杰出的小说家。他在《野性的呼唤》中用主人公巴克的经历佐证了生存能力、忍耐力和战斗力的重要性。他反复强调激

---

① p：11-12.

烈的生存竞争不能原谅错误、不能宽恕弱者的残酷性。作者深信无论是自然本能还是动物本性，它们和环境都是一致的。他在小说中不沉溺于细节的描写，也不过多流露个人感情。他通过巴克的眼睛观察到：无论北方的自然环境多么残酷，它依然是美丽、公正和符合逻辑的。《野性的呼唤》中的北方世界是严寒的，但也是辉煌的、纯洁的。北方纯净而白茫茫的荒野正是杰克·伦敦为人类和动物本性的过去和现在所做的经久的隐喻。从《野性的呼唤》这部小说中我们既可以看出达尔文和斯宾塞学说的影子，看到作者对“适者生存”的信仰。同时，作者通过塑造一只“超狗”，表达了对尼采超人哲学的崇尚。另外，还可以看到马克思主义思想的痕迹，小说中表现了作者对资产阶级文明的鞭挞和失望。作者在小说最后又以爱为主题补偿故事中所反映出的残酷的社会现实。这几种思想并存在作品中，但它们并不矛盾，而是有机地统一在了这部小说中，共同刻画了巴克这一生动、鲜活的形象，共同诠释了一个复杂而又完整的人类社会。

三、多重的叙事视角

《野性的呼唤》采用非聚焦型的全知叙述模式。这一传统叙述模式的特点是没有固定的观察位置，上帝般的全知全能的叙述者可以从任何角度、任何时空来叙述：既可高高在上地鸟瞰概貌，也可看到在其他地方同时发生的一切；对人物的过去、现在和未来均了如指掌，也可以任意透视人物的内心世界，并且可以任意地从一个位置移向另一个位置。《野性的呼唤》借用全知叙事模式的基本框架，通过独特叙事视角的选择和自由转换，让读者从不同的角度去感受巴克的内心世界及它所生活的荒原世界。《野性的呼唤》作为以写动物为主的小说，在题材的选择、叙事技巧的运用等方面的高明之处，是有口皆碑的。值得一提的是，从表面上看，巴克野性的回归是适应生存环境的结果，实质上却隐藏着人类所起的催化作用。也就是说，这部小说以人类社会作为潜在的背景来描写狗的世界，人的世界和狗的世界交织在一起，读者在无意识中便形成鲜明的对比和特殊的审美张力。

叙事视角是一部作品或一个文本看世界的特殊眼光和角度。叙述者在

全知叙述的过程中，通过叙事视角自由而又了无痕迹的转换，从不同角度进行透视，使叙事视角具有自人看狗、自狗看人的多重性。正是基于以上思考，本节的重点在于：从狗的叙事视角、自人看狗的叙事视角、从狗到人的叙事视角、全知全能的叙事视角四个方面分析《野性的呼唤》多重性叙事视角在非聚焦型全知叙述模式中的独特运用，以及在此基础之上产生的陌生化效果。

1. 狗的叙事视角

在非聚焦型全知叙述模式中视角的选择与转移虽不作言明，却往往具有无处不在的普泛性。视角的选择具有高度的自由性，这种自由性也决定了视角的选择对文本或作品的重要性。同一个文本或作品因为视角的不同，会有不同的结构、语言和审美情趣。作者也正是根据视角所产生的这种特殊效果来设计作品《野性的呼唤》的总体构思。杰克·伦敦并没有直接去写淘金时代美国物欲横流、人情冷漠的社会状况，而是主要借一条名叫巴克的狗，将巴克人格化，把它融入“淘金”的潮流。作为时代的见证者，从动物的角度来反映淘金时代狗的内心世界和生活状况。狗的叙事视角，主要指在作品《野性的呼唤》中，全知叙述者在叙述的过程中以狗为视角，通过狗来观察狗的世界。狗的叙事视角主要是由巴克来承担的。因为巴克原是一条文明的狗，命运把它从文明的中心抛向原始的中心，对巴克来说，它所经历的一切就像一场噩梦。巴克野性的回归是在狗的世界里不断学、不断适应的结果。以巴克为视角来透视狗的世界更具有说服力，这样也拉开了高高在上的叙述者与所述故事对象之间的距离，具有一定的客观性和权威性。当叙述者将视角转移到巴克身上时，主要是通过巴克的感知性视角和认知性视角来实现的，并且两者通常是在不自觉中交融在一起使用。在巴克看来，狗的世界到处充满血腥和残忍。那是一个没有安宁，没有休息，也没有片刻的安全，一切混乱不堪，充满你争我斗，生命随时处于危险之中的世界。这里把巴克的感知性视角和认知性视角结合起来，深刻揭示了荒野世界狗与狗之间的残酷争斗，把读者的视线从日常生活拉入荒野并随着巴克的感知去体验狗的世界，使读者获得新的艺术感受，摆脱原有的感知模式，重新去体验生活。

2. 人的叙事视角

《野性的呼唤》采用的是非聚焦型的全知叙述模式，因此叙述者可以自由选择视角。巴克野性回归的直接导火线是曼努埃尔把它拐卖给陌生人，这一切都是在“淘金时代”这一大背景下进行的，巴克和人类社会之间有着千丝万缕的关系。因此，叙述者不仅从巴克这一视角来审视荒原世界，也通过人的眼睛来观察巴克的改变。

在这部作品中，人的视角主要集中在巴克不断更换的主人身上。由作品可以看出，巴克的主人共有五次更换：大法官—弗朗索瓦·佩罗—苏格兰混血儿—查理斯·哈尔·梅塞德斯—约翰·索顿，重点是弗朗索瓦·佩罗和约翰·索顿。需要特别说明的是，穿红衫的人虽然不是巴克名义上的主人，却给巴克上了第一堂课，让它明白棍棒法则，为巴克走向荒原及野性的回归奠定基础。这部作品虽然是以狗的生活为题材，但在这一题材的背后暗含人类社会，在巴克未回归荒野之前，它仍旧生活在人类的棍棒之下，人类是它的统治者，在整个故事的发展进程中，“人”起着穿针引线的作用。因此，从人类的视角看狗的世界是不可避免也是不得不写的。叙述者借巴克不同主人的眼睛来观察巴克及其同伴的生活，在进一步完善巴克形象和深化主题意义的同时，也在对比中形成强烈的视觉反差效果，这也是陌生化叙事的一种策略。

弗朗索瓦·佩罗这一视角主要通过两人之间的对话以及对话中所表达的赞叹、惊讶、无奈之情来实现的。例如，弗朗索瓦断定巴克是一个魔鬼，会把史必兹咬死在雪地上，这在巴克凶狠、残忍的一面又添加了重要的笔墨。另一方面也表现在日常生活中弗朗索瓦·佩罗对巴克的细心照顾。巴克的脚受伤，弗朗索瓦吃完晚饭后都会给它擦上半个小时的脚，甚至牺牲自己的鹿皮鞋，给它做了四只鞋子。当弗朗索瓦忘记给巴克穿鞋子时，巴克就四脚朝天躺在地上，恳求地在空中摇动着，不穿鞋子一步也不走，这些行为不仅让弗朗索瓦也让读者忍俊不禁。这是从弗朗索瓦的视角中，表现了巴克聪慧的一面，为充满野性的作品增添了暖意，拉近了读者和巴克的距离。

约翰·索顿在作品中占有重要的位置，他是连接巴克和人类社会的纽

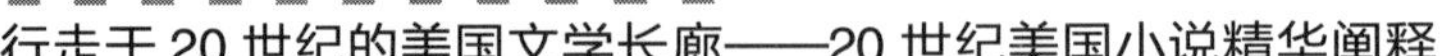

带。他的死让巴克彻底走向荒原，最终与狼为伍，变成一个“似狼非狼、似狗非狗”的特殊形象。约翰·索顿和巴克之间的感情超越了一般意义上人与动物之间的情感，约翰·索顿像对待孩子、朋友一样对待巴克，而巴克对约翰·索顿的感情更是达到极致。这种情感在约翰和巴克心里都占据了重要的位置。从自人看狗的叙事视角来说，相对于感知性视角而言，约翰·索顿的认知性视角更胜一筹，得到淋漓尽致的表达。

在小说的第六部分（为了一个人的爱），当巴克为约翰·索顿赢得打赌比赛时，旁观者都为巴克的表现激动欢呼，只有泪水流过脸颊的约翰·索顿跪在巴克旁边，和它头挨着头，把它摇来摇去，不断地骂着巴克，骂声中充满疼惜、温柔和慈爱。杰克·伦敦在回忆自己的创作道路时曾说过：“我的故事有双重性质，表面上是个简单的故事，任何一个孩子都能读懂——尽是情节，变化和色彩，那下面的才是真正的故事，有哲理，很复杂，充满含义。这个读者见到了有趣的故事，那个读者明白了我的生活哲理。”[①] 就故事的双重性质来说，这种“爱的主题”在荒野的动物世界里也是一道亮丽的风景。

3. 从狗到人的叙事视角

从狗到人的叙事视角在作品中也具有独特的艺术审美效果。这一视角的运用打破常规，从狗的视角观察人的生活，洞察生活中的美，使我们身边来来往往、视而不见的人重新被戴上了光环，以新的面貌呈现。例如，巴克被大法官的管家曼努埃尔背叛转卖给陌生人后，还以为仅是带自己散散步，因为它觉得人比自己聪明，所以习惯性地相信自己认识的人，这是从巴克的认知性视角来写的。当巴克被陌生人折磨时，巴克极力对付，最后当它感到头昏眼花，喉部和舌头疼痛难忍时，它怀着愤怒趴在那儿，感到自尊受到伤害，弄不明白这一切是什么意思。巴克不知道这些陌生人想拿它做什么，干嘛要把它关在狭小的箱子里。它有几次听见小屋的门格格地打开，以为要见到大法官或者至少见到男孩们，于是突然跳起来。可每次都是那个面部肿胀的酒店老板，这里巴克的视觉、听觉等感知性视角和

① 李淑言，吴冰. 杰克·伦敦研究［M］. 桂林：漓江出版社，1988：1.

认知性视角被天衣无缝地结合在一起，直透巴克内心世界的同时，也从巴克的角度来写人与狗的关系。巴克内心里的人是聪明的，是值得相信的。巴克不知道这些陌生人拿它做什么，也不知道陌生人和曼努埃尔交谈以及叮当响的钱声意味着什么。这一切在巴克看来都是陌生的，叙述者将这笔在淘金时代习以为常的交易以“不看报纸”的巴克为视角写出。巴克的信任与曼努埃尔的背叛形成对比，具有讽刺效果，又显得不落俗套，为作品增添了新鲜感和更深一层的意蕴。

从狗到人的叙事视角也表现在巴克表达爱的方式上。巴克通常以敬仰的方式来表达对约翰·索顿的爱，它喜欢隔着一段距离仰望他，或者趴在索顿的脚边，仰望他的脸，凝视着他的每一个转瞬即逝的表情、动作，或者在更远的地方观察他的轮廓和身子不停地移动。通过巴克的感知性叙事视角，写出了巴克特殊的表达爱的方式，产生陌生化效果的同时，也给读者强烈的心灵震撼。另外，从巴克的认知性视角写出弗朗索瓦的公平，查理斯·哈尔的贪婪、无知，梅塞德斯的善良等。在很多情况下，叙述者对从狗到人的叙事视角和自人看狗的叙事视角是在相互交错中运用的。

4. 全知全能的叙事视角

全知叙述者是故事中的人物，叙述者的观察位置一般均处于故事之外。从另一个角度来说，叙述者作为故事的讲述者，就是一种站在作品之外的特殊的旁观视角，他就像上帝的眼睛。从宏观上把一切尽收眼底，同时还可以对整个故事做出预言或回顾。叙述者就像是一位先知，对故事结局、人物命运了如指掌①。例如，小说开始就描写“巴克不看报，不然它就会知道麻烦要来了”②，开篇就对巴克的不幸遭遇做了预言；再如，叙述者在作品中多次强调原始野性对巴克的支配作用，而且这种野性并未因为环境的恶劣和斗争的残酷而减少，恰恰是逐渐凸显。巴克适应环境的过程，巴克与史必兹争夺领导权的斗争，直到最后巴克与狼为伍，这一系列的事件在叙述者的“解说”中都是巴克与生俱来的野性逐渐复苏的结果。

---

① 胡亚敏. 叙事学［M］. 武汉：华中师范大学出版社，2004：25.

② p：1.

小说的叙述者，以旁观者的身份讲述整个故事，不仅起着最基本的统领作用，通过不同的观察角度，引导着故事的发生、发展，同时还运用自己的“特殊权力”对故事进行公开或隐蔽的权威性评论，并且这种评论通常是在所评论的对象一无所知的情况下进行的。从某种意义上来说，这也是叙述者与读者暗中交流的一种方式。这一“特殊权力”的运用在作品中尤为突出，随处可见。在巴克与史必兹充满野性的大战场面中，叙述者在自由转换视角的同时也进行了公开的评论。在叙述者看来，史必兹是一个有经验的斗士，它穿越北极，横跨加拿大和荒漠，在各种各样的狗当中都立于不败之地，成为它们的头儿。而巴克在叙述者眼里有富于想象、超凡出众的特性，它靠本能、智慧搏斗，最终巴克战胜身经百战的史必兹争夺了领导权。叙述者以强者衬托强者，更能表现出巴克的凶勇和智慧。

全知叙述者无所不知，他不仅可以对文本做或隐或现的评论，而且可以自由地透视所述对象的内心世界，并且进行有目的、有重点的选择。这样可以避免文本过于烦琐，又可以通过适当的隐瞒产生悬念，增加情节的曲折性和吸引力。例如，在第四部分（谁是老大），巴克原以为打败史必兹就可以理所当然地占有领头狗的位置，并且自作主张地跑到史必兹以前的位置上，但弗朗索瓦并没有注意到巴克和理解它的内心想法，却把索莱克斯带到了这里，在这种情况下，巴克就公开向弗朗索瓦提出了抗议。叙述者以透视巴克争夺领导权的内心世界为重点，对巴克的“抗议”行为进行了一段富有情趣的叙述。巴克与弗朗索瓦周旋，并非想躲开挨打，而是想在狗中称王。这是它的权利，是它赢来的权利，不得到它，它是不会得到满足的。直到弗朗索瓦站在领头狗的位置扔下棒子唤它过去，巴克才发出狗那种笑一般的声音，“小跑过去，仿佛胜利地笑了，大摇大摆，跑到队伍的最前面的位置”。[①] 全知叙述者在重点叙述巴克内心世界的同时又叙述弗朗索瓦对巴克的不解，通过矛盾冲突增强作品的趣味性。另外，“适当控制对人物内心的透视也可以有效地帮助调节叙述距离。在日常生活中，我们对一个人的同情往往与对其内心的了解成正比：他越给你交心，你就可能

① p：49.

会越同情他。同样，全知叙述者对某个人物的内心活动揭示得越多，读者与此人物之间的距离就有可能会越短。反之则有可能会越宽”。[①] 叙述者作为上帝的眼睛，正是利用读者这一心理来实现他的权威性。在叙述者的笔下巴克狡猾、偷窃、对同伴残酷、争夺领导权等一切“不正当”的斗争手段，在该作品中都得到认可，这些对人类社会来说的“恶习”在巴克身上都被异化，被赋予了特殊的含义。

同时，叙述者将狗人格化，借巴克对索顿的感情、德夫至死都不肯离开属于自己的挽具等情节的描写，来震撼读者的心灵，使他们忘记野性残忍的一面。这与叙述者过多透视狗的内心世界缩短叙述距离是密不可分的。叙述者在叙述过程中不断地与叙述接受者交流、联系，并做进一步的评论和解释，实质上是希望读者认同自己的立场观点，使自己的意识形态逐步渗透到读者的内心。正如苏珊·兰瑟所说：“每一位发表小说的作家都想使自己的作品对读者具有权威性，都想在一定范围内对那些被争取过来的读者群体产生权威。”[②]

四、结语

杰克·伦敦的《野性的呼唤》取得的重要成就与其陌生化叙事视角的选择是密不可分的。叙事视角的多元性，使读者摆脱原有的感知方式，从陌生、反常的角度重新去审视狗的世界，从而唤起人们新的生活体验，呈现出生机盎然的画面。

作 | 者 | 介 | 绍

杰克·伦敦（1876–1916）是美国著名的小说家，他一生共创作了约 50 部作品，其中最为著名的有《野性的呼唤》、《海狼》、《白牙》、《马丁·伊

---

① 申丹. 叙述学及小说文体学研究（第三版）[M]. 北京：北京大学出版社，2005：230.

② 苏珊·兰瑟. 虚构的权威 [M]. 黄必康译. 北京：北京大学出版社，2002：6.

登》和一系列优秀短篇小说，如《老头子同盟》、《北方的奥德赛》、《马普希的房子》等。

他是一个自幼当童工，漂泊在海上，跋涉在雪原，而后半工半读才取得成就的作家。他那带有传奇浪漫色彩的短篇小说，往往描写太平洋岛屿和阿拉斯加冰天雪地的土著人和白人生活，大部分都可以视为他短暂一生的历险记。他作品中的现实主义风格和多格化的题材，以及强烈显示出来的作家的独特个性，多少年来一直深深吸引着不同时代、不同经历的读者。

杰克·伦敦的童年在穷苦中度过。11岁他就外出打零工谋生，14岁到一家罐头厂做工，每天工作10小时，得到一元钱，这已经是很不错的了。干了没多久，这个14岁刚出头的孩子借了一些钱，买了一条小船，参加到偷袭私人牡蛎场的队伍中，希望用这种手段来改善穷困的处境。偷袭中他被渔场巡逻队抓获，被罚做苦工。不久，他放弃了“牡蛎海盗”的营生，当水手去远东。航海生涯让他增长了见识，大开眼界，遍地的贫困、剥削和暴力，深深地印入杰克·伦敦还没有完全成熟的心灵中。航海归来，境况并未好转。1894年，18岁的杰克·伦敦参加了“基林军”，这是当时由平民党人领导的向华盛顿“进军”的失业者组织的一部分。这次“进军”的领导人考克西等在华盛顿因“践踏国会草坪”被捕，进军组织亦遭取缔。杰克·伦敦在退出“进军”行列之后，又继续过流浪生活，监牢、警察局成了他常进常出的地方。

长年的流浪没有使杰克·伦敦丧失生活的信心，他强烈地追求知识，不甘于自暴自弃。即使处在漂泊无定、随时会以“流浪罪”被拘捕的困境中，书也是他的伴侣。1896年他20岁时，甚至还考进了加州大学。然而，大学的门毕竟不总是向穷困如杰克·伦敦这样的人敞开的。1897年他就被迫退学，同姐夫一起去阿拉斯加淘金。“黄金梦”又很快破灭，身染重病回家。一条条的路走不通，一件件的事碰壁。杰克·伦敦萌发了写作的愿望。他有丰富的生活经历，有满腔的对穷苦人的同情，在23岁（1899年）时，他的第一篇小说《给猎人》发表了，24岁时出版了第一个短篇小说集《狼之子》。在这些作品里，淘金工人的生活是杰克·伦敦钟爱的题材。

杰克·伦敦的思想是混杂的。他读过马克思的著作，也读过黑格尔、

斯宾塞、达尔文和尼采的著作。在他青年时代的作品中，人们可以感到他向资本主义社会挑战的脉搏。1907 年（时年 31 岁）写的《铁蹄》，指出美国资本主义有向极权主义转变的可能性，还对法西斯主义的兴起和消灭做了有预见性的警告。我国已经有译本的《马丁·伊登》（1909 年），是杰克·伦敦的代表作。这本带有自传性的小说，揭露了资本主义社会的残酷无情，对人性的蹂躏、对正义的践踏。主人公伊登依靠个人奋斗成了名，但是成名之后得到的不是欢乐，而是可怕的空虚，结果以自杀了结一生。七年后，它的作者杰克·伦敦真正走上了马丁·伊登的道路。极端的个人主义，尼采的“超人”哲学，把杰克·伦敦带进了一个矛盾的精神世界，使他青年时期具有的向资本主义社会挑战的叛逆者的性格，逐渐消退，变成了一个玩世不恭的花花公子。

1911 年，他公开声明，他写作的目的就是为了钱。他在成名之后，得到很多的钱，他认为他有权过豪华奢侈的生活。他曾经用一大笔钱建造一条名为“斯纳克”（一种想象中的恶兽）的游船；1913 年用了 10 万美元（在当时是一笔惊人的钱财）以近四年时间建造一所名叫“娘居”的别墅，在落成后即将迁居的时候，忽然起火焚毁。这位已经跻身上流社会的大作家，看了看价值 10 万美元的废墟，摆了摆手，宣布将另建一个庄园。这时的杰克·伦敦已经陷入了不能自拔的拜金主义泥坑，为了得到更多的钱，粗制滥造，写出一些完全背离自己信念的低劣之作。他在 1911 年时还说过：“我如果自己能够作出选择的话，除了写一篇说明我对资产阶级世界是多么鄙视的社会主义者的文章外，我什么也不会下笔。”可是在 1916 年 1 月，他公开声明脱离自己曾经积极参与活动的美国社会党。这位曾经饱尝人世艰辛，也曾经用自己的笔为社会底层的不幸者呼喊过的作家，随着他的成名和发财，沉沦到了极端个人主义的深渊。1916 年 11 月 22 日，杰克·伦敦用自杀结束了 40 年的一生，留下了鱼龙混杂的 49 部著作。

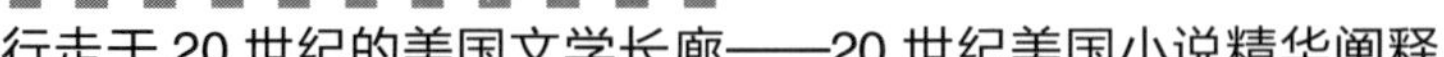

第三节
一个典型的美国商人——《巴比特》人物形象分析

一、作品概述

《巴比特》是美国小说家辛克莱·刘易斯在1922年发表的长篇小说，是一部反映美国商业文化繁盛时期城市商人生活的小说。它不仅塑造了一个典型的商人形象“巴比特”，还漫画式地表现出美国20世纪20年代商业文化的方方面面，具有文化观照和艺术欣赏的双重价值。

主人公乔治·福·巴比特是一位40多岁的房地产经纪人，他所在的城市泽尼斯是一座典型的“一战”后发展起来的美国中西部城市。巴比特深谙生意之道，家境殷实，有三个孩子和一个贤惠的妻子，但是他却对衣食无忧、家庭和睦、平淡而有规律的生活产生了不满。人到中年，他却开始变得反叛了。巴比特开始了一系列无果而终的风流韵事，宣称自己在政治和宗教上是“自由主义者”，还和一群社会闲杂人等鬼混在一起。但是酒精麻醉不了他的精神，喧闹的聚会不能满足他的渴望，他仍旧感到缺少什么，仍然无法找回真正的自己。与此同时，因为他的“反叛行为”，巴比特被昔日的社交圈子所疏远，被舆论所非议和孤立，生意遭到了致命的打击。家庭出现了潜伏的危机，精神失去了寄托。在外界各方有形和无形的巨大压力下，他放弃了反叛，顺从了往日的生活模式，成了那个社会所认定的模范公民“巴比特”。

巴比特是一位成功的房地产商人，过着富足而又刻板的中产阶级生活。然而作为一个人，他受到虚空的袭击，于是企图寻找另一种“真正的生活”。为此，他外出漫游，尝试过一种玩世不恭的生活，甚至染上了革命情绪。但巴比特又没有勇气去承受随之而来的社会冷落，于是，他重新投入

了家庭生活和商人生涯的怀抱，在小说的结尾，巴比特将希望寄托在他的儿子身上。

作者截取了巴比特生活中的一个横断面，以生动简练的文笔、鲜明的色彩、机智风趣的格调描绘了一幅 20 年代美国中西部城市生活的风俗画，淋漓尽致地刻画了中层资产阶级的代表人物。泽尼斯虽然是一个虚构的名称，但有典型意义，可以被看作美国任何一个城市，在那高度商业化的资本主义社会里，一切事物，包括人类精神文明的产物，都降为商品，医生、律师、教士、诗人和学者变成了资产阶级出钱招雇的雇用劳动者，人与人之间没有别的联系，只有赤裸裸的利害关系和冷酷无情的“现金交易”。在小说中，巴比特曾几次试图挣脱家庭、事业和他内心世界令人窒息的单调和压抑的限制，但由于自己精神空虚，性格软弱，每次都没有能超越社会环境和习俗的压力。

二、追名逐利、势利虚伪的市侩

第一次世界大战后，美国社会繁荣，实利主义、享乐主义风靡一时，在这块富足的土地上，丰富的物质、金钱和财富成了最重要的东西，而诚实守信则居于次要，巴比特就是一个物质主义和商品崇拜的身体力行者。巴比特住在花岗山庄，这个山庄可谓是物质主义的典范：这里有着保留北美历史上各个时期建筑风格的别墅，这里的每栋别墅虽然有着不同的造型，但在内外装修上都是按照所谓“现代家居”的理念设计的。巴比特住着一流的房宅，有着富丽堂皇的陶瓷浴室，各式各样时髦的摆设及像银一样光滑的金属器皿，完美无缺的前院，除此之外，他还计划建一个现代化的木结构车库，换一辆新的好汽车。巴比特还是先进的家用设备和电器的崇拜者，他的闹钟在当时是一个很现代的新玩意儿，十分稀罕，价值 5 美元的电子打火机也给他带来了无限的乐趣。当他得知别人在使用电熨斗和电暖床炉时，他为自己还在使用热水袋取暖而感到内疚，所以他决定马上请人给卧廊装上电源。对所有的机械装置他一窍不通，但却有着巨大而诗意化的崇拜，对他来说这些装置就是“真理和美的象征”。巴比特一边享受着物质

商品带来的舒适、便利与满足，一边拼命地追求着更大的财富。为了追名逐利，巴比特极力涉足政治，因为政治是权力的主宰，也是权力的载体；他不放过任何一个巴结权贵的机会，希望借此抬高自己的社会地位；他也不放过任何一个赚钱的机会，大量敛财。为了追名逐利，他不择手段：派自己的雇员去偷偷地抄下其他房地产公司租房户的名单，以便把那些客户挖过来；过一段时间就打印一些广告式的信函，将自己的房源吹得天花乱坠，不惜以虚假信息吸引客户；想方设法获取土地的出售权，把某位业主的土地弄到手还不让他周围的人知道，按他的好友保罗的话说就是："我们所做的，就是卡竞争对手的脖子，而迫使消费者花钱！"这些行径是那么真实、可信，今天的房地产开发商们仍然在重复着巴比特当年的伎俩。

巴比特是个中产阶级实业家，在合法的经营与不合法的欺骗中大发横财。在业务和生活中，巴比特忠实地奉行利润或利益的原则，他的追名逐利不仅是一种主观追求，还是一种生存手段，一种生活准则，一种职业特征。为了追名逐利，巴比特想方设法与政治联姻：巴比特积极参与了市长的助选，不遗余力地到处去演说，为他所支持的候选人拉选票，结果他所支持的候选人获胜，作为回报，市政府当局也把一些有关公路延伸铺筑的消息告诉了他，使他能在这个消息公布之前在那一块地方低价抢购地皮，赢得一大笔收入。也因为这个原因，他当上了房地产协会年会的代表，并花了很长时间准备讲稿，在年会上发表演说而扩大自己的影响。还是因为这个原因，他积极加入各种协会，经常参加各种协会的活动，终于当上了促进者学会副会长。为了追名逐利，巴比特不放过任何一个巴结权力的机会：他先是去逢迎作家兼记者弗克林，指望他能给自己写些东西宣扬一下；接着又去巴结大富翁麦凯尔维，希望以此来提高身价；再后来就是借主日学校活动的机会去攀附泽尼斯第一州立银行行长伊桑，希望以此抬高自己的社会地位。为了追名逐利，巴比特没有放弃任何一个赚钱机会：他先是借公交公司的名义购下了金莺谷高级住宅区的地皮，从中赚了一大笔；他从公交公司内部提前得知林顿大道公交线路要向前延伸的消息就赶紧在那里买下大块地皮，待价而沽；他发现主日学校的活动虽不能直接赚钱，但能沽名钓誉，间接赚钱，就积极参与其中。为追名逐利，巴比特置商业道德于不顾，使用了贿赂、欺骗、威胁、同流合污等恶劣的手段，在他看来，为了赚钱就必须不择手段：逼迫房屋出租者以低价卖出房子而从中赚取佣金；怂恿房地产商莱特买下食品杂货商珀迪商店隔壁地皮的所有权，然后迫使珀迪用高价买回其所有权，从中渔利；派自己的雇员去偷偷抄下其他房地产公司租房户的名单，以便把那些客户挖过来；绞尽脑汁，把某位业主的土地弄到手，获取土地的出售权。

作者并没有将巴比特概念化，而是赋予他丰富而又复杂的性格。巴比特身上交织着商人的逐利与狡黠，中产阶级的卑琐与傲慢，保守者的守旧与懦弱，朋友的忠实与虚假，丈夫的忠诚与别恋，意志薄弱者的坚决与动摇，被压抑者的忍耐与间或的放纵等。

三、叛逆与顺从的矛盾体

巴比特对程式化的生活习以为常，但是他觉得生活中似乎缺少点什么，为了找到解脱和满足，他试图反叛习以为常的生活方式。但是反叛行为不能解决他精神的空虚和心灵的饥渴，所以他逃避城市生活、工作和家庭，企图诉诸自然，可是最后险些众叛亲离，不得不放弃反叛，屈从于外界的压力和自身的无可奈何。巴比特最后的反叛失败首先是因为外界强大的控制力量。个人被包纳在社会的大环境中，显得渺小，个人的反抗是无力的。在现代化和标准化社会中，一切生产方式、生活方式，甚至是思维方式都被某种力量连为一体，要求高度的集约化和统一化。人与人，物与物之间的关系盘根错节、密不透风，个人想要“标新立异”，必然牵扯到很多复杂的人或物，所以不会被其所属的群体接受，只会被视为异类，因而要么遵循游戏规则成为群体意志的一部分，安享太平，要么有足够的胆识、充分的勇气和明确的意识，彻底地、艰苦地从旧的环境中挣脱出来。但是巴比特不具备这样的特点，他的模模糊糊的反叛只能走向失败，他的“巴比特”特质决定了他最终的无奈和顺从。

巴比特的人脉极广，但是只有保罗·里斯林一人是他真正的知心朋友。保罗是个惧内的老实人，有一天却向他那暴躁、专横、以欺负丈夫为乐的

妻子开枪，因而被关进了监狱。从保罗判刑之后，巴比特也开始反叛。他对自己当下的生活感到不满。巴比特年轻的时候在大学里十分活跃，他的梦想是成为一名律师，但是最终进入了收入可观的房地产业。年轻时，保罗立志成为一名音乐家，却迫于父命接手了毛毡生意。巴比特对保罗非常了解，也相信保罗有成为小提琴演奏家、画家或作家的艺术气质。保罗自己也曾坦言自己应该成为一个小提琴家。即使是进入了不惑之年，保罗依然保留着对音乐和艺术的热爱，但是却只能暗暗压抑这种感情。保罗的妻子象征着生活中各方面的压迫，他向妻子开枪，宣告了他的反叛。他不再隐忍，他要抗争，要争取新的生活。而保罗被关进了监狱，他的反叛以失败的悲剧结尾而告终。但是保罗像一根导火索，燃起了巴比特心中的反叛火花，巴比特紧随保罗向旧的一成不变的刻板生活发出了不和谐的反叛声音。

个体在面对人生抉择时进退两难的窘境实则为标准化的副产品。“一战”以后，美国进入了一个工业化、商业化和现代化飞速发展的时代，生活也随着社会的剧变而剧变。机器化大生产要求工业标准化，而这种标准化也渗透到社会生活中，生活方式被标准化，人的角色也被标准化了。标准化几乎成了时髦和文明的代名词。巴比特住在富人区“繁花高地”住宅区，那里的房子基本上都是一个风格，现代生活设施和内部装修甚至家具也是大同小异，就连巴比特的闹钟也是广告遍及全国、大批生产的闹钟里面最好的那种，带着全部现代化的配件。巴比特觉得被这么一个豪华的装置闹醒也是值得骄傲的，能表示一个人的身价。泽尼斯市中心的景象和美国战后任何一个中等城市没有什么差别，不仅是城市和生活设施，就连艺术、思想、政治见解也被标准化了，社会认可的良好道德和成功人士的典范也成为了公式化的模型。公式化不可避免地要求顺从，以顺从作为其主要特征，所以人人都认识到顺从是凌驾于一切之上的商业文化向生活讨要的代价。巴比特只不过是这种社会制度的牺牲品，他的个性早已丧失殆尽。因为任何一个富于个性的人，为了求生存，都不得不按照美国社会的模式随机应变，成为一个呆板迂腐的活物。这就是《巴比特》问世之后美国人所得到的最大启示。

一个阶层的价值标准左右着其他人。如果有人想在这社会中生存下去，他就必须抛弃他原有的价值标准和处世态度，与大众的价值标准保持一致，因为每个人都在这么做。不然的话，他就会受到孤立。巴比特最终向强大的外界力量和内心的空虚软弱屈服，成为彻头彻尾的循规蹈矩的人。奋起反叛的巴比特失败了，但是顺从规范的巴比特仍然没有找到问题的答案。从表面上来看，他自愿地顺应了社会设定给他的规范，接受了游戏规则，但是在内心深处，灵魂的空虚、对自由的渴望、对人生意义的徒劳追寻仍旧时刻萦绕在心头。既然都市生活令人窒息，巴比特和保罗就转向大自然寻求庇护和慰藉。在缅因的森林里，他们暂时得到了内心的宁静和满足。保罗出事后，巴比特独自一人再访缅因，希望在树木和湖泊中寻求心灵的安慰和终极的关怀，但是却事与愿违。于是他终于完全心灰意冷，踏上了返程的列车，决定彻底地向生活投降。返回自然实际上是重归纯洁的精神、传统的价值观和有意义的人生。巴比特是可悲的，也是无奈的。

四、结语

巴比特的悲剧不仅是他一个人的悲剧，也是保罗的、弗克林的和当时所有美国人的悲剧，同时还是新世纪世界亿万个体的悲剧。人们接受了强大的现实，被现实打磨铸造成了非自我的人。《巴比特》的出版距今已近一个世纪，但是它仍然具有生动的普遍性和持久的现实意义。巴比特的独特之处就在于他不想成为巴比特。小说中人物的喜怒哀乐，他们所面临的挑战与困惑，他们的所感所思在今天的读者看来并不陌生，仿佛发生在此时此地。巴比特虚构的小说世界似乎就是今天你我所处的世界。巴比特和他的朋友们面对着现代化兴起时美国社会的物质主义、非人化和个人身份的缺失，而在世界已成为一个村落的现代社会，我们也面临着同样的问题。

作｜者｜介｜绍

辛克莱·刘易斯（Sinclair Lewis，1885-1951），生于明尼苏达州的索克中心镇，童年是在痛苦和孤独中度过的，他被认为是个古怪的孩子，成为同伴们玩弄和嘲笑的对象。这段经历使他对小镇庸俗偏狭的生活深恶痛绝。17岁时，他远离家乡到外地求学，经过半年预科学习，考入耶鲁大学。在耶鲁，他仍然是个局外人，这使他一度离开学校，去过厄普顿·辛克莱创办的社会主义居民试验区和纽约、巴拿马等地，后又重返学校。1908年大学毕业后，他在几家出版公司靠打杂糊口，并开始创作。两年后，他又到纽约做编辑工作。1914年，他的第一部长篇小说《我们的雷恩先生》问世。1916年，他辞去编辑工作，专门从事写作。

刘易斯一生创作了20多部作品。他早期的五部长篇都是具有浪漫气息的通俗小说，这只能算是他创作生涯中的一段学徒插曲。20年代是刘易斯创作最旺盛时期。1920年，他以《大街》一举成名后，又推出《巴比特》(1922)和《阿罗史密斯》(1925)。这三部作品被认为是他的最优秀之作，其中《巴比特》被公认为他的代表作，《阿罗史密斯》曾获1926年普利策文学奖，但他拒绝受奖，以抗议保守派以前对《大街》的非难。此后他又写了《艾尔麦·甘特利》(1927)、《多兹沃思》(1929)等长篇小说。1930年，“由于其描述的刚健有力、栩栩如生和以机智幽默创造新型性格的才能”，他成为美国第一位获得诺贝尔文学奖的作家。

30年代后，刘易斯的作品较缺乏深度，写作技巧也较之前逊色。家庭烦恼使他晚年精神失常，最终在罗马病逝。近40年的创作生活使他身后留下了20部长篇小说，还有《短篇小说选》(1935)、书信集《从大街到斯德哥尔摩》(1952)、杂文集《来自大街的人》以及三部剧本。他善于描绘小镇风貌，刻画市侩典型，嘲弄“美国生活方式”，充满讽刺、诙谐，风格粗犷、直率。这一切，也是美国新文学的重要特点之一。

第四节

爵士时代的画卷——《了不起的盖茨比》的象征意韵解读

一、作品概述

中篇小说《了不起的盖茨比》出版于 1925 年，是美国作家菲茨杰拉德的代表作，其奠定了他 20 世纪 20 年代“爵士时代”发言人和“迷惘的一代”代表作家的地位。20 世纪末，美国学术界权威在百年英语文学长河中选出百部最优秀的小说，《了不起的盖茨比》位居第二。

故事讲述了银行小职员尼克背井离乡来到纽约，盖茨比夜夜笙歌的奢华生活和神秘的个人背景引发了他的好奇。原来，这位富商出身贫寒却爱上了大家闺秀黛西，世界大战爆发拆散了这对有情人。盖茨比带着功勋从战场归来，等待他的却是心上人嫁作他人妇的消息。伤心欲绝的他不择手段成为富翁，挥金如土，彻夜笙歌，为的就是引起黛西的注意，挽回失去的爱情。

尼克为盖茨比的痴情打动，为两人牵线搭桥。殊不知黛西早已不复当年，而是一副拜金面孔，与盖茨比重温旧梦不过是她在婚姻外寻求的刺激。一次意外，黛西驾车时撞死了丈夫汤姆的情人威尔逊太太，盖茨比为救心上人决意顶罪，汤姆却借此唆使威尔逊杀死了盖茨比。薄情的黛西没有为盖茨比送葬，而是与丈夫踏上欧洲游玩的旅程。盖茨比草草结束了荒唐悲剧的一生。目睹了人世间薄情寡义的尼克，也离开了喧嚣、冷漠、空洞、虚假的纽约，黯然回到故乡。

在小说中，菲茨杰拉德栩栩如生地重现了 20 年代美国的社会风貌、生活气息和感情节奏，细腻地描绘了“爵士时代”的那种纸醉金迷、灯红酒绿的狂热场面，用凄婉的笔调抒写了第一次世界大战后，“迷惘的一代”因美国梦的幻灭感到的悲哀。

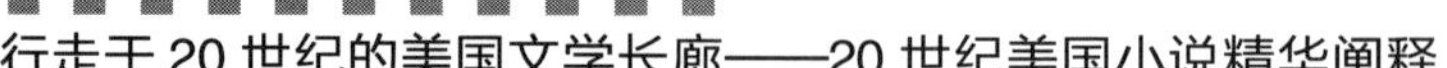

二、意象象征

《了不起的盖茨比》一书，除了向读者展示“爵士时代”风流豪华的生活，更向读者展示出一种无比高雅的艺术品位。作者采用了大量精致微妙的创作技巧来烘托小说的土坯，其中给读者印象最深的莫过于象征手法的运用。这种象征手法在小说中贯穿始终，起了点明主题、升华主题的作用，并使某些貌似不起眼的细节变得耐人寻味、引人入胜。

1. 绿灯

小说中突出的意象是黛西房子尽头的那盏绿灯，它首次出现在尼克从美国中西部到东部纽约市郊定居不久的一天夜晚。当时尼克发现他的邻居盖茨比从房中走出，银色的月光下，盖茨比独自站立在草坪上，“他朝着幽暗的海水把两只胳膊伸了出去，那样子真古怪，并且尽管我离他很远，我可以发誓他正在发抖。我也情不自禁地朝海上望去——什么都看不出来，除了一盏绿灯，又小又远，也许是一座码头的尽头”。[①] 这盏绿灯就这样显现在读者面前了。它又小又远，然而对于主人公盖茨比，却具有神奇的魅力，致使盖茨比在黑夜中颤抖着伸出双臂，仿佛是要拥抱这盏绿灯。盖茨比看上去几乎是沉浸在某种神秘的仪式之中，那样子就像一个圣坛前的顶礼膜拜者。盖茨比与这盏绿灯之间究竟是怎样的一种微妙关系呢？盖茨比与黛西原是一对情人，残酷的战争使他们天各一方。世俗佳人黛西很快另有所爱，结婚成家。从战场上归来，并通过一些不体面的手段变成百万富翁的盖茨比对黛西一往情深，他特意买下了与黛西家隔海相望的一座豪华别墅，经常举办盛大宴会，请来配备齐全的大型乐队，把别墅从塔楼到地窖都安装上五颜六色的彩灯，甚至请来一些连盖茨比本人都不认识的客人通宵达旦地寻欢作乐。这一切为的是能引起住在海湾对面的黛西的注意。当尼克了解到这些情况后，才对盖茨比在那个夜晚的行为恍然大悟。盖茨

① 菲茨杰拉德. 了不起的盖茨比［M］. 巫宁坤译. 上海：上海译文出版社，2002：6.（本节以下出自该书的引用只标注页码。）

比从社会底层奋斗爬上来，并不是为了豪华的生活和物质的享受，他向往的是上层社会那种所谓的“纯洁的爱情”。那是一种非物质的物质至上主义，是一个理想，一个不可名状的、令人心醉神迷的浪漫梦想，是一个永恒的期待。在他心目中，黛西象征着美国上流社会一切美好的东西。

在尼克的安排下，盖茨比和黛西相见了。会见中，绿灯的意象再次出现，其意义使读者一目了然。“要不是有雾，我们可以看见海湾对面你家的房子。”盖茨比说，“你家码头的尽头总有一盏通宵不灭的绿灯。”① 作者以一盏绿灯来象征主人公的理想美梦，而读者所看到的是一盏什么样的灯呢？这盏灯在大雾中时隐时现，在大风中摇曳不定，这无疑是在暗示着盖茨比重温旧梦的愿望是那么渺茫，可望而不可即。与黛西相见是盖茨比多年来梦寐以求、朝思暮想的热切心愿，然而，当真正见到黛西时，盖茨比却神色凄惶、局促不安。“黛西远不如他的梦想”，这并非黛西的过错，而是由于盖茨比的梦幻超越了她、超越了一切。他以全身心的热情来创造这个梦，不断地添枝加叶，赋予它巨大的活力，用飘来的每一根绚丽的羽毛加以缀饰。没有任何人和任何事能与盖茨比的梦的活力相比。但它终究是一个梦，一个永远实现不了的梦而已。盖茨比实际上在守卫着“虚无”，而这便使他的浪漫主义的纯洁性和他那天真幼稚的伤感力跃然纸上。

小说结尾时，作者又一次提到了那盏绿灯。黛西开车从城里回家，路上撞死了她丈夫的情妇默特尔，同车的盖茨比主动承担了责任，为此他惨死在默特尔的丈夫威尔逊的枪口下。尼克办完盖茨比的丧事后，凄楚地独自躺在沙滩上，回想往事，浮想联翩。突然间他想起了盖茨比第一次痴望那盏绿灯时的情景，他经历了漫长的道路来到这片绿色的草坪上，他的梦似乎近在眼前，他几乎不可能抓不住的。他试图重复他生命中黄金般的时刻，虽然这只不过是个美好的梦，但正是这个梦，展现出了他对神圣爱情执着追求、始终如一的高尚情操，这也正是盖茨比的了不起之所在。

2. 埃克尔堡大夫的眼睛

小说中另一个意味深长的象征，是画在广告牌上的埃克尔堡大夫的眼

① p：56.

睛。广告牌树立在灰烬山谷中，是一位眼科医生为招揽生意、扩大业务而立的。由于长年无人照管，历经风吹雨打，已是破旧不堪。只有那双眼睛，似乎富有生命，在俯视着世态炎凉。作者笔下的灰烬山谷是一个离奇古怪的农场。那里“灰烬像麦子一样生长”。灰烬堆砌而成的小山丘、灰烬笼罩着的房屋、灰蒙蒙的土地、灰蒙蒙的天。然而就在这灰色的世界中，你可以看到埃克尔堡大夫的眼睛，那蓝色的大眼睛，它庞大无比——瞳仁就有一码高。这双眼睛不是从一张脸上向外看，而是从架在一个不存在的鼻子上的一副硕大无比的黄色眼镜向外看。由于年深月久，日晒雨淋，油漆已经剥落。光彩虽不如前，却依然若有所思，阴郁地俯视着这片阴沉沉的灰烬。茫茫尘世，阴箍重重，藏垢纳污，浑浊横溢，只有这双眼睛却超然物外，透视万千。

盛夏中的一天，烈日炎炎，热浪四起，到处都热得“简直要着火了”。盖茨比、尼克、黛西和汤姆驱车前往纽约。途经灰烬山谷时，尼克强烈地意识到那一地带总是让人隐隐约约感到心神不安，甚至在下午耀眼的阳光下也是一样。因此即使他掉过头去，也觉得仿佛有人要他提防背后有什么东西。在灰堆上方，埃克尔堡大夫的巨眼在守望着。眼睛、巨眼，反复出现在读者面前，这绝非单纯的景物描绘。就在这一天，汤姆与盖茨比在餐馆里发生了激烈的争吵，两人由黛西引起的矛盾终于公开化了。而黛西本人则面临着重大的选择：是与汤姆离婚，同盖茨比重修旧好，还是继续和汤姆生活。这时的黛西还未完全舍弃她对盖茨比的浪漫情感，同时她又依恋着汤姆给她带来的荣华富贵和显赫的社会地位。歇斯底里之中，她执意自己开车回家，心神不定中开车撞死了默特尔。这时埃克尔堡大夫的眼睛再一次出现，其象征意义更加鲜明。默特尔死后，她的丈夫威尔逊怒不可遏，他站在窗口，呆滞的目光注视着窗外，喃喃自语又像是对站在一旁的邻居米切里斯说道：“我跟她谈了，我告诉她，她也许可以骗我，但她绝骗不了上帝。我把她领到窗口，然后我说，上帝知道你所做的事，你所做的一切事。你可以骗我，但你骗不了上帝。”① 米切里斯站在他的背后，吃惊

① p：77.

地看到他正盯着埃克尔堡大夫的眼睛暗淡无光，巨大无比，刚刚从消散的夜色中显现出来。这时，作者通过威尔逊点明了埃克尔堡大夫的眼睛的象征意义。把埃克尔堡大夫的眼睛视为上帝的眼睛也许有些荒诞，但作为一个象征意象，却颇具奇效。

20 世纪 20 年代，人们蔑视道德法律，纵情寻欢作乐，放荡不羁，腐化堕落，人情淡漠，世态炎凉，菲茨杰拉德虽是这酣歌醉舞的参加者，但作为一名有敏锐洞察力的作者，他冷眼旁观，清醒地意识到上帝的眼睛无处不在，凌驾在这混浊世界之上的正义力量是不容遗忘的。

三、其他象征

1. 白色

大量的色彩描写也存在于《了不起的盖茨比》中，其中最典型的是与黛西相联系的白色的运用，它们不仅对刻画人物性格、烘托人物内心起到了画龙点睛的作用，而且被赋予了深刻的象征意味。

“白色”在美国文学与文化中有着特别的含义，它不仅指一种生理面貌特征，而且在美国的发展过程中它被赋予了一种独特的象征性。1993 年，美国社会学家路斯·菲兰肯伯格在他的著作《白人女性，种族问题》中对美国文学与文化中“白色”所特有的含义做了描述。他认为，“‘白色’象征了一种社会结构上的优势和一种种族的优越性，它（白色）代表了一种视角，白人通过这一视角来审视白人自身，审视别人和社会……”① 在不同时期，北美和美国白人主流社会采用了不同方法来维持“白色”在社会中的权威地位。在西方传统文化中白色本是纯洁的象征。黛西总是穿白衣服，开的是一辆白色小跑车，这正是她自以为是的社会和种族优越性的具体体现。但黛西在小说中呈现给读者的恰恰是她的不纯洁，在她身上，我们看不到她所代表的上流社会任何社会和种族优越性。没有颜色，没有内容，

① Ruth Grankerberg. White Woman, Race Matters: The Social Construction of Whiteness [M]. Minneapolis University Minnesota Press, 1993: 1.

缺乏内在实质的空虚是黛西的基本特征。

小说开始，尼克第一次看到黛西时，她正身着白色长裙，坐在乔丹身边。小说第六章，尼克和盖茨比应邀去黛西家吃饭，发现黛西和乔丹躺在一张巨大的长沙发上，好像两座银像压住自己的白色长裙。盖茨比被害的那天下午，他同尼克谈论往事时，还将黛西比喻成“皎皎发光”的白银。在这里，银与白这两重色彩正象征着黛西形象的两重性——既绚丽耀目，又苍白无力。银色暗示了她的社会优越性、富足与世故及她身上散发着的青春气息，而白色则变成伪善、空虚、苍白的代名词，它就像一面镜子，把全世界灵魂深处的肮脏、丑陋暴露无遗，体现了她的虚伪、无知、冷酷，说到底，她对社会、对人生、对他人，都是一样的不负责任、麻木不仁、无聊透顶。

2. 东西部

综观整篇小说，不难发现作者把美国的中西部对立于美国的东部，这也是有象征意义的。小说的叙述者尼克是美国中西部明尼苏达市家道殷实的头面人物。战争结束后他从战场上回到家中感到百无聊赖，中西部不再是世界温暖的中心，倒像是宇宙荒凉的边缘。于是，他决定到东部去学做债券生意。但来到东部后的所见所闻，尤其是目睹了发生在盖茨比身上的悲剧后，尼克心灰意冷地回到西部。火车在寒冷漆黑的田野上奔驰，尼克顿觉兴奋愉快，起初使他感到厌倦的中西部，这时成了他重新恢复心理和道德的平衡之良地了。以小说叙事人身份出现的尼克代表着美国传统道德规范。起初尼克被漂亮的美女、耀眼的财富及东部人们温文尔雅的举止所吸引，但他逐步看穿了汤姆和黛西圈子中的魅力与优雅，发现他们个个其实堕落粗俗并且怯懦。同样，尼克也看到了盖茨比本质中的悲剧因素，即他那种独特的浪漫理想主义。尼克离开东部，他的目的是希望回家寻找某种残存的真实的道德和人性。

菲茨杰拉德在此借用了美国传统的对东部和西部的二分法观念，东部代表着那种欧洲式的深谙世故、迂腐刻板和虚伪做作，西部却具有从真正的美国土地——一个新的伊甸园中获得那种原始的基本的体面正派和善良美德。几乎小说中所有的主要人物都来自西部，盖茨比、汤姆、黛西、尼克都从西部来到东部的纽约定居，而最终大都回到西部。正如尼克所说，也许他们具有什么共同的缺陷使他们无形中不能适应东部的生活。即使在东部尼克最感兴奋之时，他也觉得“东部有畸形的地方”。这种感觉在盖茨比死后尤为突出，东部在他心目中就是这样鬼影憧憧，面目全非超过了他眼睛矫正的能力，以致尼克决定打道回府，离开这是非之地。

主人公盖茨比为自己的梦想所付出的努力在东部这种畸形之地显得那样的不着边际，苍白无力。小说的悲剧就在于尼克的重返西部，从深层意义上来看，这与其说是奔向美国的未来的希望，不如说是退往美国的过去。

四、结语

《了不起的盖茨比》以其独特的象征手法将 20 年代美国的社会风貌、时代精神和人物心态栩栩如生地展现在读者面前，生动地反映了“美国梦”破灭的全程，在当今强调个人与世界相连、人类生存与世界发展同步的时代，该小说具有重要的现实意义。从某种意义上讲，小说的主人公盖茨比本身就是一个生动的象征，是理想主义的象征。他的浪漫主义以及他对财富的错误认识，造成了他那不可避免的悲剧下场。可以说盖茨比的悲剧也是美国理想主义的悲剧。

作者介绍

F. S. 菲茨杰拉德，美国小说家。1896 年 9 月 24 日生于明尼苏达州圣保罗市。父亲是家具商。他年轻时试写过剧本。读完高中后考入普林斯顿大学。在校时曾自组剧团，并为校内文学刊物写稿。后因身体欠佳，中途辍学。1917 年入伍，终日忙于军训，未曾出国打仗。退伍后坚持业余写作。

1920 年出版了长篇小说《人间天堂》，从此出了名，小说出版后他与吉姗尔达结婚。婚后携妻寄居巴黎，结识了安德逊、海明威等多位美国作家。1925 年《了不起的盖茨比》问世，奠定了他在现代美国文学史上的地位，使他成了 20 世纪 20 年代“爵士时代”的发言人和“迷惘的一代”的代表

作家之一。

菲茨杰拉德成名后继续勤奋笔耕，但婚后妻子讲究排场，后来又精神失常，挥霍无度，给他带来极大痛苦。他经济上入不敷出，一度去好莱坞写剧本挣钱维持生计。1936年不幸染上肺病，妻子又一病不起，使他几乎无法创作，精神濒于崩溃，终日酗酒。1940年12月21日并发心脏病，死于洛杉矶，年仅44岁。

菲茨杰拉德的主要作品还有《夜色温柔》（1934）和《末代大亨的情缘》（1941）。他的小说生动地反映了20世纪20年代"美国梦"的破灭，展示了大萧条时期美国上层社会"荒原时代"的精神面貌。

第五节

人生的荒谬和困惑——《太阳照常升起》的存在主义解读

一、作品概述

《太阳照常升起》是美国作家海明威于1926年出版的长篇小说。作者因此成为"迷惘的一代"的代言人，并以此书开创了海明威式的独特文风。

小说采用了第一人称的叙事视角，描写一群年龄和经历大致相仿、性格和思想却迥然不同的青年知识分子漂泊在巴黎的生活图景。主人公杰克·巴恩斯是故事的叙述者和中枢人物，他出生于美国堪萨斯城，参加过第一次世界大战，战争结束后以记者的身份侨居巴黎，书中出现的几个主要人物都是和他关系密切的挚友或熟人。巴恩斯曾在意大利前线的一次战役中身负重伤，由于受伤的部位偏巧是他胯下的生殖器，使他从此落下了性功能障碍的后遗症，因此他虽有性爱的欲望，却没有做爱的能力，无法同他心爱的女人在一起过正常的生活。这是郁积在他心中的最大症结，是他的一切烦恼和不可名状的痛苦的罪魁祸首，也是这部小说的核心主题。巴恩斯深爱的女人是故事的女主人公勃莱特·阿什莱，勃莱特也深爱着他，两人相识已久，然而残酷的现实却注定让他们无法结为夫妇。由于自己性无能，巴恩斯只能坐视、容忍勃莱特和别的男人寻欢作乐，由于对勃莱特爱之入骨，他愿意满足她的一切要求，甚至可以撮合她跟别的男人幽会，眼睁睁地让她成了他人的未婚妻或情人，然而他灵魂深处却在咀嚼着难以言说的悲酸和痛苦，这种矛盾、复杂的滋味是不言而喻的——有内疚，有心痛，有妒忌，有失意，有孤独，有无奈，有苦闷，有空虚，有屈辱，有无处宣泄的愤恨……种种禁锢了精神并使之痛苦的东西全都纠结在一起。这种令人心碎的痛楚不是常人所能忍受的。

二、无意义的世界

1914 年第一次世界大战爆发，许多美国青年带着“为世界人民的和平与幸福而战”的梦想来到了欧洲，但在战场上看到的却是残酷的杀戮和恐怖的死亡，许多人白白葬送了生命，侥幸活下来的也都身心受到严重摧残。对他们来说，通行的道德标准、伦理观念、人生理想等，全都被战争给摧毁了。所以他们心情苦闷，感到前途渺茫。战后资本主义世界的动荡不安和危机的加深，又加重了他们心灵的空虚和病态的桀骜不驯。他们把自己孤立起来，没有明确的社会理想。为了逃避地狱般的现实，他们沉湎于喝酒、跳舞、闲聊以及放荡的性生活，希望寻欢作乐，寻找刺激性的活动使自己振奋起来。然而这种生活并不能使他们得到满足，反而使他们更加远离生活的常轨，陷入更深的悲观绝望而不能自拔。杰克·巴恩斯等一些青年人在第一次世界大战之后流落欧洲。战争使杰克丧失了性功能，不能与所爱的人在一起过正常人的生活。这里真实地表现了战争对整个人类的阉割。当时的欧洲大地上到处弥漫着悲观绝望的气氛，文化精神上是一种普遍的荒原感。从战场上回来的青年完全陷入理想幻灭之中，心中充满了愤世嫉俗的情绪，却找不到发泄的出路，认为一切状况都不会改变，也不会有所好转，人生短暂而宇宙永恒。因此，人生毫无意义，也无所渴望。巴

恩斯因战争创伤而阳痿，他看着自己心爱的女人一次次投入别人的怀抱感到如生活在地狱中一般。为了忘却痛苦，他沉迷于酒精、舞会和美食。只是为了有个伴儿，逃脱孤独。勃莱特在“一战”中是位英国护士，战争使她的第一位爱人死于痢疾。后来她在意大利前线结识巴恩斯并双双坠入爱河，战争结束后巴恩斯却成为性无能者。她又结了婚，丈夫却是个被战争吓破胆的精神病，这位连睡觉都抱着枪的男人经常虐待她，使她准备与之离婚。所以说她过得也十分痛苦。

生活中的苦难使她扭曲为一个变态的放纵性欲的女人，一个酒鬼。她很随意地从一个男人的怀抱转到另一个男人的怀抱，从迈克、科恩到比她小好多岁的罗梅罗。巴恩斯亲身经历了战争的残酷，看到人们战后买卖战功勋章，充分感受到了战争的荒诞与荣誉的虚伪。战后他失去了一切信仰，变成了个酒鬼。他无所作为，挥霍父母的钱财虚度岁月。他没有责任感，尽管已破产却仍挥金如土，爱情在他心中已经死亡，勃莱特在他眼中只是“迷人的东西”。任何的标准、责任、道德、规范都从他的人生字典里消失了。他像个空心人似的生活在战后的精神荒原中。他活得很累，正是在这些日常生活的杯水风波之中，人们感到了他们精神上的巨大痛苦。海明威有时让他的主人公在生死磨难面前经受精神上的炼狱，使之承受了过多的心灵重压。

精神痛苦是20世纪最时髦的世纪病，迈过20世纪的门槛，两次世界大战给人类造成了空前的浩劫，文艺复兴以来人类所建立起来的理性原则、价值体系遭到了空前的摧毁，人类从上帝的宠儿一下子变成了宇宙的孤儿，丧失了赖以安身立命的精神家园。生存意义在失落，生存价值在消解，最让人难堪的还是生命活力的匮乏与消失。这主要表现在性能力的丧失和性后果的恐怖。

这些人是精神上的毁灭者和生活上的失意者，他们被荒谬的社会现实抛出了生活常轨，在极平常、极普通的生活中一点一点地消耗着生命的能量，他们的悲剧是普通人之间制造的悲剧，他们的内心充满了孤独、悲怆，太阳虽然“照常升起”，实际却是“夕阳西下”，无时不流露出人们对生活无可奈何的哀叹和精神遭到毁灭的“世纪末情绪”，可见小说的潜在主题并不体现在情节发展的逻辑之中，而是隐藏在作品所描写的生活画面之外，在作家不动声色的描写中隐含了深刻的悲剧意义。在更深层的意义上，这种自甘堕落的生活方式和情感方式正是对荒谬现实的一种逃避，也是一种无可奈何的选择。这正是一幅战后荒诞的画卷，生活于其中的人不仅身体千疮百孔，精神上也失去了家园，迷茫痛苦，如行尸走肉般地生活在这幅荒原画卷中。

三、无意义的人生

面对荒诞的世界，痛苦、无意义的人生，人们都在苦苦寻找着精神家园。一切标准都丧失后，他们试图寻找自己的生活准则。“存在一种莫名其妙的真空，那里有感觉得到的具体的东西。海明威的主人公不是含糊地、安慰地思考包围人的生活的无限虚无的意义，而是更喜欢通过日常小事中秩序与纯洁的仪式来克服他对虚无的恐惧。在生活中，在创造中，只有这个才会给予他意义。”① 巴恩斯觉得世界是怎么回事，他并不在意，他只想弄懂生活在其中是怎么回事。说不定假如你懂得了如何在世界中生活，你就会由此而懂得世界到底是怎么回事了。弄懂如何生活在这个世界上就是寻求有意义的生活。从作品的思想意识角度来讲，这就是小说的“潜在主题”。小说中每个人都试图在生活下去的过程中寻求意义、秩序和美。生活中的苦难使勃莱特成为一个酗酒者和放纵性欲的女人，堕落成为她的代名词。然而，她并不甘心受命运的摆布，她试图寻找自己的道德标准。虽然巴恩斯无能，但她始终深爱他；她和科恩短暂风流后就抛弃了他，主要是因为科恩没有男人味儿。在小说结尾，她痛苦地拒绝并赶走了她心爱的斗牛士，因为她不愿当一个糟蹋年轻人的坏女人。她下决心不让自己做坏女人，这样使她感到很舒坦。这种做人的标准多少可以取代上帝。这一系列有道德的选择赋予她的存在以新的本质和意义，她成了相信爱情并且知道

① Tanncr Tony. The Wave of Wonder: Naivety and Reality in American Literature ［M］. Cambridge: Cambridge University Press, 1965: 226.

应该怎样去爱的人，至少她现在不是一个自私的人。勃莱特的经历体现了存在主义者“存在先于本质”和“自由选择”的思想。

虽然战争使巴恩斯充满了幻灭感和痛苦，但作者通过设计一系列的情节让他在选择和行动中逐渐重新找到了生活的真谛。在小说中，巴恩斯尽力有道德地活着，艰难地对抗着残酷的现实。虽然有伤残，但他能忍受自己的痛苦，控制着自己不给别人制造麻烦，这完全不同于迈克或科恩的选择，流露痛苦、放纵甚至甘于堕落。巴恩斯还坚守这样的标准：一个人必须为自己所得有所付出，用挣来的钱换取对自己有用的东西，所以虽然感到工作很乏味，他还是很认真地工作，通过写稿和发稿，使自己过得有秩序。他懂得感情的价值，给予和同情的价值。他花钱很谨慎、很节省，但当朋友处于困境时，他每每慷慨解囊。在庞普洛那，他爬上楼梯看望受伤的科恩，原谅他并与他握手。他把自己的那瓶葡萄酒给了迈克，为他那发抖的朋友打开瓶盖并将酒倒进杯子里，后来又将他安顿上床睡觉，安慰他。在西班牙斗牛节，从斗牛士身上他找到了做人的道理，那就是直面死亡，在重压下保持尊严。斗牛结束后，他在圣塞冗斯蒂安平静、寒冷的海水中游泳时，感觉得到了净化、恢复和再生。海明威让巴恩斯在一连串的选择和行动中找到了正确的生活方式。那就是“硬汉子精神”，即在痛苦中保持尊严的生活方式。巴恩斯的故事也反映了存在主义者“存在先于本质”和“自由选择”的思想。

《太阳照常升起》中，海明威用了近1/3的篇幅来写迷茫的人到西班牙看斗牛，花大量的笔墨为形形色色的迷茫的人树立了一个精神榜样——斗牛士罗梅罗。斗牛是一种极端危险的运动。斗牛场就是战场，充斥着鲜血、杀戮、死亡。但罗梅罗无论在斗牛场内还是场外都表现出了勇气、尊严、自制。他总是把身躯最大限度地暴露在牛面前，故意扭摆身躯，这与贝尔蒙蒂等人玩弄骗人的技巧形成鲜明对比，在与科恩打架的第二天，伤痕累累的他又出现在斗牛场，杀死了那头最凶猛、最顽固的公牛，为观众上演了人对抗死亡、对抗环境的教育课。所以说罗梅罗的斗牛是一种庄严的对待死亡的仪式，为迷茫地生活在精神荒原的人提供了一些标准：怎样面对死亡，面对生活。在斗牛场外，他的生活态度同样也是人们学习的榜样。

一次他和勃莱特在房间谈情说爱，妒火中烧的拳击手科恩闯进去，在这种情况下，罗梅罗毫无优势可言，但他没有惧怕，而是勇敢地奋起保护自己的尊严。他 15 次被打倒在地，15 次他都站了起来。他拒绝与科恩的求和并适时给予了还击。“一个人并不是生来就给打败的，你尽可以把他消灭掉，可就是打不败他。”① 当勃莱特赶他走时，他毅然走了，对待生活中的变故，像在斗牛场一样无畏，这表明他的人格是独立的，这与科恩当众哭哭啼啼悲惨地离开形成了鲜明的对照。所以说，罗梅罗无论在场内还是场外，都保持着重压下的优雅，即勇敢地面对危险、暴力甚至死亡，从不灰心丧气，不屈不挠地坚持通过行动表现压力下的优美。

四、结语

《太阳照常升起》的总体结构就是在讲男女主人公寻求人生价值和生存意义的过程，并且找到了学习的榜样。这种在无意义的生存中寻求意义的过程反映了存在主义的“存在先于本质”以及“自由选择”的思想。可以说，海明威这本小说体现了萨特式存在主义哲学的某些特征，隐藏着存在主义思想感情。海明威提倡他的主人公在选择时、行动时要遵守某些准则，如道德、勇气、坚忍等。这些准则使一个人在艰难困苦中能保持做人的尊严，即取得“重压下的优雅”。这就是海明威的“硬汉准则”——一种审美的生存方式。这种生存方式在今天仍然可以激励和鼓舞人们在遇到痛苦、压力时勇敢拼搏，顽强地生活。

作 | 者 | 介 | 绍

欧内斯特·米勒·海明威（Ernest Miller Hemingway，1899－1961），美国小说家，1954 年度的诺贝尔文学奖获得者。1953 年 5 月 4 日，美国作家海明威以作品《老人与海》获普利策奖。1961 年 7 月 2 日，海明威自杀

① 海明威. 老人与海［M］. 吴劳译. 上海：上海译文出版社，2001：52.

身亡。

海明威一生中曾荣获不少奖项。他在第一次世界大战期间被授予银质勇敢勋章；1953年，他以《老人与海》一书获得普利策奖；1954年，《老人与海》又为海明威夺得诺贝尔文学奖。2001年，海明威的《太阳照常升起》与《永别了，武器》两部作品被美国现代图书馆列入“20世纪中的100部最佳英文小说”。

海明威一向以文坛硬汉著称，他是美利坚民族的精神丰碑。海明威的作品标志着他独特创作风格的形成，在美国文学史乃至世界文学史上都占有重要地位。

海明威喜欢冒险，有四任妻子，拼命喝酒，任意争吵等，很多病一直缠着他，最后用心爱的猎枪结束了自己的生命。对于海明威自杀的评价，正如约翰·肯尼迪总统的唁电所说：“几乎没有哪个美国人比欧内斯特·海明威对美国人民的感情和态度产生过更大的影响。”诺贝尔文学奖获得者的哥伦比亚作家马尔克斯为纪念海明威逝世20周年而写的一篇名为《与海明威相见》的纪念文章中写道：“海明威的所有作品都洋溢着他那闪闪发光、但却瞬间即逝的精神。这是人们可以理解的。像他那样的内在紧张状态是严格掌握技巧而造成的，但技巧却不可能在一部长篇小说的宏大而又冒险的篇幅中经受这种紧张状态的折磨。这是他的性格特征，而他的错误则在于试图超越自己的极大限度。”

两次世界大战之间的美国小说

20世纪上半叶两次世界大战期间，美国发展成为一个高度现代化的国家，这也要求文学用新的形式来反映和表达美国社会的现代性。一方面，两次世界大战，尤其是“一战”为妇女和黑人带来史无前例的就业机会，而国际共产主义运动，尤其在1929年发生经济危机导致的10年大萧条期间促进了美国左派势力的发展，这些都有力地推动了“一战”后妇女、黑人、工人阶级和不安分的年轻人对传统的反叛和对更多平等权利的呼吁与争取，也促使女作家、黑人作家和左翼作家，以及所有关心这些社会问题的其他作家以各种形式表达他们对这些问题的思考。另一方面，世界大战的残酷杀戮，进一步动摇了美国传统宗教信仰和价值观，而工业革命和科技发展虽为美国社会带来繁荣及丰富的物质，但大机器工业生产和产品越来越多地主宰着美国社会和人的生活，使人产生异化感。人与人，人与自然，人与社会之间的关系越来越冷漠、疏离，世界变得越来越难以捉摸和把握，人们感到孤独、迷惘、压抑，甚至绝望。这些因素加上欧洲现代派文艺思潮的影响，使得美国文学领域发生了深刻的革新和变化，一般统称这一时期的文学为现代主义文学或现代派文学。广义的现代主义文学统指在这一时期发表的反映现代社会的文学作品。狭义的现代主义文学则具有反传统倾向和形式上的实验性，关心语言表达方式对现实的建构性力量，多数对现代社会表现出悲观情绪。总体来说，这一时期的文学在内容上注重主观感受、人的心理活动、意识或无意识，更多是提出问题，而非解决问题和提供答案。因为大胆的实验和创新，美国现代主义文学不仅发展出更为鲜明的民族文学，而且产生了一大批国际知名作家，推动美国文学的第二次繁荣（或称第二次美国文艺复兴）。

20世纪20年代，各种流派相继出现，反映了高度发展的资本主义社会的种种矛盾和精神世界方面的问题。30年代基本上是左翼文学占主导地位，

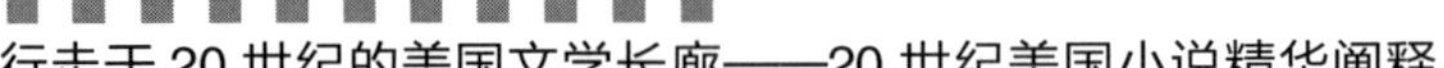

从30年代后期起，文学界分化成各个流派，又出现了纷繁多样的局面。总的来说，现代派文学与左翼文学是这一时期两股最大的文学思潮。从这一时期起，美国文学开始产生世界性的影响。1930年后，美国作家陆续得到诺贝尔文学奖奖金。20世纪初，美国的经济有了很大发展。垄断资本进一步集中，大城市人口密集，工农运动规模越来越大。社会面貌与人的精神面貌，已非19世纪传统现实主义手法与惠特曼式的风格所能准确反映。大战前的最初10年为孕育新的风格、新的流派做了准备，欧洲的现代派文艺不断传播到美国。第一次世界大战结束几年之后，对这次战争的厌恶情绪开始在文学上有所反映。“迷惘的一代”的作家大多参加过这次战争，他们普遍有一种被欺骗、被出卖的感受。他们不再相信虚伪的道德说教，而以玩世不恭的生活态度来表示自己的消极抗议。“迷惘的一代”的代表作是海明威的《太阳照常升起》。有些作家没有赶上参加战争，如“爵士时代的歌手”菲茨杰拉德，但他的情绪是和“迷惘的一代”相通的。海明威、菲茨杰拉德等作家唱出了幻灭的哀歌。稍晚的托马斯·沃尔夫在短短的十年间写出了好几百万字的小说，其中的主人公都是他自己，主题是不断寻求连作者自己也不甚清楚的目标。

这个时期传统现实主义的文学作品仍然不断出现，并且有所发展。德莱赛这个时期的作品包括《欲望三部曲》和《美国的悲剧》，对现实的反映和批判越来越深刻。辛克莱·刘易斯的《大街》打破了“村镇是美好的世外桃源”的神话。他后来的作品对商业、科技、宗教界的问题都做了揭露，他所塑造的巴比特成了庸俗、浮夸、讲求实利的中产阶级的典型人物。女作家薇拉·凯瑟以歌颂拓荒者开始，进而批判金钱势力，后来又从历史中去发掘现代美国所缺乏的精神美。

黑人文学在20世纪20年代也有较大发展。在当时文艺界推崇“原始主义”的影响下，纽约的黑人区出现了“哈莱姆文艺复兴”。休斯（1902-1967）、卡伦（1903-1946）等都是当时涌现出来的优秀作家。他们的作品在描写异族情调的同时，发掘了黑人古老传统，树立了民族自尊心。到了30年代末，黑人文学的战斗性进一步增长，出现了理查德·赖特的《土生子》（1940）这样的优秀作品。

1929年，美国出现特大经济危机，各种社会矛盾急剧尖锐化。工农运动高涨，马克思主义的影响扩大。约翰·里德（1887-1920）开了左翼文学的先河。30年代起，左翼作家队伍迅速扩大，成立了许多左翼文学团体与组织，创办了各种文学刊物，并在美国共产党领导下举行了多次会议。左翼作家写出了一批坚实的作品，在文坛上已确立了地位的名作家，如多斯·帕索斯、斯坦贝克等，在这股思潮的影响下也创作出一些优秀的社会抗议小说，如《美国》三部曲和《愤怒的葡萄》。30年代后期，国内外形势发生变化，左翼文学队伍开始分化。海明威、海尔曼等作家参加了反法西斯斗争，他们的作品提醒人民要警惕新的威胁。南方小说的兴起与发展是南方文艺复兴的有机组成部分，它依托于美国南方历史上的独特性，有着永远用不尽的主题——南方在美国南北战争中的失败。作家可以从政治、经济、文化和国民气质等各种不同的角度去探求失败的原因。南方还有着白人与黑人种族关系这一重要题材。许多南方小说家都曾接受过欧洲文学的影响，不少人还去过英、法等国研究这些国家的文学。许多南方小说家还兼搞文学评论，这样，南方小说有着自己的创作理论。第一次世界大战以后，美国南方涌现出一批优秀的小说家，而威廉·福克纳则是他们之中当之无愧的旗手。

第一节　一部现代主义的杰作——《喧哗与骚动》的写作特征解析

一、作品概述

作品描写了一个古老的种植园贵族之家的没落，展现了这个家族成员各自的生活遭遇和精神状态。作者抛弃了传统现实主义的创作手法，而借鉴了爱尔兰作家乔伊斯《尤利西斯》的意识流技巧，追求人物的心理真实。作品分四个部分。第一部分让康普生家族的小儿子班吉“讲故事”，他是个白痴，以他的所见所闻勾勒出朦朦胧胧的故事轮廓，接着再分别以大儿子昆丁和二儿子杰生重讲一遍故事。由于各人的角度不一样，所以故事的风貌也不同。最后，女佣迪尔西再将故事完整地讲述一遍，故事的细节和发生时间最终全部交代清楚。这是一部比较难阅读的小说，它打破了读者的阅读习惯，但是它的确是一部很有意思的小说，难度和有趣与它的名气大小程度相等。

《喧哗与骚动》的题名，选自莎士比亚名剧《麦克白》第五幕中麦克白的一句台词：“人生如痴人说梦，充满了喧哗与骚动，却没有任何意义。”故事发生在杰弗逊镇上的康普生家。这个家庭曾经显赫一时，如今已经没落，只剩下一幢破败的宅子，佣人也只剩下老妇人迪尔西和她的外孙勒斯特。康普生先生是1912年去世的。他在世时算是一个律师，但从不见他接洽业务。整天发一些愤世嫉俗的空论，把悲观失望的情绪传染给大儿子昆丁。康普生太太冷漠自私，无病呻吟，拖累和折磨全家人。这个家庭没有丝毫的温暖。女儿凯蒂可说是全书的中心，虽然没有单为她开辟一章，但书中一切人物的所作所为都与她有关。物极必反，在古板高傲、循规蹈矩的家庭中，出现了她这个放荡的女子。她行为不检点，先和一个暴发户子弟私通，后来嫁给一个门当户对的体面人家，但是，真相揭穿后，夫家将她驱逐出门。她把私生女儿小昆丁留在康普生家，自己则去大城市谋生活，成为一个名声不好的女人。

哥哥昆丁和妹妹凯蒂关系很好，他作为一个没落家族的最后一个道德的维系者，生性高傲、敏感而孱弱，竭力要挽救家族的名誉。当家族丑闻暴露后，他站出来，居然承认这个私生女是自己和妹妹私通的产儿，试图把妹妹屈就于暴发户子弟的反传统的道德观转化为贵族世家内部的乱伦关系，就在凯蒂出嫁后，他投河自尽。

杰生是凯蒂的大弟弟，他和昆丁相反，随着金钱势力在南方上升，他已顺应潮流，成为一个实利主义者，仇恨和绝望有时又使他成为一个没有理性、不切实际的复仇狂和虐待狂。昆丁对凯蒂的感情是爱，而杰生则是恨。由于凯蒂的丑行让她被逐出夫家，使杰生无法得到凯蒂丈夫应允给他的一家银行里的职位。为此，他居然把凯蒂寄给私生女小昆丁的赡养费据为己有，谁知小昆丁长大后，不堪歧视和虐待，把钱偷走，与一个流浪艺人私奔。

班吉是凯蒂的小弟弟，他是先天性白痴。1928 年，他 33 岁了，但是智力水平还相当于一个三岁的孩子。他没有思维能力，脑子里只有感觉和印象，而且还分不清它们的先后，过去的事与当前的事都一起涌现在他的脑子里，通过他的意识流，我们能够体会到他失去了姐姐的关怀，非常悲哀。

小说第一部分是班吉的故事。1928 年 4 月 7 日，是班吉 33 岁生日，他生命中的大部分时间是在年轻黑人勒斯特的看护下东游西逛度过的，他们在曾经属于康普生家的场地上看人打高尔夫球，然后在场地来回寻找一枚丢失的 2 角 5 分钱硬币。晚餐时，班吉注意到杰生和小昆丁在争吵，到了睡觉的时候，他看见有人从小昆丁的卧室钻出来，沿着一棵树爬了下去（暗示了小昆丁的私情）。大部分时间班吉的头脑里塞满了各种支离破碎的记忆。这些回忆大多数是关于童年和他姐姐凯蒂的经历：一会儿他的脑子里浮现出他和凯蒂、昆丁在水边玩耍的情景；一会儿他的脑子里又浮现出黄昏时分他在院子里瞎逛，使正在和男朋友接吻的凯蒂大吃一惊；一会儿他的头脑又浮现出在凯蒂出嫁时他喝醉的感觉；一会儿他的脑海又浮现出自己被母亲改名的情景；一会儿他的脑海又浮现出凯蒂因失贞回家后默不作声，显得心慌意乱，他感到情况不妙，朝她猛扑过去，放声痛哭起来。

小说第二部分是昆丁的故事。1910 年 6 月 2 日，昆丁在哈佛大学学生宿舍里自杀，临死时昆丁把祖父传给他的手表砸得粉碎，同时划破了自己的手。事前，他仔细穿上最好的衣服，把自己的东西打成包，然后分别给父亲和同学写信，从容吃过早饭之后，他在五金店买了两个大熨斗。当他坐在有轨电车上时，想起妹妹凯蒂，她最近嫁给了海德。她的性生活使他心情变得极度烦躁（暗示昆丁对妹妹的某种乱伦之爱），无论是她同先前的爱密司私通还是现在和海德结婚，都令他厌恶。昆丁在哈佛大学生活得并非愉快，觉得康普生家为了给他交学费，卖掉了属于班吉的那份土地，实在令人啼笑皆非。昆丁在转乘另一辆有轨电车时，回想起他同海德那次痛苦的见面，那人非常傲慢，自大得令他反感。昆丁下了电车，走进一家小村店。在那里，他看见有位小姑娘，看上去非常腼腆，于是，他给她买了几个小面包。不一会儿，有很多人前来和他搭话，其中有这个女孩的哥哥，他误解昆丁企图诱拐他的妹妹。昆丁也不辩解，任凭他们把他扭送到警察局。这时恰巧碰上了他哈佛大学的几个朋友，他们澄清了误会，把昆丁救了出来。他高兴地同他们一起共进野餐，但是，每当他回忆起同爱密司的不愉快接触，情绪马上低落下来。所以，当杰拉尔德信口胡说女人时跟他打了起来。施里夫最终把他们分开，昆丁气愤地回到哈佛住处。他把打架时沾到身上的血迹擦干后，便在傍晚时分跳水自杀了。

第三部分是杰生的故事。1928 年 4 月 6 日，杰生听说十多岁的侄女逃学，又气又恨。他驱车把小昆丁送到学校，然后回到镇上杂货店继续干他的单调工作。在商店，他又收到凯蒂的来信，询问孩子生活费用的问题。杰生很惊慌，因为他一直在侵吞孩子的生活费。整个上午杰生都在痛苦地思考他那令人失望的家庭。午饭后，杰生向母亲谈起家里的财务状况，小心翼翼地隐瞒自己的过失。下午在商店里看到侄女和剧团的一个人打门前走过，他十分生气，驱车追赶，没有任何结果。回来时发现股票行情暴跌。

第四部分是迪尔西的故事。1928 年 4 月 8 日，迪尔西唤醒勒斯特，要他取柴生火为全家做饭。小昆丁没来请安，杰生打开她的卧室，发现她已经踪迹皆无，急忙回到自己的住处，发现多年的积蓄已不翼而飞，于是他通知警察局帮助查找，但没有结果。当一切喧闹过后，班吉的大脑又恢复到空白的幸福之中。

二、意识流的运用

首先是叙事视角的不停转换。在小说中，作者熟练地运用了意识流写作手法，采用多视角的叙事手段，通过对班吉、昆丁、杰生和迪尔西的心理意识的描述，体现了白痴、精神错乱者、偏执者与虐待者对凯蒂堕落这一事件的不同心理状态，通过探索他们四人的意识和潜意识的机制，塑造了鲜明的人物形象。

小说的四部分描述了四个不同人物在不同的四天中的内心独白。班吉部分中描述的是 1928 年 4 月 7 日这一天的回忆。班吉 33 岁却只拥有三岁孩童的智商，因此他的意识流杂乱无章，毫无时间观念。但从他对 15 个场景以及几十个生活片段的回忆，大致可以看出全书整个的故事情节，在其更迭交错的描述中着重突出了对姐姐凯蒂的依赖。昆丁这一部分讲述了 1910 年 6 月 2 日昆丁自杀那一天的故事情节。与班吉毫无章法的痴人呓语不同，昆丁是一名有着抽象思维和理性意识的大学生，因为凯蒂有辱门风而耿耿于怀，但对挽救妹妹他却束手无策。由于昆丁处于自杀的高度紧张的精神状态中，因此他的意识流体现出亢奋状态，又紧张又恍惚。杰生那一部分讲述了 1928 年 4 月 6 日杰生的回忆。杰生是一名偏执狂和虐待狂，此部分展示了他对凯蒂的不满和怨恨。虽然他头脑清晰，富于逻辑，但偏执的性格使得他的意识流叙述也有混乱的一面。在迪尔西部分，改用第三人称叙述了 1928 年 4 月 8 日的那一天。这一部分以正常人的叙事视角补充了前三部分没有描述清楚的故事情节，展示了整个康普生家族几十年来的兴衰成败。作者通过视角转换，生动地从不同叙述视角展示出意识流的无形和随意流淌，为读者展示出一个交错复杂、凌乱无序的时间和空间概念。

其次是时间和空间的跳跃性描述。这也是意识流写作手法非常显著的标志，是作者着意使用的一种写作技巧，通过时间和空间的跳跃可反映叙事者意识的流动和跳跃。虽然这种跳跃有时会使读者不能理会作者的描述，增加了阅读的难度，但这种不连贯性可以很好地带领读者随着作品的发展去流动、去感受、去理解，增强了阅读感受和阅读乐趣。这种过程其实可以激发读者的遐想，是深入人物、进入小说人物内心世界的极佳途径。小说中，按照时间的发展顺序应该是“昆丁部分”、“杰生部分”、“班吉部分”、“迪尔西”部分，而“班吉—昆丁—杰生—迪尔西”这种不按时间顺序发展故事情节的意识流写作手法完全冲破了以往传统小说中的直线型叙事构架，倒置时空，打破了平常的思维逻辑顺序和写作语言的基本原则。这种新颖的对时间和顺序的处理并不是错乱的体现，通过时间的无序和多角度的人物内心描述，读者能够自由地去联想，不断明晰事物发展的方向。这种错置的时间和空间写作技巧，使读者在无序的混乱中逐渐变得更加协

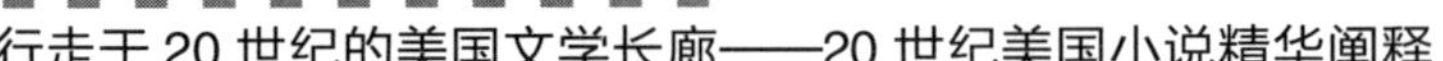

调和完整，增强了作品的多层次性，加强了小说的主题意义，体现了意识流小说的艺术美感及创造性。这正是意识流小说叙事手法的主要标志。

最后是小说中语言表达的速度。福克纳很好地运用了意识流中语言表达的速度来控制故事的情节与叙事角度。第一部分班吉的错乱语言轻柔缓和，为读者慢慢拉开了小说的序幕。昆丁的语言韵律最具特点，当他情绪低沉、异常沮丧时，语言的节奏显得非常平缓；当他高度紧张、精神亢奋时则语言速度明显加快，富于跳跃，韵律杂乱无章，通过语言节奏慢慢接近他自杀的终结。杰生是一名正常的语言描述者，因此语言速度轻松活泼。第四部分为全书的尾声，作者又调整了语言速度，以第三人称的叙事角度为读者补充了整个未交代完整的故事情节，使读者获得客观的阅读感受。这种与诗化韵律、音乐节奏的相似表达，能够帮助作者表达错综复杂的人物关系、叙事空间，揭示了整个家族几十年的命运。对不同的人物、不同的叙事阶段、不同的意识流表达以及语言节奏选择性表达了小说主题。

三、不确定性

首先是小说主人公的不确定性。对小说人物身份的探索是后现代主义的一大特征。与传统小说不一样的是，在《喧哗与骚动》中没有十分清晰特定的主人公。有些评论家认为班吉是小说中的主要人物，因为他见证并客观地叙述了小说中最关键的一章，小说题目本身也直接指向他。也有学者认为凯蒂是该小说的主人公，从对其他人的影响力方面来讲，凯蒂对他人的影响力无疑是最大的。小说中的注意力和感情部分的核心就是凯蒂，她已经成为小说中不同部分的连接枢纽。如果说凯蒂是小说的主人公，但又是一个具有“不确定性”的主人公。她在小说中，在不同人物的眼中，具有不同的身份，而她的故事，都是通过四个不同的叙述者讲出来，没有一个声音是权威或者压倒一切的。具有不同价值观和不同个人经历的叙述者通过他们的记忆和想象，塑造了一个充满矛盾和诠释空间的凯蒂形象。凯蒂的形象只是存在于他人的偏见中。

其次是情节的不确定性。情节是小说最基本的要素之一。在《喧哗与骚动》中，福克纳抛弃了传统小说连贯、逻辑、封闭的小说情节模式，而让他的叙述者不是从头到尾按时间顺序进行。但这种叙述又不是常人所说的倒叙，因为倒叙就意味着站在现在的位置回顾过去。作者让过去与现在交织在一起，让读者难以分辨。巴赫金在论及小说对话问题时认为，对话实际上可能在小说的任何组成部分，任何内在和外在的因素，比如不同人物性格、视角、事件、时间、地点等之间进行。正是这种对话使得小说变得“不规则”和难以确定，或者用巴赫金的话说，它造成了复调小说本质上的不确定性①。《喧哗与骚动》没有连贯的故事情节，很多故事的存在没有逻辑可言。从情节的发生时间来看，这篇小说中共包括四个部分，即四个不同的时间段。第一部分为班吉部分，时间是 1928 年 4 月 7 日；第二部分是昆丁部分，时间为 1910 年 6 月 2 日；第三部分为杰生部分，时间是 1928 年 4 月 6 日；第四部分是迪尔西部分，时间为 1928 年 4 月 8 日。这四部分在本质上存在着非常紧密的联系，但是表面上看不出有什么联系，似乎是随意安排的。

在第一部分，所有的故事都是通过班吉的视角来体现的。班吉作为一个白痴，没有语言表达能力，只能通过呻吟的形式来表达自己的意识。在他的意识中，几十年的所有故事都完全聚到了一起，没有秩序可言。第一个情节的杂乱无章为后面的三个故事情节发展做了铺垫。昆丁的部分是小说中的第二个部分，这个部分的情节发生都按昆丁的意识来展开。他的意识呈跳跃式发展，在他的意识中，现在是模模糊糊的一片，混浊不堪，而未来又是不可预知的，只有过去发生的一切才是清晰可见的。杰生的故事在小说中被放到了第三章，情节的推进也是按人物的内心意识展开的。通过故事的内容，读者会发现，在杰生身上，有着狡猾、冷酷无情、见利忘义等多种不良的品行。在他的思想里，自己就是罪恶的化身，无时无刻不在为自己的利益着想。第四部分故事的情节叙述特点不同于前三章，作者用自己全能的观点来描绘故事。这样四个部分的故事情节在福克纳笔下就

① 肖明翰.《押沙龙，押沙龙!》的不可确定性［J］. 四川师范大学学报（社会科学版），1997（1）：23.

像一座迷宫，一个个的故事慢慢散落，一点一点的信息渐渐浮出水面，待读者重新拼构组成一幅图画，也奏响出一曲南方家族没落的无尽挽歌。

最后是小说主题的不确定性。小说《喧哗与骚动》的情节涉及方方面面，题材类型多样，不仅有婚姻、社会伦理等，还有政治和历史。每一个读者都可以从自己的视角来对小说进行理解，因此也会从这部小说中挖掘出不同的主题。第一种主题是批判资本主义为近代社会中的“人性美”带来了彻底毁灭。在康普生家族中，凯蒂一开始是一个内心善良、纯洁的女孩，家族中只有她真心实意地对待哥哥和弟弟，因此，她其实就是人性美的象征。但到了后来，凯蒂逐渐堕落，成为妓女、情妇，人性美的一面完全消失了，这也象征了“人性美”在资本主义到来后逐渐消失了。该小说的第二种主题是赞颂黑人的精神美。在《喧哗与骚动》中，黑人女佣迪尔西是福克纳最喜欢的人物之一。迪尔西从小就生长在康普生家中，没有受过什么教育，但能够深明世态，她的身上具有很多优良的品质，为人忠诚、仁爱，又有毅力。“人性的复活”和“人类是有希望”的思想被作者寄托到了迪尔西一样的黑人身上。在这篇小说中，她的形象最为光辉。也有人认为这篇小说的主题是美国南方士族阶级价值体系的崩溃。在美国南北战争之前，南方以农业经济为主，表现为庄园经济。庄园经济是以家庭为核心的，因此家庭的观念在南方特别明显。但是，在南北战争后，曾经显赫一时的康普生家族已经失去了往日的辉煌。战争结束后，奴隶制度被推翻了，随即而来的是南方贵族价值体系的毁灭。还有人认为该小说主题表达了作者对近代文明的批判。在小说中，主人公的命运颇为悲惨，而这些都是受到新旧文明交替的影响。随着资本主义经济越来越发达，人们的精神美、人性美和一些道德价值观念逐渐丧失，作者正是要对近代文明进行深刻的批判。

四、结语

福克纳在《喧哗与骚动》中通过对叙事视角、意识流和各种文本要素的不确定性运用，显示了其小说创作非凡的驾驭能力和艺术才华，表现了他对错综复杂的南方社会关系的准确把握和对人类美好情感的赞美。他新颖的艺术风格，使作品具有更深刻的内涵和强烈的艺术效果。

作者介绍

威廉·福克纳（William Faulkner，1897–1962），出生在美国南方密西西比州北部一个名叫纽爱尔巴尼的小镇，1902年举家迁居到不远处的奥克斯富镇。福克纳的曾祖父被人尊称为“老上校”。他白手起家，自学成才，当过律师，打过仗，南北战争时期曾组建并统领过南军的两支军队。战后，他修建了当地第一条铁路，还写过畅销小说《孟菲斯的玫瑰》，并当选为议员，他的传奇经历对福克纳影响至深。福克纳的祖父人称“小上校”，他继承了父亲的产业，延长了家传的铁路，还当过州议员和本地银行总裁。但不久以后，家业开始败落，他失去了对银行和铁路的控制权。到了福克纳的父亲手里，家境更是潦倒，靠开马行为生，他的软弱无能让家人十分失望。福克纳的母亲是一个虔诚的基督徒，她个性坚强，勤奋上进，热爱阅读与绘画，注重对子女的文化和道德教育。作为家庭的中心，她对福克纳的成长与发展起了很大的促进作用。

福克纳自小喜爱自然，对打猎、骑马、钓鱼很感兴趣，在自然界中熏陶出了对美的感受力。由于个性、爱好等原因，福克纳接受的学校教育很不正规，他只读到11年级，未能高中毕业。但他自幼喜爱文学，读了许多家传的经典文学作品，如莎士比亚、狄更斯、巴尔扎克等人的书，后又在朋友兼导师菲尔·斯通的指导下，进行了较为系统的阅读，特别是研读了19世纪英国浪漫主义诗歌和法国象征主义诗歌，并开始涉猎20世纪现代派作品。

福克纳一共写了约20部长篇小说与百余篇短篇小说，其中15部长篇与绝大多数短篇的故事都发生在约克纳帕塔法县，被称为约克纳帕塔法世系。其主要脉络是这个县杰弗逊镇及其郊区的属于不同社会阶层的若干个家族的几代人的故事，时间从1800年起直到第二次世界大战以后。世系中共600多个有名有姓的人物在各个长篇、短篇小说中穿插交替出现。其中最有代表性的作品是《喧哗与骚动》。

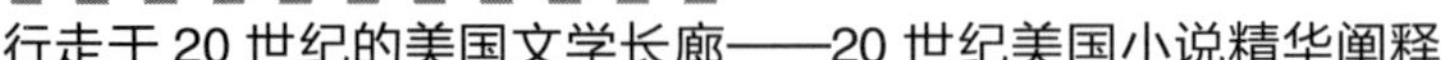

第二节
一部美国群像小说——浅析《美国》的多重创作风格

一、作品概述

多斯·帕索斯是美国近代最杰出的小说家之一，属于美国20世纪“迷惘的一代”，以其代表作《美国》三部曲闻名于美国文坛。他的“群像小说”新异的创作手法——“照相机镜头”、“新闻短片”、“人物小传”，糅小说（各异的人物的命运）和历史（瞬息的，整体的，个别的）于一体，使他在美国近代文学史上独树一帜，而有别于同时代作家海明威、菲茨杰拉德、卡明斯等人。

第一次世界大战前，美国资本主义工商业得到迅速发展，不断的阶级分化带来了阶级矛盾、社会纷争的进一步激化。战后的动乱、上层间的相互倾轧，猛烈地冲击着美国社会，使许多人失去了应有的道德标准而陷入了悲观主义。多斯·帕索斯根据自己的亲身经历，以现实主义态度严肃认真地研究了美国的现状与历史，有针对性地在民间做了广泛的调查，深入了解普通美国人的政治倾向和生活状况，寻求导致平民百姓迷惘失意的根源。与此同时，他苦心搜集整理美国进入20世纪后30年报纸上登载过的重要新闻，以及政要人物的演说词和议会做出的评论。他以敏锐的洞察力分析了30年存在于美国来自上下两层的最足以反映社会实质的典型事例，以“历史设计师”的宏伟气魄，从1930年起呕心沥血用了连续六年时间，完成了文学史家称为“伟大的民族史诗”的《美国》三部曲。

《美国》三部曲规模宏大，包括《北纬四十二度》（1930）、《一九一九年》（1932）和《赚大钱》（1936），作品的时间跨度从20世纪初直到1929

年美国经济危机的爆发。多斯·帕索斯经过精心设计、构思，在三部曲中着力刻画了12个主要人物形象。这些人物中有从技术员攀升到资本家的人，有鼓吹阶级调和的资产阶级分子，有立场不稳、意志薄弱的知识分子，有激进、坚强的知识妇女，有以流浪谋生的劳动者，有美共党员，有资产阶级小姐等。这些人物按自己的意向各自活动，生活上很少有来往，组成了一个个独立成章的故事。作者从人物的社会地位出发，来剖析他们的思想与行动。为避免罗列人物、堆砌事件和出现隐喻，《美国》三部曲自始至终贯穿着两条主线：一条侧重写人们熟悉的头面人物与重大事件，并以他们的经历为经纬艺术加工成有头有尾、有代表性的故事，从社会总面层揭露剥削者的虚伪奸诈、投机钻营和他们操纵下美国社会政局的动荡；一条侧重写中下层人物的思想与生活，把个人的遭遇放到社会大潮流中去，使人们认识到个人命运并非取决于自己和家庭，而是与种族肤色、社会地位相关联，由社会变革所决定。然后织成纵横交错、复杂纷纭的社会生活总画面。让读者立足现在，结合历史，联系自己提出问题去思考与评判。

《北纬四十二度》是《美国》三部曲的第一部。这部作品中有许多人物。例如，费尼·麦克是生长在美国一个大城市的贫民区的孩子。麦克在母亲死后，跟随叔父去了芝加哥。后来他结交了艾克，两人结为好友，一起闯荡社会，非法偷乘货车、干临时工、嫖女人。后来两人失散，麦克到了旧金山住下并当了印刷工。麦克爱上了梅西，但由于他信仰社会主义，两人发生了争执，当麦克放弃了工作去内华达支持罢工时，梅西十分恼怒。不久，梅西怀孕，麦克被迫回去与她结婚。女儿出世后，麦克感到自己被养家的责任捆住了手脚，对放弃政治活动颇感愧疚。后来，由于与梅西长期争吵，麦克离家出走，参加了墨西哥革命。

珍妮在乔治敦长大，她小时候就憎恨父亲而崇拜哥哥乔。长大后她爱上乔的朋友亚力克，后来亚力克在车祸中死亡，珍妮痛不欲生。从学校毕业后，珍妮当了速记员，跟同事杰里·伯恩汉姆很要好，杰里是个漂亮的浪荡公子。但珍妮自小受到的严格教养使她拒绝了杰里。后来杰里在“一战”中去了欧洲。这时当了海员的哥哥乔回来了，但珍妮却发现他变得粗野而无教养，心中很是不安。后来珍妮也变得世故起来，也不那么害怕男

人了。

穆尔豪斯出生在特拉华，虽然学习好，但由于家境差，无法上大学。后来在工作中认识了一位上流社会的姑娘。虽然他们结了婚，但他却发现妻子在蜜月中与别的男人调情。不久他便离开了妻子，搬到匹兹堡，雄心勃勃，想要干一番事业，做个大商人。埃莉诺·斯托达德出生于芝加哥贫民区，对自己的生活环境十分反感。一天她结识了伊芙琳·哈钦斯，两人很快成为知己，一起混迹于生活放荡的人群中。后来两个姑娘合伙承办室内装潢业务，居然成功了。穆尔豪斯与富翁的女儿结婚，事业成功。埃莉诺为穆尔豪斯装饰新居，成了他的红颜知己，而珍妮也遇到了穆尔豪斯，成了他的秘书，并委身于他。麦克在墨西哥过得逍遥自在。而这时美国要参加第一次世界大战，这些朋友们热情高涨，要去欧洲。

因此，《美国》既是在写整个美国，写它的历史与现状，写富人主宰下瞬息万变、多层次的社会生活，又是在写自己和自己周围身世各异、有特色的人与事。

二、全景式的表现形式

这部作品引人注意的首先是它的表现形式。它由四种题材组成：第一种是“人物形象”，这是最常见的、传统的、几乎所有的小说都必须采用的方法。第二种是“人物传记”，作者选取了20世纪前30年美国历史上各行各业的风云人物进行勾勒。第三种是“新闻短片”，以剪报的形式对当时的新闻内容、标题、歌曲、广告等进行罗列。第四种是“摄影机眼”，通过摄影镜头的移动扫描外部的世界和人物的内心。单单从上述这些英文术语读者就已经看出了这部小说所蕴含的文学代码：传统的现实主义人物形象刻画，现代主义宏大叙事般的全景式描写，以及后现代主义“新闻写作”和“照相式”再现。但占主导地位的代码仍是现代主义的全景式描写。

《美国》是公认的“集体小说”。与一般作品集中描写一两个主人公不同，《美国》共写了12个主要人物和28篇人物传记，是名副其实的“群像”。主要人物有：麦克、珍妮、穆尔豪斯、埃莉诺·斯托达德、查利·安德森、乔·威廉斯、理查德·埃尔斯沃思·萨维奇等。如此众多人物的出场，显然表现出作者要写出集体的美国、一个时代的美国的创作意图。多斯·帕索斯把这个年代的凶残、平庸、腐败与不公平统统塞进他那部伟大的三部曲《美国》中。《美国》一开始就描写一个年轻人在街上孤独地寻找工作，而结尾则是一个流浪汉到处奔走，寻找安身之地。从头到尾，作品都给人一种无根的漂泊感，表现出一种周而复始的循环。作品中众多人物的“你方唱罢我登场”，也强化了这种流动性，老人，孩子，男人，女人，真实的人，虚构的人……虽然他们走马灯似的不断变换，但他们具有很多相通之处，都体现着人类的特点。T. S. 艾略特说过：“所有的女人只是一个女人。”① 同样，我们也可以说“所有的人只是一个人”，多斯·帕索斯表现众多的人，就是表现一个人，表现一个人的方方面面，就是人生写真、人性大观！实际上，这与其说是表现一个人，倒不如说是表现了作为一个正在崛起的政治经济“巨人”的美利坚合众国的全方位景观。

《美国》的全景性特点极为突出。作者博采众长，兼容并蓄，把一切可能的潜在的含义填塞进动作核心中，使它包罗万象，含义无穷。作者不但写了很多人，大到议员、总统，小到乞丐、妓女，而且使用了多种语言，如“我不会说英语我听不懂我不理解我不知道我不懂你在说什么”②，五个“我不”分别为不规则的英语、西班牙语、法语、意大利语和俄语，用这些不同的语言形式，表现来自不同国度和地区的人在零乱嘈杂的环境中无法沟通和交流的无序状态。在文体上也是五花八门，有断续的标题、诗体、散文体，也有连续的、无标点符号的、一贯下来的意识流体；有一行为一个段落甚至半句话或一个单词为一个段落的简单勾勒，也有大段大段的细致描写。作品中的空间范围涉及了美国、英国、法国、意大利、西班牙这些西欧国家以及拉美国家等，场面繁多，展现了一幅幅千姿百态的社会图景。如果说，优秀的作家应当是未来时代的预言家的话，那么毫无疑问，在多斯·帕索斯的全景式描写中我们已经看到了一幅纷至沓来的多元文化、

① 罗伯特·斯普乐. 美国文学的周期——历史评论专著［M］. 王长荣译. 上海：上海外语教育出版社，1990：207.

② 约翰·多斯·帕索斯. 一九一九年［M］. 朱世达译. 上海：上海译文出版社，1990：511.

多个人种以及多种语言社群共存的景观。

作者全景描写的成功，在很大程度上取决于排比句的大范围运用。如《美国》三部曲之一《美国》的开篇、《美国》三部曲之二《一个美国人的遗体》的结尾、《美国》三部曲之三《流浪汉》的结尾，都以整齐而富于概括力的语言表现了群体的、类的特征，读来意味深长，令人深思。《美国》没有一元化的主导形态，作品呈现出多元共生的态势，这无形中与后现代的趋势殊途同归。

三、宏大的叙事视角

在《美国》中，作者主要采用这三种视角：第一种是全知全能型。作者仿佛无所不知，地点的转换，时间的推移，事件的发展过程，人物与人物之间的关系，甚至人物的心理世界他统统了然于心。“新闻短片”主要是这种视角。第二种是第三人称的视角。作者通过某个人物就他视野中的所见所闻进行叙述，超过他的经历范围的其他事物无从得知。这种视角在“主要人物”和“人物传记”中有更多的体现。通过许多第三人称视角的穿插，形成多角度的叙述。如在《美国》三部曲之一中，作者着重描写埃莉诺的创业史、她与伊芙琳的友谊、她对伊芙琳的感受。在《美国》三部曲之二中，作者着重描写伊芙琳的生活经历及其她对埃莉诺的看法，立足于她的角度。这种多角度的叙述方法可以避免“我花开后百花杀”，使不同的人有均等的机会来从各自的角度阐释自己、阐释他人。全知全能型本质上也是第三人称型，它们更多的是外视角的叙述方式，叙述者指明情节的发展过程但本身并不参与其中。由于叙述者和叙述对象具有一定的距离，这样便能从宏观角度把握对象。《美国》之所以成为一部“宏大叙事式”作品，与作者使用外视角的叙述方式是分不开的。第三种是第一人称视角。“摄影机眼”中的许多描写都是第一人称下的所见和所想。这种视点毫无疑问是内视角的叙述方式。采用这种方式，叙述者和叙述对象之间没有距离，表现的只能是主观化的情感与情绪，也正因此，它易于表现真实的人物心理以及隐蔽的私人角落。当然，这种分类是相对的。一部作品往往是多种视点交叉使用，而以某种视点为主。《美国》的叙述以外视角为主，这确定了它的鸿篇巨制的规模；内外视角结合的写法，又使它具有一定的人性深度和某种程度上的婉约细腻的风格。

《美国》所展开的故事是以“人物传记”、“新闻短片”、“摄影机眼”作为叙述语境的。多斯·帕索斯选择各种不同的题材来源，如新闻、报道、标语、回忆、随机场景等，把这些毫不相关的片段拼接在一起，只给出零散的、片段的材料，而不给出意义组合或终极解决，主体零散成碎片，《美国》作为小说的整体性、封闭性、文类的纯洁性被颠覆，打破了以前小说凝固的形式结构，增强了对读者的感官刺激。多斯·帕索斯用“人物传记”、“新闻短片”、“摄影机眼”作为辅助材料，或许意在证实他笔下的那些主要人物、那些大大小小的事件在某一特定时刻真的发生过。

《美国》三部曲就人物刻画来说采取了现实主义的写作方法。作品每章开头都有一节“新闻短片”，写主人公登场时的时代背景。这种“新闻短片”全书有 68 篇，涉及 30 年来报纸上登过的某些大小标题、官方文件、名人演说片段、流行歌曲和引人注目的广告等，以突出历史上有代表性的重大事件。这一写法表面看来似有零碎、杂乱之嫌，但却较为准确地透视出各个历史发展阶级的固有特点，在广阔的画面上突出了三部曲的史诗风貌。作者为使历史轮廓清晰，在作品章节间插写了 25 篇“人物传记”，包容了美国 30 年来名噪一时的各界要人，如总统威尔逊，工运领袖德布斯，银行金融家摩根，汽车大王福特，发明家爱迪生，作家约翰·里德，歌谣作者乔·希尔等。作者把这些著名人物进行了艺术上的润色加工，以流畅的笔法写出了对他们的爱与憎。另外还有 51 篇“摄影机眼”，大都和“新闻短片”衔接，逼真地写出了作者自己的成长过程和对书中这样那样事件的反映。《美国》三部曲用这一独特创作技巧描绘出美国社会错综复杂、五光十色的生活场景，使人们对美国的认识从直观和感性上受到启迪，进而把自己的经历和社会变化相联系，从迷惘中醒悟，顺应和推动社会总潮流向着进步的方面发展。

四、结语

多斯·帕索斯的《美国》三部曲无论从思想内容还是从创作风格上说都是现代美国文学作品中的杰作，在美国文学史上占有重要的位置。但正像其他许多伟大作家一样，他未能从时代的高度全面把握住存在于民众中的那些带有本质性的积极因素，他把各阶层人们之间的团结仅看成一种表面现象，从时空观念上把这种团结视为具有很大的虚伪性，致使对持肯定态度的人物个性描写上带有较浓厚的自然主义色彩，对他们缺乏应有的赞许、褒扬，在很大程度上不能引起读者的喜爱与同情。然而，《美国》三部曲中的创作风格和技巧也使得各篇小说浑然一体。多斯·帕索斯也因此走上了自己艺术的巅峰。

作 | 者 | 介 | 绍

约翰·多斯·帕索斯（John Dos Passos，1896–1970），小说家，生于芝加哥一个富裕的律师家庭。1916年毕业于哈佛大学，去西班牙学习建筑，不久参加第一次世界大战，先后在法国战地医疗队和美军医疗队服役。根据亲身经历写成的《三个士兵》（1921）是他第一部有影响的小说，也是最早反映美国青年一代厌战和迷惘情绪的作品。1925年发表的《曼哈顿中转站》以大战前后的纽约社会为背景，描写了记者、律师、演员、水手、工会干部等人物形象。他们都是资本主义社会的失意者，生活苦闷，精神空虚。

多斯·帕索斯虽然在作品中反映了战后一代的迷惘情绪，但他的思想并不消极。他当时对资本主义社会十分不满，自称“放弃了对它的希望”，“向往革命”。1926年加入《新群众》杂志编委。他作为美国共产党的支持者，采访罢工斗争，为共产党的刊物写稿。1927年因参加营救萨柯和樊塞蒂的活动被捕入狱。1932年曾支持共产党的总统候选人，但没有加入过共产党。

多斯·帕索斯的代表作是《美国》三部曲，包括《北纬四十二度》(1930)、《一九一九年》(1932) 和《赚大钱》(1936)。这部作品规模宏大，时间从20世纪初延续至1929年经济危机爆发，描写了12个人物形象。他们的故事独立成章，情节上偶尔有所联系。30年代中期以后，多斯·帕索斯在政治见解上开始与美国共产党和进步阵营发生分歧。西班牙内战爆发后，这种分歧加深。他后来的作品大多宣扬资产阶级的民主自由，对美共和苏共多有指责。

第三节
巧妙的隐喻世界——《人鼠之间》的隐喻分析

一、作品概述

《人鼠之间》是美国著名小说家约翰·斯坦贝克的成名作。作品中，精明的小个子乔治和智障的大个子莱尼是一对好朋友，他们相互扶持，共同工作。他们原本在韦庄的一个农场打工，后来因为莱尼犯了错误，他本想摸一下一个女孩子的衣服，但却死死地抓住衣服不放，被女孩告他非礼，他们只能被迫逃离原来的农场。逃出韦庄后，他们打算去下一个农场——富人奥谢的农场里工作，一路上，乔治不停地埋怨莱尼经常犯错误，害得两人每份工作都不长久，难以实现他们的梦想，同时他也告诫莱尼，如果他在新的农场闯祸，就找到他们约定好的地方躲着，直到乔治找到他为止。

来到新的农场，乔治两人见到的第一个人就是甘德，乔治与他聊了起来，了解一下农场的情况，没聊多久老板就来为他们安排工作，派他们去麦场当背麦工，为了保住这份工作，乔治让莱尼什么也别说，并谎称两人是表兄弟，他唯唯诺诺地回答老板的问题，最终才让老板放心。接下来乔治两人陆陆续续地见到了农场的其他工人，也从甘德口里听到一些工人的

情况，如老板的儿子，蛮横的柯莱，还有柯莱的太太及他们夫妇的事情；出色的马车工施琳；大汉贾尔纯……乔治一边聊着天，一边警告莱尼，要与柯莱夫妇二人保持距离，不要和他们说话，避免不必要的纷争。

随着乔治与其他工人的渐渐熟悉，他向工人们讲述了一些关于他和莱尼两人的故事，如两人一起去打工是因为可以相互扶持，避免堕落，有所依托才不会去酒馆把辛辛苦苦挣来的钱花掉，也讲述了他们的梦想，希望把打工挣的钱存起来，买一块属于自己的土地，用来作为他们自己的农场，从此在农场里过着自由自在、自给自足的生活。这个梦想深深吸引了坎迪，他希望可以加入乔治他们，一起完成梦想，因为他已经有了300元的存款。就在他们陷入幻想的时候，柯莱与其他工人走进宿舍，柯莱在寻找自己妻子时引起施琳的误解，好斗的他不敢把怒气发泄在施琳身上，便转而针对莱尼，对其大打出手，刚开始莱尼不敢还手，任凭柯莱的拳头落在身上，得到乔治的许可后，用力抓住柯莱的一只拳头，没想到莱尼太过慌张，用力过猛，把柯莱的拳头捏碎了。这件事在施琳的帮助下，柯莱答应会告诉别人自己的手是被机器弄碎的，这才使乔治两人没有被解雇。

星期六晚上，乔治与其他工人去了镇里，留下莱尼一人在农场。这天夜里，他认识了黑人克鲁克斯，克鲁克斯与他聊着黑人遭遇的不公与自己的身世，还讽刺莱尼与乔治的梦想，说自己见过许多这样的角色，最终还是一事无成，并骗莱尼说乔治去镇上就是为了抛弃他，不会再回来了，直到莱尼生气，他才有所收敛。

星期天下午，当工人们在看马蹄铁赛时，莱尼却在犹豫该如何处理被他弄死的小狗，他不想告诉乔治，因为他怕乔治会骂他，会不给他兔子让他养，但如果不说，乔治迟早也会知道的，还是会剥夺他养兔子的权利。就在他犹豫时，柯莱的太太遇到了他，她不停地挑逗着莱尼，强迫他与她讲话，但莱尼不为所动，反复强调乔治的吩咐——不要与任何人讲话。后来的谈话中，柯莱的太太知道莱尼喜欢抚摸柔软的东西，便说自己的头发也非常柔软，让他摸摸，但莱尼在摸她的头发时无法控制力量，把她扯疼了，她不禁大叫起来，莱尼为了不让乔治听到她的叫声，就拼命按着她的嘴，一直死死地按着，最终，莱尼失手杀了柯莱的太太。当人们发现她的尸体时，柯莱发狂地发动大伙儿寻找莱尼，并表示会亲手射杀他，乔治却一直劝着柯莱可不可以只把莱尼抓起来，不要杀他，而莱尼早已按照之前乔治的嘱咐，闯祸之后就逃到丛林里，等待乔治的到来。在丛林里，莱尼眼前不断出现幻觉，有乔治对他的好，也有自己无法照管兔子的情景。工人们争先恐后地追杀莱尼，乔治为了不让莱尼被农场伙计们杀死并受到侮辱，自己先来丛林找到莱尼，安慰他杀死柯莱的太太不是他的错。莱尼让乔治再讲讲他们的梦想，于是就在讲述梦想的过程中，乔治举起枪来，把枪口挨近莱尼的后脑勺，痛下心来将他射杀了。

二、命运的隐喻

小说的标题源自著名苏格兰诗人罗伯特·彭斯的一首诗——《致鼷鼠》：

但是也不止你一个，鼷鼠，
证明预见也许没用处；
最妙的策划，不管人和鼠，
都会常常落空，
留下的不是预期的乐趣，
而是愁闷苦痛！①

这首诗是诗人散步时，看见一位农夫耕地，农夫犁翻一个鼷鼠窝，鼷鼠四处逃窜，农夫则奋力追打。回到家中，诗人有感而发写下了该诗。意即当田野被犁耕，一只田鼠失去了它苦心经营的过冬的窝，从此只有任凭风雪的摧残。诗人以这只田鼠喻指人类。人类就像田鼠一样，被一架无形的铁犁钳制着，或是躯体被戕害，或是精神遭摧残，面对命运，却无能为力，显得是那么脆弱、渺小，最终落得悲惨结局。

小说一开始，莱尼口袋里藏着的死老鼠，以及对掐死老鼠行为的辩解都喻示了人的命运就像捏在力士参孙手里的老鼠的命运一样脆弱，极易被

① 罗伯特·彭斯. 彭斯抒情诗选［M］. 袁可嘉译. 长沙：湖南文艺出版社，1996：91.

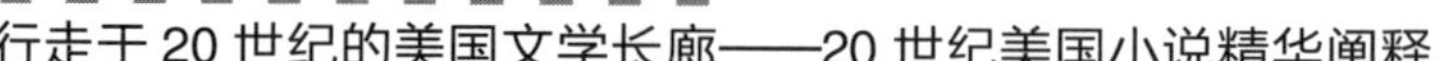

摧毁而不具备任何抗争的力量。命运在不同的人身上有着不同的表现，每个角色各有其鲜明的个性特点。莱尼是个孤儿，自小便和姑妈生活在一起，姑妈死后，他便和乔治相依为命。他和乔治心怀着一个梦想，渴望有朝一日能攒够钱买几间屋子和一小块地，养一些兔子，从此过上自由、安定、平静的生活。莱尼虽然有力，但大脑迟钝，十分依赖乔治。他固执地守护着自己的梦想，以为只要不惹麻烦，就能“照料兔子”，“有自己的屋子”。为了实现这个梦想，莱尼拼命干活，忍气吞声，逆来顺受。当农场主的儿子柯莱想找茬儿欺侮他时，他手足无措，惊恐万分，却不敢吭声；当柯莱把他打得鼻青脸肿时，尽管吓得狂喊，他仍不敢还手，怕惹乔治生气。

莱尼对柔软的东西有着孩子般的热情，在抚摸揉捏这些柔软的东西时，获得了内心深处渴望的柔情，这些柔软的东西是他与自己的梦想之间最直接、最真实的联系。尽管人人都说他是好人，尽管乔治说他所干的事没有一件是出于恶意，但莱尼这种天真、固执的性情以及对柔软东西爱不释手的嗜好却导致了他的悲剧。他一次又一次地招来麻烦，两人第一次的逃亡就源于他伸手摸了一个红衣少女的衣裳。最终，他因抚摸了柯莱老婆天鹅绒般的头发，在惊恐的驱使下不慎用力过猛而折断了她的脖子将她误杀，于是陷入绝境，成了“命运的老鼠”。

乔治个子矮小，但十分精明，有一定的生活经验。他担负着照顾和保护莱尼的职责，对于莱尼因鲁莽惹下的麻烦往往不过责骂几句而已，即使因莱尼惹祸而不得不逃离原来的农场，他也没有太多的抱怨。他忍受着别人对他的猜疑，农场主认为乔治关心莱尼无非是想从莱尼身上得到什么好处，对他们的友谊表示怀疑。然而他个人的能力毕竟是有限的，他保护不了莱尼也保护不了他们的梦想，在故事的结尾，乔治找到莱尼藏身之地，为了使莱尼免遭私刑的痛苦，他唯一能做的是让莱尼在梦想的憧憬中不知不觉地离开这冷酷的世界，他含泪枪杀了自己几年来相依为命的朋友。莱尼死了，他的梦想也随莱尼之死而破灭，他的心灵遭受重创，万念俱灰。作为强者的乔治，不论怎样精打细算，设计人生，到头来也成了命运手中的“老鼠”。

看门人坎迪为农场的发展献出了自己的青春年华。几年前右手被机器轧碎，成了残废。他对一切事情都不感兴趣，与一条狗相依为命。这条狗从小就跟着他，现在已老得快走不动了，牙齿也掉光了，眼睛几乎看不清东西，身上还散发出一股难闻的怪味。这只狗最后因老而无用被人打死。乔治和莱尼的到来以及他们的梦想燃起了坎迪对生活的希望。年老体残的他热心地将身体致残后所得的赔偿连同精打细算节省的钱拿出来作投资，希望能与乔治和莱尼一道实现梦想。然而，莱尼的死让他又回到从前，他又时时担心起自己会遭遇和那条老狗一样的命运，使用价值消失后不可避免地要遭到抛弃。

黑人马夫克鲁克斯的英文名字是“Crooks”，就是“弯曲”的意思，这样的命名不仅说明了他身体的弯曲，也暗示了他心灵的扭曲。克鲁克斯被马踢过，背总是弯着。他虽然识字，读了许多的书，却没人愿意跟他交往。除了承受一般劳工的痛苦，他还得承受种族歧视带来的精神摧残。为了维护自己的尊严，他只能用表面上的冷傲进行伪装，掩盖内心深处对平等生活的极度渴求，造成人性的扭曲。

柯莱的漂亮妻子尽管不用为生计发愁，但在大部分农场工人眼里，她是个爱抛媚眼、打扮得很风骚的“婊子”。她老在农场上转悠，喜欢跟别的男人调情。然而，她曾经也是位充满幻想的女孩，梦想着有一天能成为好莱坞的电影明星。可是婚后的生活枯燥乏味，得不到丈夫的疼爱，毫无幸福可言。她向往友谊，渴望夫妻间的温情，为了摆脱无聊和孤寂，她常常偷偷接触工人，同他们交往，甚至也不计较莱尼的呆笨。然而，正是她的这种改变生活的渴望导致了死亡的命运。

虚荣又自负的农场主的儿子柯莱虽有钱有势，但因个子矮小，他恨大个子，专找大个子打架。他嫉妒莱尼的高大，便寻衅滋事，在得到乔治的允许后，莱尼奋起反击，捏碎了他的拳头，使他成了残废。被捏得半死，他也不敢向老子告状，怕事情传出去丢了面子。对于漂亮的老婆，他同样想以强权进行压制，结果适得其反，最后连妻子也失去了。

《人鼠之间》中，所有的人都同鼷鼠一样只是微不足道的生命体，面对机械化农业这只巨大“铁犁”，他们无法拥有自己想要的生活，他们的梦想是无法实现的。徒劳的抗争，无法改变的社会现实，使所有人都显得如此

无助和渺小，只能服从命运的安排。

三、孤独挣扎的隐喻

小说中，人与人之间的相处处处充满着孤独，对于这些季节性的工人来说，他们没有安定的工作，常年孤独地漂泊在外，无暇顾及自己的友人，也无暇在交朋友上花费时间。不仅如此，他们对乔治和莱尼的友谊抱有怀疑的态度，每个人在最初认识他们的时候都会怀疑他们之间特殊的关系，在农场，农场主怀疑乔治对弱智莱尼的保护是想从莱尼的身上获得什么好处。他质问乔治究竟有多少钱可图。季节工人斯利姆说他们两人很少一块出门，他就没有见过两个人一块出门的。从这些人的言行中可以看出人类的孤独，但是最后都被他们之间的友谊所感化，既羡慕又惊奇，这些羡慕与好奇把他们自身对友谊的渴望表露无遗，但是他们仍旧会包裹着自己承受孤独，而自身的孤独只能被异化为畸形的方式表现出来。例如这些季节性工人会将大量的精力耗费在打牌、喝酒和逛妓院上。乔治与莱尼的友谊是值得歌颂的，但是事实上两者的友谊并不合乎正常人对友谊的定义，当友谊所需要的忠诚与信任只能求助于弱智时，这种友谊也只能更深、更绝望地证明人类的异化与孤独。因此，对于乔治与莱尼来说，两者仍然属于孤独中的一个个体，虽然在生活中两者相依随行、彼此依赖，但是因为莱尼是弱智，两人不可能心灵相通。因此，乔治会倾向于玩纸牌的游戏，乔治的这些爱好都隐喻着孤独，同时也暗含着乔治终究会离开莱尼，乔治内心的孤独最终异化为杀人犯，而且杀死了自己最亲密的朋友，虽然他的初衷是守护朋友的灵魂与尊严，但是这种“人类绝望中的救赎”，仍然带给人们无尽恐惧。

在小说中每个人都生活在自己孤独世界的荒原中，并且用自认为正常的方式找到孤独的排解方式，但是这种孤独的异化仍旧不能改变命运的掌控。如黑人克鲁克斯，他应该是农场中最为孤独的人，因为种族问题，他从小对孤独有着深切的感受，他没有权利和白人玩耍，没有资格住进白人的宿舍，只能与牲畜同为一室，他孤独地生活在自己的世界中，不敢与别人袒露心声，只有当一再确信弱者莱尼听不懂自己的话时，才敢放下戒备对莱尼吐露心声。同样，坎迪也是孤独的，在农场生活一辈子，只有老狗是他唯一的陪伴，当他把老狗丢给卡尔森时，他便感受到未来的生活是无尽的孤独，也预示自己的命运将同老狗一样。农场主柯莱没有朋友，他用打架的方式来引起人们的注意，借此来证明自己的存在，这种自大的孤独也是他被折断手的原因。农场主儿子柯莱的妻子也是一个孤独的人，虽然漂亮，丈夫却不珍惜，妻子形同玩偶，更谈不上进行心灵的沟通，经常把她一人独自留在家中，自己却到城里寻欢作乐，还不许她和别的男人说话，否则便是一顿暴打。妻子精神空虚，孤独难耐，她向往人与人是朋友，夫妻间有温情，为了摆脱无聊和孤寂，她常常偷偷接触工人，同他们交往，同他们聊天，甚至也不计较莱尼的呆笨，当莱尼拒绝和她交谈时，她还伤心地追问他们为什么不能交谈。也正是这种强烈的孤独，让她以为莱尼是排解孤独的救命稻草，而紧紧抓住不放，事实上正是因为自己的执拗害死了自己。她只是关在笼中的小鸟、养在家中的宠物，用于观赏和发泄性欲罢了，确实是一个值得同情的人物。孤独的柯莱每天找人打架，即使他和孤独的妻子是莱尼悲剧的制造者，然而他们也有自己的隐痛。

这些孤独中产生的异化，蕴藏了作者赋予小说的内涵，同时这些异化也反映出人类畸形的生活源自于孤独。孤独是人类永恒的主题，人与人的隔膜像挥之不去的阴云，每个人都有孤独感和异化感。

尽管小说中的人物最终都逃脱不了悲剧的命运，但他们每个人都心存希望，都希望将来会生活在自己的乐园中，不再流浪。乔治与莱尼有一个共同去追求的永远也无法实现的土地梦。当看门人坎迪听到乔治与莱尼谈论拥有自己的土地时，便又燃起了曾经认为是不可能实现的希望，恳求作为一分子参加，也渴望拥有一块属于自己的地方，不甘心像他的狗一样任人处置，他要与命运抗争。克鲁克斯听到乔治他们的计划时曾怀疑过，但因渴望拥有自己的土地，他与坎迪一样陶醉在莱尼痴迷式的梦想中。柯莱的妻子，也同样心存希望，内心深处希望有一个知心朋友，可以相互谈心。所有的雇工总认为只要拼命干活，不断地心存希望，他们的梦想就会成为现实。冷酷的事实迫使乔治终于认识到他们所追求的梦想无法实现，反而

越走越远。

资本主义的发展，机器工业的现代化，使得个人沦为他者的工具，挣扎着生存下来，一切美好的梦想只能被残酷的现实压得粉碎。丧失了存在之根的人们无法通过死亡来唤醒自己，重塑全新的自我生命意识。雇工们生活在资本主义的冷酷环境下，决定了许多事情是身不由己的。他们从来不会，而且将来也不会主宰自己的命运。小说中的人物都是怀有希望的，只是在不同的时刻希望被环境所淹没而已。小说以乔治和斯利姆一起去喝酒结尾，引起读者深刻的思考，他们所追求的拥有自己土地的美好生活只能是个永远达不到的伊甸园。

四、结语

《人鼠之间》通过一个个栩栩如生的形象，清楚地向读者展示了深刻的隐喻意义：其一，人与鼠有着何其相同的命运。一个人无论是穷还是富，他都有编织和追求梦想的权利，但无论他怎样为自己的前程精心设计，无论他怎样为自己的最佳设计而奋斗，到头来都逃脱不了命运的支配，成为命运手中的“老鼠”，梦想就像美丽的肥皂泡一样会化为乌有。其二，人与人之间的疏离与隔阂犹如人与鼠之间那不可逾越的鸿沟，这种恒久而无奈的孤独是人们永远无法摆脱的命运。人类与鼠有着共同的遭遇和结局：人类面对命运的无助和无奈与人类永恒的孤独与挣扎。

作者介绍

约翰·斯坦贝克（John Steinbeck，1902-1968），出生于加利福尼亚州蒙特雷县塞利纳斯镇一个面粉厂主家庭。在母亲的熏陶下，很早就接触欧洲文学。1920~1925年，他曾在斯坦福大学选修英国文学和海洋生物学，并从事体力劳动谋生。在大学学习期间就开始写作，1929年发表第一部长篇小说《金杯》，后发表两部小说《天堂的牧场》和《献给一位无名的神》，都未引起重视。1935年《托蒂亚平地》出版，小说以西班牙与印第安混血儿聚居的贫民窟为背景，描写了一群淳朴、善良的流浪汉，反映出他们之间的深厚友谊。1937 年出版《人鼠之间》，1939 年出版《愤怒的葡萄》。

第二次世界大战期间，斯坦贝克以欧洲战地记者的身份辗转于各地战场。1942 年，他创作了以战争为背景的中篇小说《月落》，描写挪威人民抗击纳粹侵略者的故事。战后，他根据墨西哥民间传说改编成一部中篇小说《珍珠》（1947），讲述一个印第安渔民捞到一颗稀奇珍珠，想借此改善家庭生活和治好儿子的病，但珠宝商却谎称珍珠是假的，强盗们也觊觎此物，最后他不得不当众把珍珠投回大海。故事表现了金钱对人的心灵的毒害。

20 世纪 50 年代，斯坦贝克迁居纽约，先后发表了《伊甸园以东》（1952）等长篇小说。有趣的是这部小说中讲到一个中国人，他作为仆人给孩子讲述基督被流放到伊甸园以东的经过。故事结尾是主人公父亲临终宽恕了放荡不羁的儿子。

1961 年，斯坦贝克发表《烦恼的冬天》。这是他晚年的一部力作，整部作品显得凝重、沉郁，风格迥异于以前。1962 年 10 月底，发表《与查理同行》三个月后，诺贝尔奖评审团宣布授予他文学奖。斯坦贝克因“通过现实主义的、富于想象的创作，表现出同情的幽默和对社会的敏锐的观察”而荣获诺贝尔文学奖。1964 年获美国总统自由勋章。1968 年 5 月，斯坦贝克的身体开始垮下来。1968 年 12 月 21 日，他因心脏病发作逝世，终年 66 岁。

第四节

人生是一场孤独的旅行——《心是孤独的猎手》主题探析

一、作品概述

《心是孤独的猎手》是卡森 · 麦卡勒斯的一部长篇小说，也是她一举成名和最具震撼力的代表作，居“现代文库20世纪百佳英文小说”第17位。小说讲述的是一个关于孤独的故事。

美国南方的一个小镇上有两个哑巴，辛格和安东尼，他们总是在一起。十年来，他们过着离群索居的生活，辛格总是温柔地照顾着贪吃笨重的伙伴，每天接送他上下班，手挽手回到住处，他飞快地打着手语告诉伙伴今天发生的事，而安东尼从来都只对食物感兴趣，他甚至从来没有正视过凝视着他的这双眼，但这并不影响辛格的兴致。镇上的大多数人在工厂上班，他们脸上永远爬着饥饿和疲倦的表情，而两个哑巴却相安无事地快乐着。直到安东尼生了一场病之后，性情大变，他开始不断盗窃，辛格所有的钱都用于赎他出监狱上。安东尼的表哥——果品店的老板终于无法忍受这个发了疯的盗贼，把他送到另一个镇上的精神病院。辛格很小就学会了读唇和发音，但现在，他没有说话和打手语的必要了。他也无法忍受没有安东尼的房间，不久之后，他搬了家。

镇上有一家店叫“纽约咖啡馆”，辛格每天会来这里点同样的三餐，比夫和他的妻子艾莉斯经营着这家店。结婚15年后，他们只能以先生和太太作为彼此的称呼，每次争吵后，比夫都会后悔与她说话。他看着躺在床上的妻子，她身上已经没有吸引他注意力的特征。他唯一的爱好是观察这些客人，希望下一刻他们身上会发生些特别的事。

酒鬼杰克成日坐在角落里喝酒、看书、自言自语。他看上去就像一个怪物，比夫同时发现，他对怪物和残疾人有一种特殊的情感，他从未见过有谁能在20天里那么变化多端，并且醉得那么久。没有人听他说话，他的话让人理不清逻辑。

当辛格把写着“我是聋哑人，但是我会唇读，能看懂话，所以请不要大声说话”的纸条给他时，他才安静下来。有一天，杰克喝醉酒后发酒疯，当警察来到咖啡馆时他才清醒过来，用手捂着脸，为辛格和比夫看见他的难堪而羞愧。辛格最后把他带回自己的住处，承诺在他找到住处之前都待在这里。

穷女孩米克来到店里，她只穿卡其色短裤，这是为了不穿姐姐们穿过的衣服，她情愿自己是个男孩就可以住家里最好的房间。这个女孩有着男孩一般的嗓音和与年龄不符的老练，她来要了一包最便宜的烟。比夫试着和她说话，他指着那个哑巴，“他好像从来都不说话，这很奇怪”。小女孩告诉他辛格先生就租住在他们家，而且是唯一一个总是能给出丰厚租金的房客，如果比夫了解他，就不会觉得奇怪了。

是的，一个人的过去，现在面对的人无法理解，我们就是在这样的误会里变成现在的模样。独自待着的时候，米克可以思考一会儿，她从口袋里翻出烟，在楼顶缓慢地吸入。MK，这是她名字的缩写，她把它理解为，当她十七岁时，会很有名。她幻想自己成为伟大的发明家，并且为这幻想狂热。她把这两个字母写在手帕和内衣上，她和自己对话，独自哼着歌，在镇上某一家的窗户下听里面传来的收音机的节目。她在屋顶上想莫扎特，把在职业学校学到的西班牙语说给弟弟听，然后看他的表情，这是一件有趣的事，但是当弟弟的模仿能力已经出神入化到能够说出她的每一个单词后，她放弃了这个游戏。

杰克利用报纸上的招聘信息找到了一份在游乐场看管旋转木马的工作，工资是 12 元，这样他可以攒钱还欠在比夫那里的 20 块钱。与此同时他开始把所有的话说给辛格听，他每周都会来看辛格。米克也一样。镇上还有一个在没有病人来敲门的夜里，习惯关着灯待在黑暗里的医生考普兰德，他也偶尔来看看辛格，因为他没有其他白人那种趾高气扬的架子，一点也没有。

然而这个年纪的女孩子，总归有一些烦恼的，她的个子高过了镇上所有同龄的孩子，派对的时候没有人会来邀请她跳舞，她只好默默地回家。于是她决定开一场属于自己的派对，她拨通每一个男孩、女孩的电话，只告知时间地点，并不解释主办人是谁，她知道这个年纪的人总会对有免费果汁的派对感兴趣。她的幻想和这场派对在她脑子里犬牙交错地盘踞着，到了那天下午前她精心打扮，让自己看上去像个公主，她换了六种发式，穿上有些蹩脚的高跟鞋，以一个神秘主人的身份来到少年们中间，这将是一个真正的派对。然而一群“野孩子”的闯入让场面变得一片狼藉，她根本无法忍受这些肮脏的手毁掉自己努力架构的高贵派对。在潮湿的夜里，米克从沟里爬出来，她都麻木了收音机里传来的声音，然而当贝多芬的交响曲传出来时，她又开始产生强烈的共鸣，于是她又闭着眼睛听了一段。过了这场派对，她长大了，不能再穿短裤了，不能了，她这么想着。大概凌晨 3 点钟，她被寒冷和睡梦叫醒，开始往家跑。

辛格只是个优雅的哑巴，他们却都把他当成了上帝，因为上帝是沉默的。辛格就在这彻头彻尾的误会中温柔地对所有倾诉的人微笑，他不一定能看懂这些喋喋不休却拒绝倾听的人的全部意思，但他的笑容让他们心满意足，就像孤独的心攫住一个合适的出口。人们都以为只要找到那个能耐心接受你伤疤的人，孤独就无可遁形，可是说得越多就越是孤独。他们都发现已经离不开辛格，他们都爱他，唯一不爱他的人，是安东尼。

二、孤独的心灵、荒诞的人生

《心是孤独的猎手》之所以富于感染力，很大程度上是由于它让人感觉到尽管书中人物之间不乏来往交际，但是彼此却几乎完全不理解，因为他们都一心忙于自己的事务，以致他们完全不知道其他人对这些纯粹属于他们自己的事情毫无兴趣。这些古怪而又有些可悲的孤独者，人人都专心致志于自己所着迷的事物而对对方冷漠且置之不理。他们认为自己的故事是通过他们与聋哑人辛格的互相关心而联系在一起的，他们都把自己的故事讲给他听，并且相信他比他们自己更能理解这些故事。辛格对所有的人都很和蔼，有耐心，而且十分宽容，由于他待人慷慨，这些人都觉得自己从他那里得到了他们所渴望的同情和理解。

这些孤独的个体都有着看似荒诞的人生，他们总是挣扎在无尽的希望与失望之间。聋哑人辛格、咖啡馆店主比夫、小女孩米克、外乡来的流浪者杰克、黑人医生考普兰德等几个主要人物都不可避免地面临着对这一命题的抉择。尽管他们选择的方式各有不同，但没有本质差别，在困境中他们都备感孤独。被剥夺了幻想和光明，他们感觉自己是现世的局外人，并随时想逃脱自我。但因置身于无可奈何的困境之中，他们深感焦虑、孤独与绝望。

小说中那个美国南方小镇也颇具隐喻意义，可以说它所代表的是人类相处，老让他感觉离真实的自我很远，使他变得和她一样粗糙、渺小和平庸”①。比夫和妻子已经无法再进行任何有效的沟通，他们的生活并行，却无交集。这种无法交流使个体无法在社会关系中找到慰藉，心理就会脆弱，感觉失去自身的价值，人生目标也无着落，无力支配人生，面对现实束手无策，进而孤独和虚无感便挥之不去。孤独的煎熬和麻木的自我一直到他妻子去世后才得以改善。妻子的去世使他重新认识自我，给他创造了一个发展真实自我的机会，他可以正视自己的女性气质，直视自己的双性身份。在隐秘的内心世界，他甚至感到解脱——他终于重归了自我。他可以把报纸放进储藏室，在储藏室里发现了妻子的花露水，然后“沉思着把香水瓶握在手中。……比夫拔掉瓶塞。他光着上身站在镜子前，在乌黑多毛的腋窝处洒了一点香水。气味让他僵硬了。他用一种非常隐晦的目光注视镜中的自己，一动不动。他被香水唤起的记忆击中了，不是因为记忆的清晰，而是因为它们汇总了漫长的岁月，是一个完全的整体。比夫搓搓鼻子，斜眼看自己。死亡的边界。”② 这是比夫第一次这么认真地观察自己，镜子是他认识自己的重要媒介，此刻，比夫不再刻意回避，任由自己的女性气质蔓延。

小姑娘米克也因模糊的性别意识而遭遇身份危机，无法定位自我。十多岁的米克对未来充满幻想，梦想成为音乐家。她喜欢穿卡其色短裤，用手背捋前额头发，在家附近的小咖啡馆里买5美分的香烟。她那稚嫩而又懵懂的心灵中跳动着许多新奇的念头，她希望尝试许多未经历的事情。她爬楼房、吸烟，犹如一个假小子；她不喜欢和姐姐们在一起，而喜欢和哥哥在一起。她对于男性身份的向往和肯定使她无意识地完全站在了一个传统的男性立场来看待她的姐姐们，这让米克更加自觉地远离着自身的女性身份。然而米克不得不面对以男权为中心的社会，哥哥优先占据了家里仅有的资源。她试着以叛逆彰显自己对于男性身份的认同与向往，她在静寂无人的毛坯房屋顶抽着烟，在墙上肆意写下亵渎女性的下流话。由于外部世

---

① p：115.

② p：213.

遭遇的普遍困境。这种处境中弥漫着压抑、疏离、孤独、无望的气氛
困其中的人孤独无助，在希望与失望之间痛苦挣扎，但却无法逃脱。
的反抗者需要坚强的意志力，否则就会沉沦为不再相信存在和人生的
主义者，难以摆脱现实困境。个体人在不可避免的某种困境中是有自
择的能力和可能的。《心是孤独的猎手》深刻地表现了人所处环境的荒
人的孤独。如果以非理性的方式去把握人的存在，世界的稳定性消
人存在的意义消失了，世界是荒谬的，人是孤独的。作为个体的人，
这个荒谬的世界，无依无靠，在焦虑、失望、孤独中，试图通过精神
的自由选择进行着不懈的抗争。人与人之间依然企图通过爱的方式来
情感沟通与联系。然而，从本质意义上来说，人与人之间却是难以沟
如同一座座彼此隔绝的荒岛，人与人间的关系也是荒谬的，彼此之间
不可逾越的隔阂。人与自然、社会、他人、自我间的关系都是荒谬
观世界的存在是荒谬的，人的主观存在是荒谬的，客观世界与人是对
小说寄托了作者对人生存状态的深切关注，主题是揭露世界和人的
荒谬本质，表现了人在荒诞、绝望的处境中的迷惘与抗争。尽管身处
但人却表现出尊严与勇气，不断尝试通过自由选择在荒诞中苦苦挣
寻求一条解脱的出路。

三、孤独的根源

首先是错位的性别意识使人物精神麻木，失去自我，生活在无
无法沟通的精神隔绝中。比夫小时候就有着女性气质。“他有一个
里面放着各种零碎。他热爱漂亮棉布的手感和颜色，他会坐在桌底
他的零碎玩上几小时。”[①] 但是他的母亲拿走了这些零碎，他意识到
的角度看，男性不应该有女性的气质。婚姻是他构建自己男性身份
然而 23 年的婚姻如精神的牢笼禁锢他的思想与灵魂。比夫觉得“在

① 麦卡勒斯·卡森. 心是孤独的猎手［M］. 陈笑黎译. 上海：上海三联书店，200
节以下引自该书的内容只标注页码。）

遭遇的普遍困境。这种处境中弥漫着压抑、疏离、孤独、无望的气氛。身困其中的人孤独无助，在希望与失望之间痛苦挣扎，但却无法逃脱。孤独的反抗者需要坚强的意志力，否则就会沉沦为不再相信存在和人生的虚无主义者，难以摆脱现实困境。个体人在不可避免的某种困境中是有自由选择的能力和可能的。《心是孤独的猎手》深刻地表现了人所处环境的荒谬与人的孤独。如果以非理性的方式去把握人的存在，世界的稳定性消失了，人存在的意义消失了，世界是荒谬的，人是孤独的。作为个体的人，身处这个荒谬的世界，无依无靠，在焦虑、失望、孤独中，试图通过精神层面的自由选择进行着不懈的抗争。人与人之间依然企图通过爱的方式来增加情感沟通与联系。然而，从本质意义上来说，人与人之间却是难以沟通的，如同一座座彼此隔绝的荒岛，人与人间的关系也是荒谬的，彼此之间充满不可逾越的隔阂。人与自然、社会、他人、自我间的关系都是荒谬的，客观世界的存在是荒谬的，人的主观存在是荒谬的，客观世界与人是对抗的。小说寄托了作者对人生存状态的深切关注，主题是揭露世界和人的存在的荒谬本质，表现了人在荒诞、绝望的处境中的迷惘与抗争。尽管身处绝境，但人却表现出尊严与勇气，不断尝试通过自由选择在荒诞中苦苦挣扎，以寻求一条解脱的出路。

三、孤独的根源

首先是错位的性别意识使人物精神麻木，失去自我，生活在无法言说、无法沟通的精神隔绝中。比夫小时候就有着女性气质。“他有一个雪茄盒，里面放着各种零碎。他热爱漂亮棉布的手感和颜色，他会坐在桌底下，和他的零碎玩上几小时。”[①] 但是他的母亲拿走了这些零碎，他意识到从世俗的角度看，男性不应该有女性的气质。婚姻是他构建自己男性身份的尝试，然而 23 年的婚姻如精神的牢笼禁锢他的思想与灵魂。比夫觉得“和那女人

① 麦卡勒斯·卡森. 心是孤独的猎手［M］. 陈笑黎译. 上海：上海三联书店，2005：21.（本节以下引自该书的内容只标注页码。）

相处，老让他感觉离真实的自我很远，使他变得和她一样粗糙、渺小和平庸”①。比夫和妻子已经无法再进行任何有效的沟通，他们的生活并行，却无交集。这种无法交流使个体无法在社会关系中找到慰藉，心理就会脆弱，感觉失去自身的价值，人生目标也无着落，无力支配人生，面对现实束手无策，进而孤独和虚无感便挥之不去。孤独的煎熬和麻木的自我一直到他妻子去世后才得以改善。妻子的去世使他重新认识自我，给他创造了一个发展真实自我的机会，他可以正视自己的女性气质，直视自己的双性身份。在隐秘的内心世界，他甚至感到解脱——他终于重归了自我。他可以把报纸放进储藏室，在储藏室里发现了妻子的花露水，然后“沉思着把香水瓶握在手中。……比夫拔掉瓶塞。他光着上身站在镜子前，在乌黑多毛的腋窝处洒了一点香水。气味让他僵硬了。他用一种非常隐晦的目光注视镜中的自己，一动不动。他被香水唤起的记忆击中了，不是因为记忆的清晰，而是因为它们汇总了漫长的岁月，是一个完全的整体。比夫搓搓鼻子，斜眼看自己。死亡的边界。”② 这是比夫第一次这么认真地观察自己，镜子是他认识自己的重要媒介，此刻，比夫不再刻意回避，任由自己的女性气质蔓延。

小姑娘米克也因模糊的性别意识而遭遇身份危机，无法定位自我。十多岁的米克对未来充满幻想，梦想成为音乐家。她喜欢穿卡其色短裤，用手背捋前额头发，在家附近的小咖啡馆里买5美分的香烟。她那稚嫩而又懵懂的心灵中跳动着许多新奇的念头，她希望尝试许多未经历的事情。她爬楼房、吸烟，犹如一个假小子；她不喜欢和姐姐们在一起，而喜欢和哥哥在一起。她对于男性身份的向往和肯定使她无意识地完全站在了一个传统的男性立场来看待她的姐姐们，这让米克更加自觉地远离着自身的女性身份。然而米克不得不面对以男权为中心的社会，哥哥优先占据了家里仅有的资源。她试着以叛逆彰显自己对于男性身份的认同与向往，她在静寂无人的毛坯房屋顶抽着烟，在墙上肆意写下亵渎女性的下流话。由于外部世

---

① p：115.
② p：213.

界传递给她的是越来越多的女性身份的信息，加上同龄人的排斥，米克也在努力适应着女性的身份。她举办了一个属于自己的派对，第一次穿起了晚礼服，她觉得自己是另一个人，她是完全不同于米克·凯利的另一个人。她感到自己和过去的那个米克·凯利太不一样了。但是这种美好并未能持续，尴尬的派对氛围和小孩子们破坏了米克的派对。另外，派对上米克高大的身材让所有在场的男孩女孩都相形见绌，也直接将她定义在了他们之外，米克进入某个小圈子的愿望也彻底破灭了。而在追打闹事的孩子时，晚礼服给她带来的不方便也让她清醒地认识到自己也许原本就不应该属于女性的圈子。米克的这次派对是她走向女性世界的仪式，因此派对未能达到预期效果使她意识到她与女性的世界格格不入，在派对结束回家后，米克立马脱下了破损不堪的晚礼服，重新穿上了被她摒弃的短裤衬衫。错位的性别意识导致了人物的自我迷失，内心的孤独感无可去除，心灵被空虚占据，生活便变得无意义。从这一角度，孤独便是人物性别意识错位而自我迷失的表现。

其次是种族观念和阶级意识带来的孤独。黑人医生考普兰德是小说中介绍比较全面的一个人物。他父亲是个牧师，母亲原是一个黑奴，后来成为一个洗衣妇。在他 17 岁时，他从南方到了北方。经过多年的努力，终于成了一名医生，又从北方回到南方，一直行医。在北方的经历使他接受到更为先进的思想，也使他深深意识到美国社会对黑人的不公平待遇。在所有的黑人当中，他是个清醒的智者。作为医生，他对病人体贴入微，就算自己身患重病也从不耽误治病救人。除了帮助黑人治病，他热衷于黑人解放运动，主张从精神上医治所有黑人。然而他却发现这条路越走越艰难，人们可以尊重他但是却无法理解他，他的激情演讲甚至他的所谓革命丝毫激发不了人们的共鸣，得不到黑人同胞的理解，更因此与家人关系恶化，妻子儿女接连离他而去，他只能一个人孤零零地住在一间大房子里，计划着自己那无人理解的事业。他期望通过教育改变黑人受奴役的状况，并把这一观念实践到自己的家庭教育中，但是却因此与儿子和妻子产生隔阂。由于对孩子们的期望太高，首先使他和几个孩子之间的沟通产生了困难。在如何教养孩子方面，他又与妻子产生了分歧，因为孩子们受妻子的影响是十分明显的。医生在一次争论中因不能控制自己，竟然用火钳打妻子。这样，在他与妻子和孩子之间就产生了一道深深的鸿沟，使他在家中也感到了孤立和无助。事业上他也处于孤立无援的境地，同胞们对于种族主义的麻木使他感到无奈与迷茫。根深蒂固的种族主义是强大的力量，它已经奴役了黑人的心灵。种族主义的内化使人们无法理解接受考普兰德，面对来自自己社群的否定，考普兰德感觉失去一身价值，感受不到存在的意义，面对现实束手无策，无法在社会中定义自我，进而灵魂被孤独、空虚占据。

与考普兰德类似，杰克也有变革社会、改变人们思想的理想，但是他的阶级意识使他不为周围人所认同。工业化的进程使人们的社会地位、生活条件都差到了极点。人们只能为了活着而疲于奔命，杰克认识到了作为无产阶级受到资本主义的剥削，对资本主义社会充满愤懑。他试图用共产主义的理论主张，借助于工人运动来帮助受难的工人。他做了大量的宣传工作，传播马克思主义理论，主要是让人们理解他的思想，要改革这个充满了卑鄙与邪恶的世界。这是崇高宏伟的目标，但是人们把他的宣传称作疯话。他也尝试着在回家的路上告诉一些工人有关他的思想，可是人们只是嘲笑他。他对底层工人的无知和不觉醒感到极度失望，内心的巨大孤独感迫使他每日借酒浇愁。

四、结语

《心是孤独的猎手》所描写的人物都身陷孤独与痛苦，为冲破这一牢笼，他们都鼓足勇气奋力挣扎，但结果都以失败而告终。人物的孤独与精神隔绝不是作者为求新颖的臆想，而是真实地体现了工业化发展过程中，人与社会、人与人之间的异化疏离。

作 | 者 | 介 | 绍

卡森·麦卡勒斯，1917年2月19日出生于乔治亚州府哥伦布，是一个珠宝店主的女儿，娘家姓史密斯，原名露拉·卡森·史密斯，她在13岁时就把名字中令人尴尬的露拉去掉了。1937 年，嫁给了同乡利夫斯·麦卡勒斯。

卡森·麦卡勒斯从五岁开始学习钢琴，15 岁时从父亲处得到一台打字机，立志成为作家。17 岁去纽约哥伦比亚大学学习文学创作，19 岁开始构思，22 岁完成《心是孤独的猎手》的创作。卡森·麦卡勒斯的重要作品还有《伤心咖啡馆之歌》、《黄金眼睛的映象》、《婚礼的成员》等。其中，《心是孤独的猎手》在美国“现代文库”所评出的“20 世纪百佳英文小说”中列第 17 位。她的多部作品被改编成电影或戏剧，如《伤心咖啡馆之歌》、《婚礼的成员》等。

麦卡勒斯一生备受病痛折磨，15 岁时患风湿热，但被误诊和误治。之后，她经历了三次中风，一系列疾病严重摧残了她的身体，导致她在 29 岁时瘫痪。1967 年 8 月的一个下午，她因脑部大出血陷入昏迷。昏迷 45 天后，于 9 月 29 日去世，时年 50 岁。遗留下未完成的自传《照亮及暗夜之光》。

卡森·麦卡勒斯的作品多描写孤独的人们，孤独、孤立和疏离的主题始终贯穿她的所有作品，并烙刻在她个人生活的各个层面。

第五节
黑人文学的里程碑——解析《土生子》的新黑人形象

一、作品概述

理查德·赖特是黑人作家中的杰出代表，其作品《土生子》的问世更是震撼了美国社会，也为黑人文学在美国文学中赢得了一席之地。因此《土生子》具有里程碑式的作用。这部长篇小说不同于以往黑人作家的作品，作者赖特深入分析了生活在社会最底层的黑人受压迫的根源，试图找

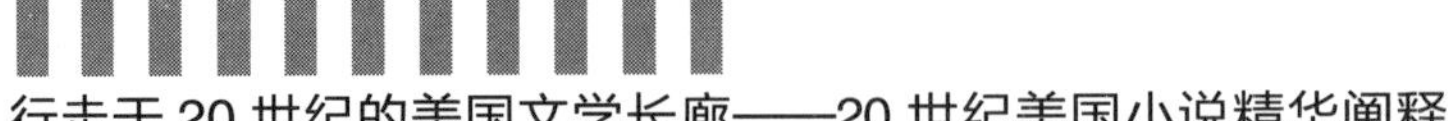

出黑人犯罪的动机和社会制度之间的必然联系，指出黑人犯罪并不是天性使然，也不是某一个民族的特性，而是由所生存的社会制度造成的。

整部小说共分为三个部分，分别为“恐惧”、“逃跑”和“命运”。第一部分“恐惧”描述了小说主人公别格成长的社会环境。在这种不平等的社会环境中，养成了别格冷漠、残忍的性格。小说的开始为读者展现了一幅悲惨的黑人生活画面，他们生活贫穷，个性压抑，在白人眼中，他们是坏人，是社会渣滓，由于得不到良好的教育，只好从事一些不受别人尊重的体力劳动。小说开始作者生动地描述了一处细节：别格如何杀死一只老鼠，这个场景固然在反映黑人生活的环境十分恶劣，但同时也展现了别格残忍的性格。在这部分，作者为我们交代了别格犯罪的起因。黑人生活在由白人掌控的社会环境下，内心充满着恐惧，他们看起来凶悍、坚强、玩世不恭，但事实上只能从事低等的工作，而且只能在特定的区域生活。主人公别格不是以往小说中我们读到的英雄人物，他只是一个社会底层的混混，有着凶残的个性，但同时他的犯罪也引发了人们对整个黑人体制的深刻思考。小说中也有同情黑人的道尔顿夫妇，道尔顿先生是富有的白人企业家，表面上同情黑人，也常以黑人的支持者自居，并且还常常捐款给慈善事业去改善黑人的生活，但事实上他能够发家致富完全靠压榨黑人的劳动，是个地地道道的剥削者，从这个层面也反映出黑人根本毫无地位可言，他们的内心时常充满着恐惧，在社会上找不到任何出路。别格有幸在有钱的道尔顿家做了司机，专职接送道尔顿先生的女儿玛丽。玛丽是位活泼开朗的姑娘，有一位信奉社会主义的男朋友，他们经常出入黑人居住的贫民窟，可是他们不羁的生活态度也为玛丽的悲惨结局埋下了伏笔。在一次醉酒后，别格护送玛丽回家，并将玛丽送回卧室，玛丽的醉酒使别格产生了冲动。这时道尔顿夫人走了进来，她是位盲人，虽然她无法看到，但是她仔细倾听，别格为了掩盖自己欲对玛丽不轨的行为，失手杀死了玛丽。

第二部分为“逃跑”。杀死了玛丽，别格并没有立即逃走，而是又伪装成先前那个可怜又可悲的下人，而警察也并没有将这个卑微的黑人作为犯罪嫌疑人考虑，因此别格的黑人身份又是一个极好的掩护。小说中出现的这些情节看似无意，其实深刻地揭示了主题。在白人统治的世界中，黑人是引不起任何人注意的，是被人忽视的一个群体。在这样一个大环境下，黑人的前途是迷茫的、令人担忧的。正如小说中所描述，别格的妈妈选择了信仰宗教，而别格的女朋友整日酗酒，别格的妹妹也如别格一样整天生活在恐惧中，他们只是黑人群体中的典型代表，由此可以看出黑人的整体生存状态。而媒体也通常用粗俗不礼貌的语言去描绘黑人，例如通常将黑人描述成野兽。在这样的社会环境中，黑人无法认知自己的身份，他们不能享受做人的基本权利。当玛丽的骨骸从火炉中被找到时，别格才开始逃跑，他带着女友到处逃窜，然而他跟女友也并非真心相爱，而是互相利用，因怕女友揭发，他最终选择杀死女友。别格的残忍性格又一次得到了体现。别格从一所空房子的窗户跳下来，摔到了地上，厚厚的雪立刻将他掩盖，他的口中、鼻中、眼睛里一时全是雪花，手脚也被地上的雪束缚，周围又围了很多的白人，这真是白茫茫的一片世界，象征着整个社会是被白人所统治的。

第三部分为"命运"，最终在这一部分将揭示别格的命运。为别格辩护的是一位信仰共产主义的白人律师，他免费为别格辩护。在别格被审判之前，他已经被媒体定罪，白人将黑人犯罪视为十恶不赦，他被铺天盖地的媒体渲染为杀人狂魔，甚至将整个黑人群体视为社会的危险极端分子。只有这位白人律师麦克斯真正同情别格，是他让别格认清自己是一位有着独立人格的人，黑人和白人应该是平等的。他最后的辩护也让别格对自己的罪行有了清醒的认识，麦克斯指出黑人犯罪的根源正是不平等的社会制度，他努力使别格免于死刑，但最终归于失败。

二、被社会异化的人格

《土生子》中环境的作用是作者反复强调的因素，环境对人物的意识形态和行为方式的影响在小说中随处可见，而作者认为种族歧视正是造成社会畸形的温床。一方面，黑人在种族歧视的社会环境里长期遭受白人的压迫，在各方面都得不到公正对待。正如小说中的别格，作为黑人他没有受教育的权利，没有选择居住地的权利，没有得到更好工作的机会，他在社

会里处处受限、处处碰壁。长期如此的生存环境造成别格肉体和心灵的扭曲，没法以正确的眼光看待世界，对社会尤其是白人充满了仇恨，完全无法将白人当作人来对待而是视为一种压迫力量。另一方面，种族歧视的社会环境也必然影响白人，使其受大众媒体和种族隔离的影响。白人对黑人没有正确的认识，而是通过报刊等途径来了解，而这些信息往往都是通过加工和筛选的。长期如此，白人就对黑人形成无知、愚笨、顺从，有时又野蛮、充满兽性的印象。因为没有正确的认识，玛丽和简不知自己的行为对别格造成了伤害，道尔顿夫妇等人才会被别格的顺从所蒙蔽。正因种族歧视环境对双方的影响，黑人和白人都不能互相了解彼此，双方都不能把对方当作个体的人来对待，相互之间充满敌意，因此最终造成玛丽的死亡，别格的人生也由此走向毁灭。

综观整部小说可以看到，作者笔下的别格不再沿袭传统的“汤姆叔叔”类的黑人形象，即愚昧无知、憨厚老实、逆来顺受的黑人，而是具有强烈自我意识和反抗精神的“新黑人”形象。白人往往认为黑人就是驯服的野兽，只要施以暴力和恫吓就能让他们变得顺从，而别格的暴力反抗正是对白人愚昧无知的巨大惩罚。在种族歧视的社会环境下，别格没有途径彰显自身价值，没有权利完全掌握自己的人生，社会的不公和压迫使得别格内心充满对白人世界的恐惧和愤怒，而这种恐惧和愤怒交织在一起，最终使他通过暴力来反抗白人世界。虽然别格的反抗是法律所不允许的，但在一定程度上说明黑人民族并非愚昧无知、畏惧强权，面对压迫与剥削，黑人也会起身反抗而不是一味逃避。理查德·赖特正是要通过别格的暴力反抗，警示美国社会种族歧视对白人和黑人的双向危害。

《土生子》除了对环境的描写外，还有大量的心理描写，这也是小说的一大特征。似乎在理查德·赖特看来，黑人在社会环境中并不是完全逆来顺受的，社会环境对人的作用也是有限的，黑人并非完全不可抗拒社会的作用力。首先，从文本中的大量心理描写可以看出，别格并不是被环境压迫得蠢笨无知的黑人，别格杀人后的心理描写体现出了他的智慧。别格杀人后利用白人对黑人的偏见，避免了白人的怀疑；利用人们对共产党的偏见，将注意力转移到简身上，之后还顺水推舟，试图从道尔顿家勒索钱财。

这些犯罪后的种种内心独白足以证明别格的智慧，而这与他小学文化的教育背景并不完全相称。其次，大量的内心独白体现出别格强烈的自我意识。别格对于自身所处的环境和地位并不是完全不自知，他能感受到压迫，了解自己为何不满，但更多时候他为了保护自己，不让自己癫狂而躲避到“墙壁”后。对于玛丽和简的示好，别格总是敏感地认为是侮辱，可见别格自我意识强烈。最后，别格的行为在小说中也不是完全被外力所控制，他有努力做出自己的选择。

别格杀人后，几次都有机会出逃，但他总是劝说自己再等等；别格被捕入狱后，他选择沉默，但对麦克斯的信任让他诉说出了内心的想法。杀人后，别格从“墙壁”里出来，他感受到从未有过的自由，并且开始决定、主宰自己的人生。虽然最终还是逃不出死亡的厄运，但他有过激烈的抗争，某些时刻他也是整个事态和自己命运的主导者，这同许多其他黑人小说主人公逆来顺受的形象相异。别格的思想意识被给予特别的重视，他的内心独白是理查德·赖特想要传达给人们的信息，即一个黑人心中的世界和他的真实感触。

三、最终的回归

从《土生子》的第一部分，读者可以看到别格也曾有过理想，他企盼自己能像白人青年那样享受社会所给予的一切机会。但事实是他与其他黑人一样被一条无形的界线圈得死死的，他们只能从事那些白人规定好的职业，而这一切仅因为他们的肤色不同。在政治、经济上，黑人处在被欺压、被剥削的地位，在精神、文化上，黑人又隶属被侮辱、被伤害的群体。教育、理想、财富、权利，一切正常人该拥有的都被种族隔离政策拒之门外，正是这样一个不平等的缺乏爱和温情的美国社会带给别格以及他的黑人同胞们无限的恐惧，在别格看来“白人不仅仅是人，而且是一种很大的自然力量，就像暴风雨前头顶上出现的乌云，或者像黑暗中突然伸展到你脚旁的又深又汹的河流”[①]。在那样一片庞大的、白得刺眼的白人世界里，黑人的生活被挤压得变了形，他们如同一个个痛苦难耐的病人，在病态地、顽强地支撑着。可是别格不愿像这些人一样活着，他看不惯这样的世界，总想做点什么惊天动地的事来给他仇恨的白人们瞧瞧。尽管这些人有着不同的心理反应和生活方式，但长期受到物质、精神双重压抑的他们却同样有着扭曲的人格和病态的心理。别格的人生完全处于非理性状态中，他始终感受到恐惧和压抑并试图摆脱这种恐惧，然而他并不清楚这种恐惧的真正来源，只是盲目地向外部世界进行着反击。导致别格人生悲剧的根本原因在于社会中以种族歧视为形式出现的难以跨越的壁垒，以及它带给黑人的强烈挫败感和无奈感。它残忍地切断了人们通过正常途径实现自我价值的一切道路，导致主人公迷失自我，人格异化，最终选择通过伤害弱小的无辜者来宣泄心中的不满。

所谓人性回归即异化解除，指的就是别格重新认识自我、找回真我，克服与社会、与他人的疏远并重新建立起与他人的关系的过程。别格真正的人性回归始于小说第三部分他被捕之后，被捕后他开始直面黑人与白人的世界，直面自己的内心世界。他开始从自己经历的种种苦难中意识到杀人给别人带来的痛苦，意识到别人存在的价值，意识到自我与他人存在的正确关系。人道主义者简不计前嫌帮助自己摆脱困境的做法更是让别格有了前所未有的心灵震撼：“在他这辈子中，一个白人第一次在他眼里变成了个人；随着发现简的人性，他像刀割似的觉得悔恨：他杀害了这个人所爱的姑娘，使他受到痛苦。”[②] 除此之外，最为重要的是，此时的别格希望对自己的未来重新进行设计筹划。在思考死亡时，他渴望两极之间再有一条轨道让他再活一次，渴望一种能使他妥善处理爱恨矛盾的新的生活模式。作者颇为用心地设计别格找寻自我的心路历程，不仅使故事情节更完整，更是借此提出对别格所属的黑人民族该如何生存的深刻探索。作者通过对黑人文学、黑人历史文化的学习与了解，重新探讨黑人的出路问题。一方

---

① 理查德·赖特. 土生子［M］. 施成荣译. 上海：上海译文出版社，1983：56.（本节出现的该书中的其他引文只标明页码。）

② p：186.

面，美国当时社会必须对以别格为代表的千千万万黑人的悲惨命运负责，有必要在政治、经济、文化等相关领域进行深度反思，真正地做到将黑人们当作“土生子”去包容去关爱。另一方面，作为黑人自身，应该正确看待种族矛盾与冲突。在认同本民族的传统和文化的基础上，以积极健康的心态接纳并吸收现代文明的精髓。学习尊重白人群体、尊重同胞，更要懂得尊重自我，团结起来努力在种族内部构建有凝聚力的良好的伦理关系，以自信、积极的态度，健全、完善的人格和坚强、勇敢的自我面对白人群体和美国社会。

四、结语

通过对别格生存的社会环境与心理描写分析，一个不同于温顺的汤姆叔叔的、具有反抗精神的新的黑人艺术形象——别格出现在读者面前，从而在美国黑人文学史上树立了一个新的现实主义的里程碑。

作｜者｜介｜绍

理查德·赖特，1908 年 9 月 4 日生于密西西比州纳切兹附近的一个种植园里。祖父是奴隶，父亲是种植园工人，后弃家出走。母亲是乡村教师。赖特进过孤儿院，曾在几个亲戚家寄养，15 岁起独立谋生。他从小深受歧视，对社会，尤其对周围的白人世界怀着又恨又怕的心理。这种心理状态不仅在他的著名自传《黑孩子》（1945）中有生动的描述，而且在其他的小说中也有所反映。

赖特离家后曾在孟菲斯、芝加哥等地从事各种体力劳动，同时勤奋自学，立志成为作家。他爱读德莱塞、刘易斯、安德森等现实主义作家的作品，深受他们的影响。20 世纪 30 年代美国经济萧条时期，赖特长期失业，对美国贫富悬殊、种族歧视的社会有了进一步的认识。赖特 1932 年加入美国共产党，学习运用马克思主义的观点去观察社会，这使他后来的创作能够比较深刻地发掘生活，揭露社会的矛盾和黑暗面，向社会提出控诉和抗议，因而成为三四十年代美国左翼文学中所谓“抗议小说”的创始人之一。

1937年赖特去纽约任美共机关报《工人日报》的哈莱姆区编辑。1940年他的代表作《土生子》问世，使他一跃成为享誉美国文坛的黑人作家。小说获得畅销，后又改编成戏剧在百老汇上演，并拍摄成电影。西方有的评论家认为只有在《土生子》出版之后，黑人文学才在美国文学中取得地位，开始受到评论界的重视，并在人民群众中产生一定的影响。赖特成名后，逐渐与美国共产党的观点和政策发生分歧，终于在1944年退出共产党。1946年迁居巴黎，1960年11月28日去世。

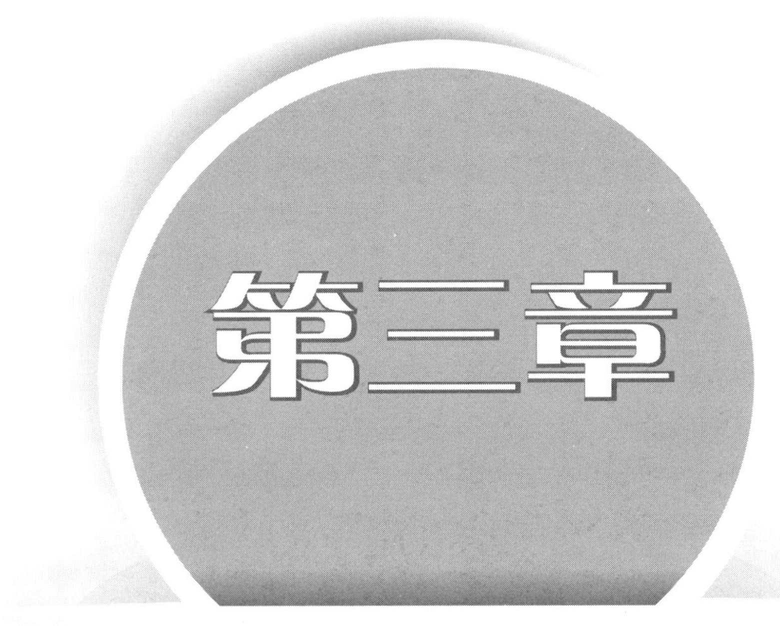

第三章

“二战”后至60年代的美国小说

20世纪中期以后美国小说的发展，同美国的社会现实及美国社会道德观念的变迁紧密相连。首先是第二次世界大战对人民精神的摧残，引起了美国人民对现存道德标准和人生观念的怀疑，特别是数百万犹太人在德国法西斯集中营里惨遭屠杀和1945年8月两颗原子弹在日本广岛和长崎爆炸给日本人民带来的毁灭性灾难这两件事对美国社会影响最大。战争消耗了人们的精力，也形成了人们毫不含糊的明朗态度。对于生存的洞察力和对于未来事物的预见，促进了各种新思潮的诞生。

此外，随着科学技术的发展和以物质文明及人的精神空虚为主要特点的“群体社会”的产生，人与人之间的关系日益冷漠，人们只注重自身的精神小天地，于是以描写和刻画个人精神的发展与演变为主要内容的“心理小说”随之兴起。这些作品的主人公往往是受到战后风气感染的“反英雄”形象，他们出身中产阶级，具有一定的文化水平，但他们思想矛盾、精神迷惘、内心复杂，又没有独立的社会根基，只得听命于垄断集团控制的社会的摆布。诺贝尔文学奖获得者、犹太作家索尔·贝娄60年代的名作《赫尔索格》是一部犹太中产阶级知识分子的精神悲剧，作品的主人公赫尔索格是一位美国社会文明的受难者、一个落难的英雄，他的复杂思想的演变过程和坎坷的生活经历集中代表了当时美国广大知识分子在社会意识的打击下精神濒于崩溃边缘的痛苦。此外，卡森·麦卡勒斯的中篇小说《伤心咖啡馆之歌》和约翰·厄普代克的长篇小说《兔子，跑吧》中的主人公艾米莉亚和哈利都属于这类带有明显时代烙印的病态人物。他们都是畸形儿，精神上的叛逆者，所谓“反英雄”的含义即是指这个意思。在这些作品中，作者力图探讨人们精神蜕化、演变的根本原因，并希望读者也去思索产生这些现象的社会根源。赫尔索格的精神崩溃、艾米莉亚的生活悲剧和外号叫“兔子”的哈利的几次离家出走，尽管各有各的具体情况，但造成他们这些结局的原因都来自于社会的侵蚀，社会的压迫和社会的堕落。对人物命运的关注也是“二战”以后小说主题的核心，从这一点来说它们与现实主义小说并无根本区别，只是随着时代差异的增多，呈现在读者面前的主要是这些人物性格的异化，他们的精神状态恰恰反映了美国社会严重的思想危机和道德危机。

50年代，以“麦卡锡主义”为代表的法西斯势力猖獗，掀起迫害进步人士的反共运动。慑于统治集团反共政策的淫威，一部分美国人沉默了，他们循规蹈矩，不敢有越轨的举动，遂造成美国文坛的萧条沉寂。有些评论家称这一时期为“怯懦的五十年代”或“沉寂的五十年代”。但年轻的一代由于对虚假现实的反感，继续发起叛逆和挑战，用他们认为适当的方式来反抗社会，于是诞生了“垮掉的一代”及其文学。在这些作品中小说占绝大多数，它们反映了这些年青一代的美国人对精神生活的追求和向往，对于“美国生活方式”提出了大胆的否定。

第二次世界大战结束之后，美国的动乱几乎没有停止过，从朝鲜到越南一连串的战争、60年代的古巴导弹事件、肯尼迪被刺、黑人暴动和全国性的反对侵越战争高潮、70年代的“水门事件”和尼克松的辞职以及多次地下爆炸、对自然环境的蹂躏、种族歧视和性别歧视、各种各样的政治抗议等，这一系列政治事件必然影响到千千万万美国人的心理、思想和精神状态，使一种危机感持续下来。这是没有一个作家能够完全忽视的。反映到小说创作中则是黑色幽默小说、荒诞小说、反现实主义小说、存在主义小说等流派小说的产生，一般人把它们合称为“后现代派小说”。所谓“后现代派小说”大多是用荒诞的、隐喻的、超现实的笔法，以曲折的形式来达到揭露现实、反映人们内心世界的目的，它们的作者几乎都厌恶这个社会，甚至抱着绝望的心情。各个流派的小说家不惜用夸张、讽刺以致歪曲现实的“愤世嫉俗”之笔来揭示世界的本质，而结果往往以荒谬隐喻真理，以丑陋代替美感，把一切都颠倒了。

“黑色幽默”在这方面最具典型性。约瑟夫·海勒的《第二十二条军规》以非正常性的描写给人造成一种强烈的印象：作品中那些似乎疯疯癫癫、浑浑噩噩的人物不正是美国现代社会实质的象征吗？显然，作者的心绪并不愉快。“黑色幽默”作家们认为，在这个光怪陆离的世界，好像“人全疯了”。不仅“黑色幽默”小说如此，其他如“犹太小说”、“南方小说”也都反映出美国社会这种实质性的内在因素。诺曼·梅勒的长篇小说《裸者与死者》呈现在读者面前的是美军内部的种种矛盾，突出地反映了权欲使人丧失理性，战争使人变得更加贪婪的现实，这样就造成了指挥混乱、上下对立、人与人之间关系紧张。犹太作家杰罗姆·戴维·塞林格的长篇小说《麦田里的守望者》中的主人公霍尔顿，是当时美国青年中失望一代的典型。他看不惯一切又丢不掉坏习惯，他想靠劳动养活自己又找不到出路。流浪、徘徊、苦闷，终于造成精神崩溃，被送进精神病院，只能躺在床上回想他那些乱七八糟的经历。

总的来看，20世纪中期以后的美国作家陷入了对“美国生活方式”的信任危机。他们的美国之梦经常被梦魇所代替，这就不可避免地使他们对其国家及其前途产生茫然之感，否定和批判的声音成为小说创作的主旋律，作家的才华和想象力在人物的悲剧性命运及其精神世界之间纵横驰骋，而现实主义和超现实主义、喜剧和悲剧、事实和象征，全都通过难以捉摸的形式相混合，像当代现实生活一样扑朔迷离。

第一节

找寻存在的价值——《看不见的人》的存在主义解读

一、作品概述

《看不见的人》是当代美国黑人作家拉尔夫·埃利森的成名作，于1952年问世，翌年即获美国全国图书奖。小说主人公是一个有文化的黑人青年，作者通过对其坎坷一生的描绘，反映了美国黑人受侮辱、受损害的悲惨境

遇。作者以饱含激情的笔触，深入揭示主人公的内心世界，把黑人群众心灵上的创伤和满腔的悲愤刻画得真切感人，从而有力地揭露了美国社会的种族矛盾和种族歧视。

《看不见的人》的主人公是没有披露姓名的黑人青年，他在小说一开始就表明自己是个看不见的人。当他走在街上被人撞着时，人家不肯向他道歉，因为别人根本没有注意到他的存在。他在地下室生活，像一只熊在冬季钻进洞里一样，在地下蛰居。但他没有放弃生活和斗争。他巧妙地偷了纽约独营电灯电力公司的电，在洞的四壁和天花板上密密麻麻地拉上电线，安装了1369个灯泡，把阴暗的地下室变得比地面上还明亮。他常常幻想，听黑人布道，同老太婆谈论自由。他详细叙述了自己的生活经历。

小说的情节并不太曲折。它着重描绘的是主人公憧憬美好理想，追求自由幸福，希望一再破灭的三部曲，以此为主线，环环扣紧，铺展情节。小说分前言、正文和后记三部分，突出地反映了在种族歧视十分严重的社会里，黑人主人公遭遇的"三部曲"，及其在屡遭挫折以后的苦闷、悲愤、彷徨和失望。前言描写主人公被社会抛弃，沦为"看不见的人"以后，在黑暗的地洞里回忆生平，总结过去，寻找自我，期待新生。后记与前言遥相呼应，描写主人公走出地洞的决心。正文是小说的主体，回溯了主人公在南方的童年生活，叙述了他从孩童时代起，就备受凌辱的经历。埃利森观察敏锐，善于概括集中生活中的典型事件以反映社会现实。他选择主人公在中学毕业时被迫参加拳击赛这个场景，一方面描写主人公为了获得上大学的奖学金不得不忍受痛苦，激烈搏斗，一方面揭露白人"慈善家的伪善，他们从黑人的痛苦中取乐"。主人公在大学里，由于替白人校董开车，无意中使校董看到黑人生活的阴暗面，被大学校长无理开除。这一情节看来偶然，其实必然。尽管黑人安分守己，逆来顺受，终究还是低人一等，受人欺凌。

二、对自由的追求

小说《看不见的人》最重要的主题是个人对自由和身份的追求。在小

说中，主人公为了获得自由和探求身份经历了许多痛苦与挫折。开篇就提到在主人公的祖父即将去世时，一反常态地称自己为叛徒，要求后代尽可能地表面上讨好白人，以此来达到削弱和损毁白人的目的。主人公对于这个诅咒无法理解，但它却时时刻刻萦绕在他心头。祖父至少意识到了在白人世界里黑人卑微的地位，并对白人有所反抗，而这一点是主人公花了很长时间才明白的。如主人公为白人作演说，白人督学说：“他作了一个精彩的讲演，总有一天他会引领他的人民走上正确的道路。”[①] 那天晚上他又做了一个梦，梦见他看见给他的信封中的纸条上写着，“务使这小黑孩继续奔波”[②]。在正确的道路上继续奔波实际上是在白人的世界和意识形态中继续白人至高无上的神话，这与后来小爱默生给他看的布莱索信的内容相呼应，预示了他不幸的经历。在金日酒家，主人公和诺顿遇见的那个老兵是小说中为数不多能认清自己身份的人。但是主人公的不可见性使他对此异常反感。在被布莱索驱逐出校后，主人公仍天真地抱有幻想，甚至想向人炫耀那些将改变他命运的信件。小爱默生与他谈话时自比为哈克贝利，但是由于主人公头脑中没有正确的身份认同，无法理解他的暗示。“存在主义者雅斯贝斯主张人应该有选择的权利，人应该意识到自己的自由，而运用自己的自由权利便是生活和存在的真谛。”[③] 在洞悉布莱索的真实面目和在自由油漆场的痛苦经历后，主人公对自己的处世方式产生了怀疑。他准备不再盲从所谓的公认的观点，对事情要有个人的看法，去仔细分析事情的利弊得失。他认为，加入“兄弟会”对他来说意义重大，仿佛获得了新生，并因此充满了美好的幻想和希望。认为自己在经历了一次又漫长又令人绝望又非同寻常的盲目旅途之后，他终于回到了自己的家园。虽然主人公认为自己有了自由不再盲目，但是他的自由和选择的权利是有限的。他的演说要受到“兄弟会”设定的框架的约束，他必须向汉布罗学习。可悲的是，他被“兄弟会”的外表所迷惑，被自己编织的美丽幻想冲昏了头脑，又开

① 拉尔夫·埃利森．看不见的人［M］．北京：外语教学与研究出版社，2000：32．（本节以下引自该书的内容只标页码。）

② p：33．

③ 史志康．美国文学背景概观［M］．上海：上海外语教育出版社，2000：229．

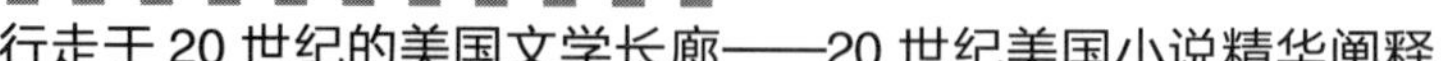

始了盲目的旅行。“他教我什么，我就学什么，而且要多学一些。”① 正当主人公在事业上突飞猛进时，他收到了一封警告他认清自己身份的匿名信，这使读者联想起主人公在大学听巴比布道时讲起那位伟大的奠基人在散播教义时，因为没有听取一个神秘人的忠告而差点送命；而主人公正是以奠基人为榜样的，这就预示了他后来的命运。“我们雇你不是要你思考问题。雇你是让你讲话。”② 杰克的这些话无情地表明主人公根本就无法选择自由和权利，他只是别人的一颗棋子。

克利夫顿的死和杰克的这些话以及后来莱因哈特这个多重人格的人的出现，使主人公终于认识到了自己的不可见性，而别人只将他看作他们想让他成为的人，从没有考虑过他存在的真正价值。所以他决定以祖父的忠告去反击，结果只能是目睹了哈莱姆区的一场暴乱，因为其祖父和布克·T.华盛顿所倡导的意识形态都不足以使他们在白人至上的世界里获得真正的存在价值。这正如一位评论家所言：“拉尔夫·埃利森和詹姆斯·波德温等在主题和表现手法上构成一个整体。在他们的小说中，黑人成了错位的存在主义主角，与犹太人一样，追求存在价值。但是，他们发现的结果却是，自己被淹没在白人的海洋中，找不到自己的身份。”③

存在主义有“存在先于本质”这样的观点，意即人首先要存在，而后才能成为这样或那样的人④。这里的“存在”指的是作为意志和行动的主体，人要通过不同的自由选择才能成为各种不同的人。在美国这样一个存在严重种族歧视的社会，要使黑人这一受歧视的种族能够承担他们所负的责任，就要使他们清晰地认识到自己的本质，明确其存在的意义和价值。但问题的关键在于，黑人并没有足够的自由选择权，即使获得了某种自由，那也是被白人社会所限定的，因此他们根本不可能实现自己真正意义上的本质或者认清自己的本质。结果在白人至上主义神话的桎梏下，在茫茫的白人海洋中，他们无法找到自己的身份，得不到主流社会的认可。正是因

① p：362.

② p：475.

③ 史志康. 美国文学背景概观［M］. 上海：上海外语教育出版社，2000：248.

④ 魏金生.“探索”人生奥秘——萨特与存在主义［M］. 北京：北京出版社，1989：230.

为黑人感到孤独和绝望，他们才会成为“看不见的人”。在小说的前言中有这样一段描述：“我属于人世间最不负责任的人。缺乏责任感是我这个看不见的人的一个属性。责任基于承认，而承认又是相互间某种形式的一致。”① 埃利森的言外之意不是主人公不愿承担责任而是无法承担责任，不知承担什么样的责任，因为别人不承认他的存在。就像前言中主人公的一次回忆，一天晚上他撞到了一个白人，白人对他肆意辱骂，正当他想杀了这个白人时，突然间意识到其实自己是个“看不见的人”，这个白人只是在梦游，撞见的只是一个黑人幽灵，想到此主人公不禁狂笑。这种带有黑色幽默的描写不无讽刺与挖苦。在这样一个丧失了信仰，道德沦丧的世界里主人公的人性被扭曲了，他的笑是绝望中辛酸的笑，显得异常痛苦凄凉。

三、对身份的探究

长期以来，美国黑人挣扎于被同化与保持自我之间。正如杜波依斯所说：在美国社会中的“每个黑人都能感到他自己作为一个美国人与黑人二重性——每个黑人都有两个灵魂、两种思维、两种难以调和的竞争和在一个黑色躯体内的两种思想的斗争”②。这种“二重性”成为黑人身份最大的烦恼和困惑，它反映了美国黑人在对立与错位的“黑白文化”夹缝中的生存状况和文化心态。

在《看不见的人》中，黑人大学校长布莱索为了自己的权势和地位，蓄意背叛白人和黑人。他的身躯是黑色的但灵魂已被“洗白”，已经与黑人的身躯分离。虽然他官阶低微，但由于小说中话语权的错置，使他成了掌握别人命运的关键人物。在自己的种族中他虚伪地对待自己的黑人兄弟，出卖种族亲情以维护他自身的权威与地位。因为主人公让白人看到了布莱索不想让白人看到的东西，他虚伪地许诺主人公说介绍他到白人那里去工作。事实上，他所开出的介绍信恰恰是为了斩断主人公找工作的路。这一

① p：14.

② DUBOIS WEB. The Soul of Black Folk［M］. New York：Dover Publications，Inc.，1994：103.

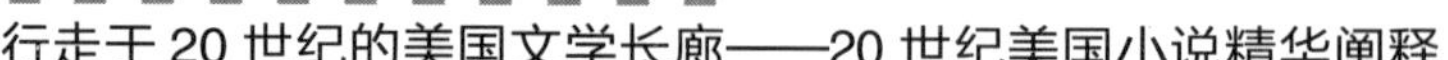

类黑人似乎已经消除了自己的历史记忆和文化身份，当他作为边缘化的“从属臣民”时他没有话语权，当他挤进中心话语圈分享其话语权时，他说着第一世界的“话语”，行使着第一世界的“权利”。他似乎无力找回历史记忆中沉默的“话语”。统治者手中的权力使这种话语以什么形式出现，任何人都无法摆脱被控制的命运。通过权力制定出来的话语天生凝聚着权力的威严，这种制定话语的权力正是布莱索这样的黑人无限憧憬，极力向上爬的原始驱动力。他们带有两种身份，即黑人和美国人。在那个时代，白人种族主义的猖獗使得刚刚获得解放的黑人在文化身份的问题上陷入困境。在种族和肤色问题上，他们常常感到难以定位，有时不知道自己正确的位置应该在黑人群体中还是在白人社会里。一部分黑人为了让自己活得好一点，渴望融入白人主流社会，试图在话语权上冒充白人。这种偏离常规的话语权利只能加剧种族的紧张和矛盾，使黑人难逃历史性的悲剧并陷入无尽的痛苦深渊。白人通过种族隔离竭尽全力想要抹杀黑人的社会身份，使他们成为看不见的人。而大部分黑人被蒙蔽了双眼，无视自己的困境，在黑暗中挣扎。只有少数黑人通过自己的生活经历，逐渐清醒并找到了属于自己的社会身份：拥有自我意识和个性的美国黑人。

一个民族文化身份认同的指向是一个民族的历史经过长期演化逐渐形成的，得到该民族成员共同认可的优秀的传统文化。传统文化影响巨大，它会深深潜入一个民族的集体无意识之中，以各种各样的方式通过人的言行举止表现出来。根据福柯的话语权理论，可以看出作者在小说人物的言行举止中塑造了两个民族的关系，两个民族的文化身份地位。话语衍生出权力，最初白人为了体现统治者的权力，处处压制着黑人的话语权，后来这种压制慢慢转变成了一种行为的力量，渐渐地黑人消失了，并成为白人及自己都看不见的人。这个处境本是外在强加给黑人的，但是由于“社会对话语的占有”，以及社会教化的作用，它已经内化为对话语使用者的内在要求，能够对他们的行为构成指导，产生了让人意想不到的效果。因此要想得到白人以及其他民族的认同，黑人就应该努力去恢复自己在多元共存的当代北美社会中应当拥有的地位和话语权。

“看不见的人”实际上有几层含义，其他角色对于他就像他对于其他角色一样，都是不可见的。他对于其他角色的不可见性在于他们不承认他的存在价值，只把他看作一个工具。其他角色对于他的不可见性在于，他无法超越思想中固有的观念，看不清这个世界和其他人的本质。小说的最后，主人公陷入地下，烧掉了所有象征旧我的东西，如毕业文凭，匿名信和写有在“兄弟会”时新名字的字条。在经历了迷茫和痛苦之后，他决心从地下出来，回到社会中，超越这个社会给他规定的角色，为社会做些贡献。从探求存在和身份的角度来看，主人公已没有了自由，也就没有了存在和身份。他起初还渴望得到认可，却始终得不到。《看不见的人》中的人物都希望实现自己的存在价值，可他们都无法认清社会的现实，找不到自己的社会身份，得不到社会的认同，在证明自我价值的道路上迷失了方向。

四、结语

小说《看不见的人》依据历史背景和作者个人的生活经历，以超然的立场，权威的态度，阴森的幽默感，剖析了主人公复杂的内心世界，揭露和鞭挞了“二战”后美国内部存在的种族矛盾和种族歧视。但是由于身份的缺失和思想的固化，主人公和其他人都陷入了“看不见”这个怪圈，这是种族歧视的必然结果。同时也激励黑人这一弱势群体为了寻找认同，追寻身份和存在价值而掀起民权运动的浪潮，并为此不懈奋斗。

作者介绍

拉尔夫·埃利森出生于美国南方的俄克拉荷马城，父亲当过建筑工人和小商人。他望子成龙，给儿子取名拉尔夫·沃尔多，希望儿子成为19世纪美国著名思想家、文学家拉·沃·爱默生那样的伟人。埃利森三岁时，父亲去世了，他由给白人当佣人的母亲一手抚养成人。埃利森随母亲生活在城市白人中产阶级居住区。母亲经常把白人扔掉的书籍、杂志、唱片带回家。这些事情虽小，但却开阔了他的视野，使他看到黑人生活的天地之外还存在另一个世界，他梦想并相信自己有朝一日会进入这一更广阔的世界。

读中学时，埃利森开始对音乐产生浓厚兴趣，他不仅热爱爵士乐，也喜欢古典音乐。1933年，他进入塔斯克基黑人学院，专修音乐。埃利森在这里就读三年，后因经济困难不得不离开学校到北方大都市纽约谋生。在那里，他认识了黑人作家詹姆斯·兰斯顿·休斯和理查德·赖特。在赖特的鼓励下，埃利森开始写小说评论，从此走上了写作之路。当时正值美国经济萧条时期，埃利森靠联邦作家计划的赞助才得以维持生活和工作。他发表了一些短篇故事以及对爵士乐和黑人布鲁斯音乐的评论，同时在为创作长篇小说积累材料。在赖特的影响下，埃利森阅读了大量文学名著，尤其对康拉德、乔伊斯、陀思妥耶夫斯基、梅尔维尔、詹姆斯、福克纳等文学大师的写作技巧研究得深入仔细。埃利森于1952年完成了长篇小说《看不见的人》，并获1953年度美国全国图书奖。此后，他应邀在国内外一些名牌大学演讲，并曾被芝加哥大学、纽约大学等聘为教授，1963年母校授予他荣誉哲学博士学位。

埃利森的其他作品包括两部论文集：《影子和行动》和《走向领地》。论文集包括作者就不同题材写的评论文章和发表的采访讲话，内容涉及黑人音乐、现代小说创作、黑人文化与美国文化大背景的关系等多种题材。尽管此后由于种种原因他没有再出版第二部小说，但他的创作活动却从未中止。他去世后，其文学遗产执行人约翰·卡拉汉在整理遗稿的基础上加工完成并出版了埃利森的第二部小说《六月庆典》。埃利森于1994年4月16日在纽约去世，享年80岁。

第二节
“色情”还是“唯美”——解析对《洛丽塔》的两种误读

一、作品概述

美国作家弗拉基米尔·纳博科夫的代表作《洛丽塔》是20世纪最有争议的小说之一。小说描述一位从法国移民美国的中年男子亨·亨伯特在少年时期，与一位14岁的少女安娜贝尔发生了一段初恋，最后安娜贝尔因伤寒而早夭，造就了亨伯特的恋童癖，他将“小妖精”定义为“九到十四岁”。亨伯特最先被一名富有的寡妇抛弃，后来又迷恋上女房东夏洛特的12岁女儿洛丽塔，亲切地称呼她为小妖精。

由于儿时的阴影，亨伯特对洛丽塔的爱无法自拔，为了亲近这名早熟、热情的小女孩，亨伯特娶女房东为妻，成为洛丽塔的继父。小说中的女孩原名桃乐莉·海兹，西班牙文发音的小名为洛丽塔或洛（Lo），因此作为书名。

后来女房东发现丈夫对女儿的企图和对自己的不忠，一时气疯往外跑，被车子撞死。亨伯特将洛丽塔从夏令营接出来一起旅行，他以为在洛丽塔的饮料中下药，就可以在不知不觉中猥亵她。结果药对洛丽塔全无效果，相反，第二天清晨洛丽塔主动挑逗亨伯特，发生乱伦的关系。亨伯特之后告知洛丽塔她的母亲已经去世，至此，洛丽塔在别无选择的情况下接受了必须和继父生活下去的这个现实。

亨伯特带着洛丽塔以父女的身份沿着美国旅游，他利用零用钱、美丽的衣饰等小女孩会喜欢的东西来控制洛丽塔，使其继续满足自己对她的欲望。洛丽塔长大后，开始讨厌继父，她意识到“即使是最可悲的家庭生活也比这种乱伦状况好”。于是她开始跟年纪相当的男孩子交往，并借着一次旅行的机会脱离继父的掌握，一开始亨伯特疯狂寻找，但是最终还是放弃

了。三年过去，一日亨伯特收到洛丽塔的来信，信上说她已经结婚，并怀孕了，需要继父的金钱援助。亨伯特给了她400美元现金和2500美元的支票还有把屋子卖了买家先付的10000美元跟房子的契约。他要求洛丽塔说出当时拐走她的人，洛丽塔告诉他那人正是奎迪（作品中被女主角认为是东方天才哲学家），其为学校演出的剧作家，并告诉他，她和奎迪出走后，因为拒绝了奎迪要她和其他男孩子拍摄色情影片的要求，而被奎迪赶了出来。亨伯特请求洛丽塔离开她的丈夫和他走，但是她拒绝了这个要求，亨伯特伤心欲绝。他追踪并枪杀了奎迪。最终，亨伯特因血栓病死于狱中，而17岁的洛丽塔则因难产死于1952年的圣诞节。

《洛丽塔》之所以会成为最具争议的小说，主要原因之一是这部作品触及了“不伦之恋”这一敏感话题。不过，对于《洛丽塔》这部小说而言，比这一题材本身更令人困惑的是纳博科夫表现这一题材的方式。确切地说，作者以一种看起来十分体面、道德的方式讲述了这段“不伦之恋”，换言之，作者以一种“伦理”的姿态和方式讲述了一段“不伦之恋”。

二、世俗式误读

洛丽塔的故事，在社会伦理的框架下是罪恶的，不可饶恕的，即使是真挚的爱情，也无法掩饰这份在世人眼里充满罪恶的爱情。事实上，亨伯特对洛丽塔的爱，确实是违反了伦理准则。亨伯特复杂的伦理身份和与继女乱伦的行为颠覆了社会伦理秩序，也使他对洛丽塔的爱情受到了伦理的质疑与审判。在这场乱伦之恋中，尽管洛丽塔不是传统意义上的好孩子，但是亨伯特仍然受到伦理审判。洛丽塔，一个伦理意识尚未发育成熟的少女，在失去母亲的情况下，伦理意识也是一团混沌，根本不能做出正确的伦理选择。在她看来，一切不过是游戏。游戏结束，于是她就会离开。

在伦理意识的发展过程中，蒙昧的自然情感如果缺乏理性的引导，就会导致伦理意识混乱。因为幼年丧母，极度缺乏母爱，亨伯特童年的伦理意识没有得到正确的发展，出现了伦理意识的混乱。然而亨伯特与安娜贝尔夭折了的恋情加剧了混乱的伦理意识。13岁时，亨伯特遇见了让他此生难忘的女孩安娜贝尔，一位改变他命运的小恋人。两个青春萌动的孩子相互被对方吸引，很快就坠入爱河，快乐幸福地生活着。虽然有家长严密的监视，两个孩子总能想方设法骗过他们，偷吃“禁果”。显然这颗诱人的果子是苦涩的。正如人类伊甸园中的亚当和夏娃，两个年幼的孩子为此付出了代价，仿佛受到了上帝严厉的惩罚——安娜贝尔不久死于伤寒，这段突然中断的恋情令亨伯特一生难忘。亨伯特在儿时恋人安娜贝尔死后，长成一个身强体壮的小伙子活了下来，但是毒汁却在伤口里，伤口也一直没有愈合。多年之后，亨伯特发现自己在一种文明中成熟起来，这种文明允许一个25岁的男人向一个16岁而不是12岁的女孩求爱[①]。中断的恋情就像一个毒瘤一直留存在亨伯特的体内，并不断恶化，直到无法控制。成年后，他发现自己根本摆脱不了这种混乱的伦理意识，试图在不同的9~14岁的性感少女身上找到曾经恋人的影子，直到遇到洛丽塔，他把安娜贝尔的幻象定格在洛丽塔身上。乱伦意识就这样一直持续并发展着。亨伯特的乱伦欲望由于缺乏理性引导，于是这种情感向自然意志转化，乱伦意志在自然意志驱动下不断萌芽，疯狂生长，直到乱伦的发生。儿童明辨善恶的理性意志不是天生的，而是经过伦理启蒙的正确引导才能获得，进而才能进行正确的伦理选择。母亲的早逝使年幼的亨伯特失去了正确的伦理引导，与安娜贝尔夭折的恋情更是加剧了亨伯特的乱伦意识。

在旅行名义掩盖下的逃亡路上，亨伯特带着心爱的洛丽塔提心吊胆地辗转于各个汽车旅馆，对周围试图怀疑他们身份的人们编织各种谎言。为摆脱他想象中的跟踪他们的人，亨伯特煞费苦心地伪造一切信息。这个中年男人内心苦苦挣扎的软弱和无奈赤裸裸地展现在读者面前。他不顾一切疯狂地爱她，甚至最后因为她杀了奎迪。然而因为年少无知过早的性体验，洛丽塔对性产生了极度的厌倦，少女的鲜嫩躯壳里面隐藏的却是一颗早已枯萎的心灵。为了逃离他和他的爱，那是一种无法让人生长的致命的爱，她最终毫无预兆地离开了。对亨伯特来说，这无疑是致命的打击。其实，就算洛丽塔一直在他身边，她也会不断地成长。所以，他绝望的不仅是因

① 纳博科夫. 洛丽塔［M］. 主万译. 上海：上海译文出版社，2005：77.

为知道洛丽塔最终会离他而去，而是因为他根本阻挡不了她的成长。

时隔三年，他收到了来自洛丽塔的求助信，他激动万分，迫切地想见到曾经让他神魂颠倒的性感少女。驱车前去看望，重逢的情景让他心生悲悯，曾经的性感少女已经不见，站在他面前的却是一个苍白而臃肿的妇人，怀着孩子，生活潦倒凄惨。在这个时候，其实亨伯特对洛丽塔的爱已经发生了转化。如果说亨伯特曾经爱上的是她的青春和安娜贝尔在她身上的幻影，现在的洛丽塔，少女的痕迹在她身上已经消失殆尽，亨伯特对她的爱却依旧。尽管苦苦哀求她回到他身边，她坚定地拒绝了。他所有的梦想和期待，就此消失。这时，读者唯有对这段超越了世俗界限的爱恋轻轻叹息。伤心欲绝的亨伯特费尽心思找到奎迪并将其枪杀，他认定正是奎迪带走了他心爱的洛丽塔，并导致了这一切的悲剧。杀死奎迪之后，亨伯特逆向行车投案自首。在狱中写下了《洛丽塔》。没等到开庭审理，亨伯特在监禁中因病去世。几个月后洛丽塔在医院死于难产。

人类社会是一个身份的社会，伦理身份会随着伦理环境的改变而改变。自与夏洛特结婚，亨伯特的伦理身份就发生了变化，除了大学教授，他还是一位丈夫和继父。复杂的伦理身份使他在是否和继女乱伦的问题上面临巨大的伦理冲突，陷入了复杂的伦理困境中：夏洛特的丈夫就不能是洛丽塔的情人，身为继父，要做继女的情人就是乱伦，是社会伦理不能容忍的。事实上，作品开篇就奠定了整部作品中伦理混乱主题基调。乱伦这条伦理主线清晰地贯穿始终，作品中伦理指向非常鲜明。这出伦理悲剧告诫读者，如果任由自由意志发展，而不对乱伦意识加以理性的约束与引导，就会导致乱伦悲剧。不管人类文明怎样发展，遵守乱伦禁忌，维护伦理秩序都十分重要，否则将会遭受惩罚。

三、唯美式误读

在小说《洛丽塔》中，亨伯特对于自己的乱伦行为有着真实的感知，这种不伦之爱对于亨伯特来说既是一种对于欲望的追逐，也是一种精神上的追求。在亨伯特心中，洛丽塔代表着自己个人心中的隐秘，是对于自己年少之时未能实现的欲望和爱情的一种补偿式回馈和实现。正是在这种思想意识的推动下，亨伯特对于洛丽塔的爱和性才走上了不归之路，洛丽塔成为一种能指符码，洛丽塔的这一能指符码多多少少替亨伯特挽救和减轻了原罪之感。

亨伯特的乱伦意识从产生到转化为不伦之恋并不是一蹴而就的。事实上，亨伯特经历了一个漫长而曲折的历程。在亨伯特的乱伦意识萌芽的阶段，不伦之恋的意识仅停留在意识层面，并未实际发生。文学伦理学批评认为，“斯芬克斯因子是由两部分组成的——人性因子与兽性因子。这两种因子有机地组合在一起，其中人性因子是高级因子，兽性因子是低级因子，不过前者能够控制后者，从而使人成为具有伦理意识的人”①。亨伯特从乱伦意识到乱伦有一个发展过程，在这个阶段他的乱伦意识增加并不代表其理性的泯灭。亨伯特怀着对安娜贝尔炽烈的欲望，苦苦寻找和安娜贝尔一样的性感少女，来填补那因阴阳相隔而不可能实现的欲望。成年后的亨伯特过着分裂的双重生活，十分荒谬。表面上他跟很多世俗女子保持所谓正常关系，而私底下，他对经过他身边的每一个性感少女都怀有一股地狱烈火般的淫欲，为此他饱受折磨，近乎疯狂。为了找个能满足自己欲望的人，亨伯特和喜欢模仿小女孩神态的瓦莱丽亚有过一段失败的婚姻。到美国后，他对性感少女的欲望一直没有削减，反而随着年龄的增长越来越强烈。他时时刻刻都在寻找理想中的性感少女。在新英格兰的乡村遇到洛丽塔时，他眼前一亮，她便是他一直苦苦寻找的维埃拉的情人。“那是同一个孩子——同样娇弱的、蜜黄色的肩膀，同样柔软光滑、袒露着的脊背。”② 从遇到洛丽塔那一刻起，亨伯特把他那让自己饱受折磨的幻想从13岁的安娜贝尔转化到12岁的洛丽塔身上，此时的洛丽塔便是安娜贝尔，安娜贝尔便是洛丽塔。

然而，亨伯特明白得到洛丽塔困难重重。亨伯特接近洛丽塔最大的阻力便是洛丽塔的母亲夏洛特。然而一场意外的车祸让感情炽热而内心孤独

① 聂珍钊. 文学伦理学批评：伦理选择与斯芬克斯因子［J］. 外国文学研究，2011（6）：1-13.

② 纳博科夫. 洛丽塔［M］. 主万译. 上海：上海译文出版社，2005：21.

的寡妇不幸死亡，消除了亨伯特接近洛丽塔的最大困难。仿佛是上天安排把洛丽塔带到自己的身边，狡猾的亨伯特费尽心思以继父的身份获得了对洛丽塔的监护权。亨伯特开车把洛丽塔接出夏令营，在旅馆里，亨伯特哄骗洛丽塔吃下安眠药，而洛丽塔还以为是维生素。当洛丽塔熟睡后，亨伯特全身燃烧着对洛丽塔的欲恋之火，辗转反侧，彻夜难眠，守候在她的身边。洛丽塔早晨六点钟的时候已经完全清醒，到了六点一刻，他们已经成了情人。女儿变成了情人，父女关系被情人关系置换。亨伯特开始以情人的伦理身份处理同洛丽塔的关系。他虽意识到同继女的乱伦行为触犯了乱伦禁忌。但是，亨伯特没有回归理性，而是任凭自由意志驱使，最终铸成多人的悲剧。

作为文学家的纳博科夫，和以鲍曼为代表的后现代伦理思想家提出了新的伦理观和新的道德观。纳博科夫指出，文学作品不承担什么道德义务，文学仅是审美而已。在面对人们对于《洛丽塔》的批评和指责时，纳博科夫也坚持着自己的这一姿态，他强调指出："在《洛丽塔》的世界里，艺术不是'不道德'的，而是'非道德'的，是在道德之外的。"纳博科夫甚至进一步指出："我的写作没什么社会宗旨，没什么道德说教，也没什么可利用的一般思想。我只是喜欢制作带有典雅谜底的谜语。"① 尽管纳博科夫似乎要竭力撇清自己的文学创作和社会意义、社会宗旨、道德之间存在着某种关系，似乎要刻意突出自己小说所具有的文学性和艺术创新，但是联系到纳博科夫的生平、思想历程和他的一些作品，如《斩首之邀》、《从左边佩戴的勋带》、《普宁》等，可以说，纳博科夫的确是有强调自己小说的文学价值的一面，但是读者和研究者永远不可能离开政治、社会和文化这些视域来谈论纳博科夫。当他谈到文学和道德之间关系的时候，否认文学和道德之间的必然联系的时候，也许只有在"唯美主义"的维度上才能正确理解纳博科夫的意思。而"唯美"式阅读是建立在后置的心理机制的基础之上，即纳博科夫对这个不道德题材的处理方式是道德的。

从本质上说，"唯美"式阅读是一种把文学单纯地看成"审美的艺术"

① 纳博科夫. 固执己见——纳博科夫访谈录［M］. 潘小松译. 长春：时代文艺出版社，1998：18.

的必然结果，而从文学伦理学批评的视角来看，这种观点本身就是值得商榷的，因为“伦理缺场”的文学批评是很难深入到小说的灵魂深处的。

四、结语

纳博科夫本人的伦理取向以及这部作品的内在伦理意义正是小说文本意义和情节发展的内在动力。正如聂珍钊教授所指出的那样，“尤其是从文学是指文本的文学的观点来看，伦理和道德的因素几乎就可以看成是文学产生的动因了。也就是说，文学是因为人类伦理及道德情感或观念表达的需要而产生的”。①

作 | 者 | 介 | 绍

弗拉基米尔·纳博科夫（1899–1977），俄裔美籍小说家、文体家、诗人、文学评论家、翻译家，同时也是20世纪世界文学史上最有影响力的文学家之一。著名作品有《庶出的标志》、《洛丽塔》、《普宁》、《微暗的火》、《说吧，记忆》、《阿达》、《透明》、《劳拉的原型》等。

1899年4月23日，纳博科夫出生于圣彼得堡。布尔什维克革命期间，纳博科夫随全家于1919年流亡德国。他在剑桥三一学院攻读法国文学和俄罗斯文学后，开始了在柏林和巴黎18年的文学生涯。1940年，纳博科夫移居美国，在威尔斯理大学、斯坦福大学、康奈尔大学和哈佛大学执教，讲授文学。

1955年9月15日，纳博科夫最流行的作品《洛丽塔》由巴黎奥林匹亚出版社出版并引发争议。1961年，纳博科夫迁居瑞士蒙特勒。1962年，《微暗的火》出版，这部作品是纳博科夫最奇特的作品，被普遍认为是其最佳作品。1969年，《阿达》出版，这是纳博科夫本人最钟爱的作品，但因其晦涩难懂而使不少评论家望而却步。1973年因其终身成就被美国授予国家

① 聂珍钊. 关于文学伦理学批评［J］. 外国文学研究，2005（1）：8–11.

文学金奖。1977年7月2日在洛桑病逝，葬于南非的克莱伦斯。

纳博科夫前后期的创作在基本主题和结构手段上的连续性是很突出的一个特征，从最初那部表现怀乡愁思和移民生活的《玛丽》到他70岁时所写的那部大掉书袋的探索乱伦爱情之作《阿达》莫不如此。除小说诗歌外，他还发表过贬抑托马斯·曼的评论和四卷普希金的《叶甫盖尼·奥涅金》的译作和论述。70年代，他的声望达到顶峰，被誉为“当代小说之王”。

第三节 一场自我的精神救赎——《雨王亨德森》的人物形象分析

一、作品概述

《雨王亨德森》（1959）是美国现代派作家索尔·贝娄的代表作品之一，小说通过主人公亨德森离开美国前往非洲寻找理想、寻找自我的过程，揭示了当代美国社会的精神危机，即物质文明高度发达，精神生活日益空虚，片面追求物质利益造成了发达国家的精神困境。亨德森通过探索与奋斗，终于寻找到了自我，明白了人生的价值在于做一个有益于社会的人。

百万富翁亨德森由于精神极度空虚，陷入前所未有的精神危机，为了摆脱危机，寻求心灵的安宁，探索人生的价值，他深入非洲内陆的原始部落，开始了自我探索的心路历程。在历尽种种艰辛和危难之后，终于领悟到人类向善的本性，认识了自我，决心洗心革面，开始新的生活。

亨德森有着普通人的善良天性：富有同情心，热爱人类，热爱生命。他鄙视人类还在以伪善的面貌招摇撞骗，不明白这样做已经太落后了。当他仔细端详女儿抱回来的弃婴时，仿佛“埃及的法老看见小摩西时的情景”一样，心里充满了慈悲感情，暗暗祈祷：孩子们，愿上帝保佑你们。他从未见过自己的岳父，并因岳父曾打坏自己妻子莉莉的门牙而厌恶他，然而他又喜欢这个糟老头子，原因在于岳父是个可爱的人，到了身心交瘁的时候，仍富有人情味。他热爱纯朴的非洲人，反对使用武力，同情遭受刑罚的囚犯。他爱生物，不忍杀猫，守护离群的小海豹，害怕野狗跑来欺侮它。他爱妻子，为自己的粗暴态度感到内疚。他爱儿子，不惜专程去加利福尼亚与儿子谈话，希望他学好、走正道。他爱女儿，为女儿所具有的高尚的感情感到骄傲，并为拿走她抱回家的弃婴感到歉意，从非洲返回美国时还想着怎样弥补她。他珍重友谊，与黑人向导亲如手足，在回国的飞机上还念念不忘那位黑人朋友救了他的命。他同情遭受苦难的人，在归途中收养孤儿，期望全人类和睦相处。凡此种种，都表现出亨德森的人性美。

二、荒谬的行动

亨德森的优秀品质表明了他具有崇高理想和仁爱精神，他是当代美国社会的人道主义典型。然而他的这些高尚情操、崇高理想和人道主义精神与客观现实格格不入，使得他对优秀品质的追求总是以失败告终，表现出追求的荒谬性。

亨德森探索的荒谬性首先表现为他企图在充满异化的资本主义社会里追求高尚的品德。他为“宽恕罪过是永恒的，并不计较原来是否是好人”这句话所感动，想从书本中找出答案。可是他查了几十部书，翻出来的尽是钞票，这是一个莫大的讽刺，嘲笑了亨德森企图在这个以金钱为杠杆的社会里寻求宽恕的不现实性和荒谬性，现实社会起作用的不是宽恕，而是金钱。这个充满铜臭的物质环境使亨德森感到苦闷、烦恼和失望，认识到在一个疯狂的时代，想要避免疯狂，这本身就是一种疯狂的表现。而追求神志清醒的努力，也会是一种疯狂的行为。

亨德森探索的荒谬性还表现为回避矛盾，到非洲内陆的原始部落重新寻求医治文明社会弊病的良方。刚到非洲时，亨德森为自己与世界失去联系感到欣喜，可又不得不承认自己还是不能对付社会，在社会面前自己总是吃败仗。他独自一人还能善处，但一旦置身人群，就为邪恶所左右了。

离开非洲之前，他坦率地对向导承认自己一向喜欢回避。这回避本身就表现了他处理现实关系的荒谬性。

亨德森探索所采取的方式也是荒谬的，往往弄巧成拙，适得其反。例如他多次发誓要为非洲居民清除蛙害，动机是高尚的，然而他采用炸堡垒的方式，用炸药炸死了青蛙，可也炸塌了水池，造成了破坏性效果。亨德森的荒谬探索一再失败，可他并不气馁。他在给妻子的信中写道自己正处在人生的初期，蹲在青葱的草地上，阳光灿烂，普照大地，太阳发散出的热力便是它的爱。他认为自己心里同样存在着这番生动的景象。亨德森不仅对人生充满热爱之情，而且在全书结尾处，他精力充沛地在冰天雪地里围绕中途加油的飞机奔跑跳跃。加油站地名叫纽芬兰，原意为“新发现的土地”。亨德森在这块“新发现的土地”上跑跳，象征了他所产生的新的希望和开始的新的探索。

亨德森对优秀品质的探索虽然荒谬，却极富哲理，突出表现在他在人生道路上对自我本质的发现，对人生价值的思考。

三、执着的精神

自愿参加第二次世界大战的亨德森，他的思想难免不受当时流行的存在主义哲学思潮的影响，存在主义是现代资产阶级哲学，同时也是一种知识分子的世界观。亨德森对人生意义的哲学探索带有存在主义的二重性因素，存在主义在认识论上否认物质与意识的区别，企图避开唯心主义和唯物主义的对立，建立“现象的一元论”的世界观与方法论。因此，存在主义认为，存在只是“自我”或“自我意识”，“自我”是一切存在的核心和出发点。作品中，亨德森在认识论上就持有这一观点。他认为世界是一个精神领域，旅程即是心路历程，认为所谓的现实只不过是迂腐的空谈而已。他认为世界上的客观现实是真真实实的，不容取代更改。亨德森在这里讲的客观现实与本体世界分别指的是客体与主体。这一观点决定了亨德森是个不断对自我提问，从自我感觉中理解自我本质和人生价值，不断求变化的晃来晃去的人。他对自己的确切存在感到迷惘，认为“没有谁真正在生活中占有一席地位”，虽然自己腰缠万贯，却像个“流浪汉”，漂浮不定。在极度空虚苦闷中，亨德森心灵深处不断发出“我要，我要”的呼声，这形成了故事情节的开端和主人公心路历程的一个哲学探索层次。

小说的开端为亨德森以自述形式向读者讲述他为什么在55岁时去非洲旅行。亨德森生活在优裕的物质环境中，却感到精神空虚，每天下午内心都喊着“我要”，由此开始了他的心路历程。通过时序交叉的倒叙法，亨德森回顾了他几十年的生活经历，企图寻找他究竟要什么。当他追逐第二个妻子莉莉时，他心里喊着“我要”，可是当他和莉莉结婚后，心里仍然喊着“我要”。他拥有300万家产，还是不可抑制地喊着“我要”。无论是使蛮力干活还是拉小提琴，都难以平复“我要”的呼声，他感到痛苦压抑。许多事儿都一窝蜂似地向他袭来，他忍不住大喊大叫。在那个混乱的物质社会里，亨德森的内心是难以平静的。他结过两次婚，家庭成员难以相处；他的岳父因家庭纠纷自杀；他的哥哥因胡闹而淹死，他的未成年的女儿把希望寄托在抚养弃婴上；他的儿子给饲养的大猩猩穿一身牛仔装；他的家产是祖先靠掠夺印第安人的土地和欺骗其他殖民者得来的。这些都使亨德森产生一种心灵危机。他不能忍受人与人之间的隔膜，在不为人理解的情况下过日子。亨德森恐惧死亡，并意识到死亡的威胁。老女佣的死，使他悟出了人生的尽头只是一抔黄土。他在正视死亡后，为了抓住现在，做出了去非洲的选择，完成了“你要什么”的哲学探索。

“我是谁”是亨德森对自我意识的进一步发掘。它形成了故事情节的发展和主人公心路历程的第二个哲学探索层次。亨德森初到非洲，不再感到文明社会的压力，这使他异常欣喜，渴望走得“越远越好”。然而他心灵的平静只是暂时的，三个星期后，“我要”的声音又在心中响起。当他看到哭泣的土著人，意识到自己的本性并非尽善尽美，为他人做奉献的“责任”使他陷入了激烈的自我反省之中。这表现出主人公想要有所作为而又无可奈何的悲观情绪。当土著人询问他是谁时，好似一石激起千层浪，他痛苦地思索“我是谁”，努力想把握自己在社会中的位置，寻找失去的自我。这种对自我本质的确定性的疑问与苦恼，表现出亨德森对人的社会性和整个人生价值的迷惘。

与纯朴的土著人接触，亨德森心里一再响起“打破心灵沉睡的时刻”的声音，他有一个感觉，生活在这些人中间会使人弃恶从善，觉得心情舒畅的解放时刻越来越近了。从“我是谁”出发，亨德森进而对“最好的生活方式是什么”做了思考，彻夜的思考使他精神振奋，童年时代所见过的纯真古朴的事物再次出现在他眼前。这种返璞归真的发现，反映了主人公追求向善的人道主义理想，这一系列的求真向善的内心审视使他的心灵得到净化。他决心运用自己的全部知识做一个对得起自己存在的人，使自己的人生过得有意义。于是，亨德森在自己的心路历程中，从自身的存在价值出发，部分完成了对人的本质的哲学思考。

“求变化”是亨德森在初步获得自我本质后在行动上的自由选择，它形成了故事情节的进一步发展和主人公心路历程的第三个哲学探索层次。自由选择是现代西方资产阶级哲学体系中的一个重要内容。在故事情节的进一步发展中，除蛙害的失败使亨德森悲痛欲绝。然而由于他已初步解决人活着要有意义的问题，所以他很快从失败的羞愧中振作起来，做出了一系列选择。在生与死的选择中，他摒弃了无所作为、悲观消极的人生观，自觉选择了生存。他坦率地承认他恐惧死亡。亨德森认为自己是个斗士，活着就要努力奋斗下去。他思考着人生的两种选择：有的人以生存为满足，有的人追求变化。满足于生存的人气运亨通，追求变化的人遭尽厄运。在求变化的生存中渴望做出富有自我牺牲精神的献身事业，是亨德森的强烈愿望。这是他精神的更进一步复苏。

“需要现实”是亨德森对人的本质的最后获得与确定。它形成了故事情节的高潮、结局和主人公心路历程的第四个哲学探索层次。亨德森的自我本质的最后确定是通过不断变化的选择来实现的。他被非洲居民拥戴为雨王后，与达甫国王促膝谈心，共同探讨人生真谛和自我本质。国王以德报怨的崇高品德和不畏艰险、不做被动的存在者的精神使亨德森感动。他领悟到人生停留在“我怎么办呢？我应当干什么”的高度是不够的，人应该面对现实，无所畏惧，投身改革社会、改造世界的行动中去。亨德森的自我探索由“小我”进入“大我”境界，充满人道主义的仁爱精神。归国途中，亨德森为自己找回自我感到欣慰，并对全世界觉醒的那一天的到来满怀希望。至此，亨德森完成了他的心路历程的哲学探索，以更加充沛的精力去迎战现实的人生。亨德森的这些既充满人道主义思想，又带有存在主义哲学精神的探索形成了他要“为真理而奋斗”的人生态度和人类必须更有意识地朝美的方向摆动的美好理想，对人生充满信心，对人类前景充满希望。

四、结语

《雨王亨德森》是贝娄所有小说中最轻松、最明快、最富有喜剧性的一部。小说在亨德森返回现实的途中戛然而止，似乎这是作者选择的最有希望的一个结尾，既保留了作品的亮色，又给亨德森自由创造的余地，让读者去自由想象。

作|者|介|绍

索尔·贝娄（1915-2005），被称为美国当代文学发言人。从1941年发表第一篇短篇小说《两个早晨的独白》开始，贝娄度过了近60年的创作生涯。《奥吉·玛琪历险记》是他的成名作，阐释了自我本质与生存环境之间的矛盾，在叙事艺术上形成了独特的“贝娄风格”。他曾三次获美国全国图书奖，一次获普利策奖；1976年，他因“对当代文化富于人性的理解和精妙的分析”获得诺贝尔文学奖。其作品有《奥吉·玛琪历险记》、《雨王亨德森》、《赫尔索格》、《赛姆勒先生的行星》、《洪堡的礼物》、《拉维尔斯坦》等。索尔·贝娄有三重身份——芝加哥人，俄罗斯移民，犹太人后裔。他的作品给人印象深刻的是，作为芝加哥人的他对美国城市的立体描绘。在他半个多世纪的文学创作中，基本都是以芝加哥作为记忆、想象以及现实中的背景。

索尔·贝娄生于加拿大魁北克省的拉辛，在蒙特利尔度过童年。1924年，举家迁至美国芝加哥。父亲是从俄国移居来的犹太商人，贝娄是家里四个孩子中最年幼的一个。1933年，贝娄考入芝加哥大学。两年后，转入伊利诺伊州埃文斯顿的西北大学，获得社会学和人类学学士学位。同年，赴麦迪威的威斯康星大学攻读硕士学位。自1938年以来，除当过编辑和记者，并于第二次世界大战期间在海上短期服役外，他长期在芝加哥等几所大学执教。曾任芝加哥大学教授和社会思想委员会主席。

第四节

喜中见悲——解析《第二十二条军规》中的黑色幽默

一、作品概述

《第二十二条军规》是美国黑色幽默文学的代表作，被誉为当代美国文学的经典作品。故事讲述了第二次世界大战期间，美国的一个飞行大队驻扎在地中海的“皮亚诺扎”岛上。这是个光怪陆离的世界。大队指挥官卡斯卡特上校一心想当将军，为了达到自己的目的，千方百计博取上级的欢心。他一次次任意增加部下的轰炸飞行任务，意欲用部下的生命来换取自己的升迁。这支部队里还有两个“出类拔萃”的人物。一个是一本正经而野心勃勃的谢斯科普夫少尉。他毕业于预备军官训练队，大战爆发他颇为高兴，因为战争使他有机会每天穿上军官制服，用清脆、威严的嗓音对那些就要去送死的小伙子大喊口令，而他自己由于视力不佳，且有瘘管病，所以没有上前线的危险。他为了邀宠上级，飞黄腾达，就发疯似的专心训练自己的中队，以求在检阅中获胜。他由于研究出不挥动双手的行进队列，被人称为“名不虚传的军事天才人物”，从此迅速步步高升，最后当上了中将司令官。另一个是食堂管理员米洛，他貌似忠厚老实，可是赚钱有术，以伙食采购为名，大搞投机倒把，办起了一个跨国公司。他用大批飞机走私，甚至还雇用敌人的飞机为公司运输，向敌人承包保卫桥梁等。后来居然成为国际知名人物，当过欧洲不少城市的市长和马耳他的副总督。

主人公约赛连就生活在这个绕着战争怪物旋转的光怪陆离的世界里。他是这个飞行大队所属的一个中队的上尉轰炸手。他满怀拯救正义的热忱投入战争，立下战功，被提升为上尉。然而慢慢地，他在和周围凶险环境的冲突中，目睹了种种虚妄、荒诞、疯狂、残酷的现象后，领悟到自己是受骗了，于是变严肃诚挚为玩世不恭，从热爱战争变为厌恶战争。他不想升官发财，也不愿无谓牺牲，他只希望活着回家。看到同伴们一批批死去，内心感到十分恐惧，又害怕周围的人暗算他，置他于死地，他反复诉说“他们每个人都想杀害我”。他渴望保住自己的生命，决心要逃离这个“世界”。于是他装病，想在医院里度过余下的战争岁月，但是未能如愿。根据第二十二条军规，疯子才能获准免于飞行，但必须由本人提出申请，同时又规定，凡能意识到飞行有危险而提出免飞申请的，属头脑清醒者，应继续执行飞行任务。第二十二条军规还规定，飞行员飞满上级规定的次数就能回国，但它又说，你必须绝对服从命令，要不就不准回国。因此上级可以不断给飞行员增加飞行次数，而你不得违抗。如此反复，永无休止。最后，约赛连终于明白了，第二十二条军规原来是个骗局，是个圈套，是个无法逾越的障碍。这个世界到处都由第二十二条军规统治着，就像天罗地网一样，令你无法摆脱。他认为世人正在利用所谓“正义行为”来为自己巧取豪夺。最后，他不得不开小差逃往瑞典。

二、荒诞与无序

约瑟夫·海勒的《第二十二条军规》被誉为当代美国文学“黑色幽默”派的经典之作，同样体现了“后现代主义与主流文化和美学绝然对立”的艺术特征。

“黑色幽默”是欧美现代主义思潮流派之一，它在20世纪60年代和70年代初期风行美国，波及西欧。早在1939年法国超现实主义作家布勒东就发表了名为《黑色幽默文选》的作品，但在当时这个名称还没有得到广泛的重视。1965年，美国作家弗里德曼编辑了一本短篇小说集，收入12位作家的作品，取名《黑色的幽默》，该派名称由此流传开来，是20世纪60年代美国重要的文学流派，在第二次世界大战以后的美国文坛上占有重要地位。

所谓“黑色幽默”指的是在荒诞、残酷、阴暗等一切“黑色”的东西中，看出它们的喜剧性，并且以一种冷漠的、逗笑的、无可奈何的嘲讽和自我嘲讽态度来对待它们。在一般人为之沮丧、为之惊惧、为之切齿、为之流涕的事物面前，甚至面对着就要套到自己脖子上的绞索，黑色幽默家们会吐吐舌头，耸耸肩膀，逗笑地进行一番嘲讽和自我嘲讽。美国作家尼克曾举了一个例子，通俗地解释了这种幽默的性质。某个被判绞刑的人，在临上绞架前，指着绞刑架故作轻松地询问刽子手：“你肯定这玩意儿结实吗?”于是引起哄笑。因此黑色幽默又被称为“绞刑架下的幽默”。此外它还被称为“病态幽默”、“黑色喜剧”、“绝望喜剧”等。“黑色”含有绝望、痛苦、恐怖和残酷的意思。“黑色幽默”与传统正常的幽默区别很大：传统幽默的思想基础是乐观主义的，人们相信善最终能战胜恶，引发轻松、欢快、明朗的笑；黑色幽默的思想基础却是悲观主义的，既然面对的是死亡，是荒诞，那只能痛极而笑，以喜剧的方式去表现悲剧的内涵，从而酿就了苦涩阴郁的笑。

黑色幽默深受存在主义哲学的影响，它的主要内容在于表现世界的荒谬。所不同的是黑色幽默作家更加消极悲观，他们否定个人选择积极行动的可能性。面对荒诞，唯一可做的事仅是玩世不恭地发出无可奈何的苦笑，以便暂时舒缓一下痛苦不堪的心情，正因为他们以幽默的人生态度与惨淡的现实拉开了距离，所以一改以往荒诞文学作家的惊愕、困惑、愤懑的心态，而是把荒诞当作一种合理的存在，然后从容地描绘，在绝境中保持心理平衡。

黑色幽默素有“荒诞小说”之称，也是采用荒诞的形式去表现荒诞的内容。作家抛弃了传统小说的叙事原则，打破一般语法规则，采用夸张、悖论、反讽的手法和克制冷漠的叙述进行创作。场景奇异超常、情节散乱怪诞、人物滑稽可笑、语言睿智尖刻，以喜写悲，成就斐然。

传统的幽默之所以引人发笑并令人产生愉悦感主要是因为它对人们的

一些缺陷或弱点进行取笑。黑色幽默尽管也使人们发笑，但它却未能带来愉悦，因为在它滑稽背后往往隐藏着痛苦和不幸。它让人发笑的同时，也给人以哀怨和恐惧。因此可以说，恐惧和幽默是构成黑色幽默的两大要素，这两大要素的相互融合和渗透就是黑色幽默的本质。

《第二十二条军规》的第二场审讯出现在第九章，讲两个刑事调查部的人员对上校梅杰的审问。审讯的过程是令人担忧的：一方面，读者站在梅杰的一方，怕最终被发现是他在公文上签上华盛顿·欧文的名字的；另一方面，两位侦察人员存在的事实也令人不安，因为这让读者看到处于暗处的邪恶力量。但是，在作者诙谐的笔下，两位蹩脚无能的侦察员丑角似的表演大大冲淡了读者的种种不安。当看到两位侦查人员最后竟被梅杰支走，并互相猜疑和追踪起来时，读者不禁被这场闹剧逗乐了。在这场盘问中，幽默感与恐惧感仍相互交汇。

幽默与恐惧在文本中的成分成反比。当幽默的成分多了些，恐惧就少了些；当恐惧的色彩浓厚了，幽默也就显得浅淡了；当幽默和恐惧平分秋色时，读者就难以辨清是悲还是喜、是乐还是忧。但无论幽默和恐惧如何融于一体，它都能让读者产生矛盾复杂的情感，那就是又乐又怕。

通常黑色幽默小说的情节结构都是混乱无序的。散乱的情节构成的混乱的、复杂的、令人不安的场面就是一个荒诞无序的社会的写照，然而面对这样的无序，读者却又同时能享受到从无序中找有序的乐趣。

《第二十二条军规》情节松散而复杂，经常被认为是一部没有真正情节的小说。首先是这本小说在叙述上并不按照传统的时间顺序推移进行，而是时而时间倒流，时而时空飞跃，时而回归现在。其次是章节与章节之间并不连贯。小说各个章节之间并没有什么明显的联系。最后是小说各个章节的标题与实际内容并不相符。所以说这部小说看似是由一组组散乱的场景交织而成的。但是在这种散乱的形式下掩盖的是一个有机的整体。细心的读者可以发现，贯穿小说的线索主要有三条：第一是要求完成飞行任务的次数。第二是重复出现的场面。小说中有一些场面多次在不同章节出现，这些重复暗示对情节的推移起了很大作用。第三是主要作战任务。黑色幽默作品这种谋篇布局反映出黑色幽默小说家不仅想通过内容，还想运用形式来揭示世界存在的无序性和荒诞性。

这部长篇小说总计四十二章，人物众多，场面宏大，形式散乱，头绪纷繁，却万变不离其宗，始终以约赛连和第二十二条军规为“实”、“虚”轴线，反复围绕几次大飞行任务，即战争这一怪物，在生与死、悲与欢、疯狂与清醒、邪恶与正义诸多两极对立范畴中旋转运作，虚构与写实，形成辐射与交叉相结合的网状结构，达到“纷”与“整”的对立统一，使作品形散而神聚，既深化了思想内容，又强化了在“反叛”基础上“复归”交叉的艺术特色，从而分离并显现出后现代主义文学“种类混杂”的不确定性特征。它并未取消情节，只是“分切”了情节，给予重新“组接”，纳入心理时空运动的轨道。

语言是小说家用来传达意向、实现写作目的、与读者进行沟通的重要途径。黑色幽默独特的语言风格构成了黑色幽默的语言魅力。作家通过游戏文字，一方面逼真地展示一个荒谬无度、丧失理性的世界，另一方面通过引读者发笑来使其宣泄出内心的困扰和恐惧。在黑色幽默作品中，反复重复、悖论和逆喻、讽喻、逻辑游戏都是作家所热衷的表现技巧。这种对语言不同寻常的运用经常出乎读者的意料，给读者带来不同一般的阅读感受。

三、反常与疯狂

“反常”是《第二十二条军规》的另一艺术特征。它反叛传统小说之“常”，凭借“反小说”的叙事结构和“反英雄”的人物形象，以独特的艺术视角，从第二次世界大战时地中海的美军驻地一个小岛辐射开去，通过所谓“勇敢、力量、真理、自由、博爱、荣誉和爱国精神”等华美表层，透视了一个病态的疯狂世界。在这里，一切通常合理的、道德的、理智的规范消失殆尽，人们反以邪恶为正义，把谬误作真理，视荒唐为正常，黑白颠倒，丑美混淆。第二十二条军规是个很妙的圈套，而佩克姆、德里德尔将军、卡斯卡特上校、科恩中校一伙人既相互倾轧又盘根错节，构成军事、经济结合的官僚体制，倚仗第二十二条军规的淫威，进行绑架甚至暗害，并堂而皇之地利用战争这部大型绞肉机，通过绞杀他人的生命拼命捞钱，飞黄腾达，从而别开生面地揭示了现实社会畸形、变态、荒唐的本质。海勒跳出传统小说叙述故事的模式，创造出伴随意识或潜意识而流动的“心理电影”式叙事章法，不受时空局限，不追求故事情节的连贯与绝对完整，化惯常时空为心理时空，重自由联想，形成“反小说”的创新性叙事结构，这“反常”的形式同“反常”的内容相映衬，共同揭示作品所表现的疯狂世界“反常”之道。

《第二十二条军规》没有传统价值的英雄人物，所描写的都是些反叛“传统英雄”的人物形象。小说中众多人物，每个人大致上都有一个相对独立的荒诞离奇的故事。在这些猥琐的小人物形象中，约赛连可算是个串线人物，他与这些人发生了各式各样的联系。约赛连是作者运用漫画式的笔触，肆意夸张地勾勒出的一个滑稽可笑，然而又发人深省的富有象征意义的普通人形象，是一个美国当代社会遁世者的形象。在整部小说中，作者对约赛连的容貌特征、身世来历均未做任何交代，此外，约赛连自称是人猿泰山、曼德雷克、霹雳火戈登、比尔·莎士比亚、该隐、尤利西斯、荷兰飞人，是罪恶之地的坏蛋，显然作者着意要把他塑造成一个普通人的形象。但最重要的是，约赛连是美国当代文明社会的一个反叛者。他从一个对当代美国社会的价值观念持怀疑态度的普通人，最终发展成了一个彻底逃离美国社会的遁世者。约赛连是美国空军中的一个投弹手。他怀疑其他人都要置他于死地，所以千方百计地设法保全自己的生命。“死还是不死，这就是要考虑的问题。”① 他要么躲在医院里装病，要么在执行轰炸任务时撒谎说对话机出了毛病，迫使战斗机返航，从通常的观点看，约赛连如此贪生怕死，完全是一个毫无正义感，毫无爱国之心的怕死鬼，但是作者在小说中探讨的不是第二次世界大战的正义与否，不是军人的品德，而是普通人与美国官僚体制的矛盾与冲突。约赛连怕的就是美国官僚体制对人的任意捉弄和肆意摧残，是世事的反复无常及当权者的为所欲为。

---

① 约瑟夫·海勒. 第二十二条军规［M］. 南京：译林出版社，1981：101.（本节其他引自该书的引文只标明页码。）

约赛连则能在芸芸众痴中坚持自己的观点，较早较清醒地认识以卡斯卡特上校为代表的军事官僚体制，以及其赖以施虐的第二十二条军规，怀着反社会的挑衅心理站起来进行斗争。因而他被疯狂世界看作一个28岁的怪僻的守旧派，是属于另一代、另一世纪、另一世界的人，即另一种意义的“疯子”。为了生存下去约赛连佯病装疯，公开反抗以卡斯卡特为代表的军事官僚集团及其仰仗的第二十二条军规，公然拒绝执行更多的任务，企图谋杀卡斯卡特，逼得卡斯卡特之流不得不决定把约赛连作为英雄送回国去，说五角大楼为了鼓舞士气和向外宣传而召他回国。约赛连作为资本主义疯狂世界中争取自身生存条件而“与众不同”的“英雄”，是一个“反英雄”意义上的“英雄”。

除了约赛连之外，海勒还在小说中塑造了不少象征美国官僚化体制专横、僵化、贪婪、腐败和毫无意义等的单维人物。卡斯卡特是美国空军上校，任中队长。他性情残暴，喜怒无常，诡诈而又愚蠢，是个权欲狂，野心勃勃，一心想当将军。他对上司察言观色，言听计从，对下属专横武断，为所欲为，不顾飞行员的死活，背信弃义地一再提高飞行次数。他视善于思索的约赛连为害群之马，可能对他构成威胁，于是对他软硬兼施。如果约赛连对他说好话，他们就可以送他回国，否则就要把他送上军事法庭。从卡斯卡特身上，我们看到官僚机构在怎样滥用权力，看到权力肆意妄为的作用，看到真理怎样降为权力手中的玩物。谢斯科普夫少尉是个野心勃勃、一本正经的军官。他总是板着脸去履行自己的职责。为了在各联队的检阅比赛中赢得一面毫无价值的三角旗，他竟想一鸣惊人地“把每列的十二个人钉在一根长长的二英寸厚、四英寸宽的栋木析上，好使他们在行进时步调一致”[①]，他还曾想“把镍合金做的钉子敲进每个学生的股骨，用几根刚好三英寸长的铜丝把钉子和手腕连接起来”[②]。只是由于时间不允许和战时难以弄到铜丝而作罢。他的中队在比赛中因双手不摆动而大获全胜，他本人当场晋升为中尉，成了众口交誉的名不虚传的军事天才，从此平步青云，步步高升，直至将军。像谢斯科普夫这种平庸之辈，在官僚化的环

①② p：111.

境中扮演了英雄的角色，正说明了官僚体制的僵化，他的令人可笑的功绩，暴露了官僚体制的残忍、机械和无意义。

辛辣、沉郁甚至荒诞的讽刺与幽默是这部“颠覆”传统的“黑色幽默”经典之作的显著特色。海勒善于巧妙地运用极度的夸张放大、集中、映衬、对比、矛盾、诡辩、痴话、反语、归谬、怪诞、白描、漫画种种艺术手法，让人嚼着凄惨的笑泪，在啼笑皆非中感受并思索病态人物、病态心理直至病态社会的扭曲与荒谬，人与人之间的不信任、冷淡乃至倾轧的悲剧。

四、结语

《第二十二条军规》之所以能一鸣惊人，成为经典作品，很重要的一个原因在于作者在艺术技巧上的创新。其中包括海勒摒弃了现实主义的传统手法，一方面采用了“反小说”的叙事结构，有意用外观散乱的结构来显示他所描述的现实世界的荒谬和混乱；另一方面又用自己丰富的想象力使事件和人物极度变形，使人物都变得反常、荒诞、滑稽、可笑，描绘出一幅幅荒诞不经的图像来博得读者的凄然一笑，并且让人在哭笑和哭笑不得中去回味、去思索。作者故意用滑稽嬉笑的语调叙述沉重惨痛的事物，又用庄重的语调叙述滑稽怪诞事物，这两者所造成的巨大反差使全文笼罩在一种浓烈的喜剧性与悲剧性交织的怪异氛围中。滑稽幽默的背后是无尽的悲哀与绝望，不愧为“黑色幽默”小说的代表作。

作丨者丨介丨绍

约瑟夫·海勒（1923–1999），美国黑色幽默派及荒诞派代表作家，出生于纽约市布鲁克林一个俄裔犹太人家庭。第二次世界大战期间曾任空军中尉，战后进大学学习，1948 年毕业于纽约大学，获文学学士学位。1949 年在哥伦比亚大学获文学硕士学位后，得到富布赖特研究基金赴英国牛津大学深造一年。1950~1952 年在宾夕法尼亚州立大学等校任教。此后即离开学校，到《时代》和《展望》等杂志编辑部任职。1961 年，长篇小说《第

二十二条军规》问世，一举成名，当年即放弃职务，专门从事写作。除《第二十二条军规》外，海勒还发表过长篇小说两部：《出了毛病》（1974）和《像高尔德一样好》（1979）。前者通过对美国中产阶级经理人员日常生活的描写，反映了他们苦闷、彷徨的精神世界；后者用诙谐嘲讽的笔法，通过一个试图涉足官场的犹太知识分子的生活经历，描绘了一幅有关美国政治、社会生活的讽刺画。海勒也曾写过剧本，如《我们轰炸了纽黑文》等，但影响不大。

海勒的小说取材于现实生活，通过艺术的哈哈镜和放大镜，反映了美国社会生活的若干侧面，具有一定的认识价值和审美价值。当然，他的作品也带有黑色幽默派文学的一些通病，如对社会现实流露出无可奈何的心情等。

第五节

一部反战力作——分析《五号屠场》的反战技法

一、作品概述

《五号屠场》以现实世界与幻想世界相结合的写作方法，深刻揭示和抨击了战争的荒谬、残酷和不人道。主人公比利·皮尔格里姆出生于1922年，并在“二战”期间前往欧洲战场。然而，比利在还没有接触到皮靴的情况下就被德军俘获，被押往德累斯顿做苦役。由于躲在地下室中，比利躲过了美军大轰炸。战后，比利回到纽约成为一名配镜师。1967年在他女儿婚礼的晚上，比利被一群来自外星球的人绑架到他们的星球。他发现外星人的时间观念与地球人截然不同。他们认为过去与将来的所有时刻都存在于永恒的现在之中，并教会了比利如何在过去与未来以及太空与地球之间飞速旅行，因此，比利似乎从未离开过地球，而只是暂时脱离时间的轨道，在外星球过着田园般的美好生活，使得比利重新认识了地球上的恐怖、痛苦与滑稽。后来，比利还在一家电台讲述他到外星球的经历及外星球的文明，宣称死亡只不过是表面现象，时间是一种幻象。但没有人相信他，反而认为他是一个疯子。最后他预言他将在1976年的一个关于飞行物和时间的真相的会议上被谋杀。

二、反战主题

第二次世界大战是美国战后小说的重要主题之一。战争小说作者往往从狂欢理论、人格理论、偏执妄想狂病理特征、异化等角度多样性地描述“疯狂”的形象和本质，表述了理想主义者反对战争、反对权力和人格异化、追求人性的愿望，以及试图改造现实和理想破灭带来的绝望。美国经历过多次战争，但第二次世界大战是美国战后文学的最重要主题之一。然而因为地域远离战场，大部分美国“二战”小说不以反战或者反法西斯主义为内容，只是借战争或军队生活来反映美国人的现实生存状态。小说中疯狂成为隐喻意象，表现为嗜血狂、双重人格、偏执妄想狂以及人格异化，各种疯狂形态都隐含着一种非理性哲学精神。

在美国，“二战”在某种程度上被理想化为青年们的成长仪式，敌人的鲜血和生命就是供奉给上帝的祭奠，他们相信“每一代人都应该拥有自己的战争，战斗经历成为男人成长仪式中不可或缺的一部分，成为他们可以一生也能够炫耀的荣耀”①。男性尊严、男人身份和英雄情结都体现于充满杀戮的战场上。另外，现代战争在反战小说中被去神圣化，骑士文学中的浪漫情调和英雄的自豪感成为明日黄花，骑士神话中的公平决斗、仁爱、宽容和善待生命只是传说中阿基琉斯对赫克托尔的尊敬和礼遇，现代战争将骑士间英勇的肉搏变成兽性的杀戮，战场变成屠场。作家们基于人道主义精神推崇爱与人性，批判所有正义或非正义的杀戮，揭示了战场上人的

① 胡亚敏. 美国越南战争：从想象到幻灭——论美国越战叙事文学对越战的解构［M］. 上海：复旦大学出版社，2009.

主体性和生命的神圣性受非理性行为的迫害。人类自有战争以来就有了与之相关的精神疾病，“二战”的情况同样如此。战争文学利用精神疾病渲染战争的残酷性，或者以喜剧方式来揶揄战争。《五号屠场》中患创伤性神经症的比利就是战争的受害者，“谵妄”是这些精神病患者的重要病理特征，因为他们遭受了战争后遗症的折磨，这直接控诉了战争给人带来的巨大精神创伤。

《五号屠场》的首要动机是强烈的反战情绪。作者在第一章就宣称这是一部反战小说，告诉人们任何形式的战争都是荒谬的、残忍的和野蛮的。在小说中，作者设计了一颗541号大众星。主人公比利被外星人劫持到这个541号大众星上，从外星球上获得了看地球世界的新角度。在大众星上，比利看到了地球上的人类是如何自相残杀的，一场场杀戮层出不穷。作者也借着外星人的口吻，对人类进行了直接的讽刺。小说中，作者着重描写的是美军对德累斯顿的大轰炸，在这次轰炸中，共有13.5万人丧生。比利目睹了13.5万人葬身火海和炮弹的惨剧，而这座建筑优美、文化发达、毫无防守和戒备的美丽的中立城市，就在整整一夜疯狂的无意义的轰炸中毁于一旦。这次轰炸打的旗号是“早日结束战争的正义之举”。可在作者的眼里，同样是一场野蛮行为，是不人道的杀戮行为。作者描写了德累斯顿被炸时和被炸后的情景：德累斯顿成了一朵巨大的火花，一切有机物，一切能燃烧的东西都被火吞没了。

战争不仅毁灭生命，更重要的是泯灭人性，让人沦为野兽。美军士兵韦利刚满18岁，但已在战争的熏陶下迅速“成长”为一名残忍的魔鬼。他向比利介绍如何利落地折磨人：用牙医的电钻钻入人的眼睛；把人拴在沙漠的蚁丘上，在他的生殖器上涂满蜂蜜，吸引蚂蚁爬上来，同时把他的眼皮割掉，迫使他一直盯着太阳，直至死亡。毫无疑问，比上述两个例子更为野蛮与残忍的则是英美联军对德累斯顿的轰炸。比利知道自己无法阻止战争，但希望自己的家人可以远离战争，因此他要求他的两个儿子在任何情况下都不许参加战争，也不允许他们为听到敌人被大量歼灭的消息而感到满意或兴奋。比利还要求儿子不许为制造屠杀机器的公司工作。但具有讽刺意味的是，大儿子罗伯特不但没有听从父亲的训诫，反而在中学毕业后参加了美军绿色贝雷帽特种部队，开赴越南，并立下赫赫战功。就是这个男孩曾经因成绩太差而没有念完中学，曾经在16岁时就变成了一个酒鬼，曾经与狐朋狗友整日鬼混，曾经因一次掀翻了天主教墓地几百个墓碑而锒铛入狱。可现在一切都翻了个个儿。他腰杆儿挺拔、皮鞋锃亮、裤子熨得服服帖帖，他成了人类领袖。不难看出这段貌似赞扬的描述中暗藏了作者的辛辣讽刺。这就是战争的本质，巨大的泯灭人性的力量使人降到了非人的、物的和机器的境地。人们成为高速运转的战争机器的一部分，失去了独立存在的价值。

在战争的问题上，冯内古特是个悲观主义者。在他看来，战争是无法避免的，人类总是以各种名义进行战争，对于战争也是没有什么理可说的。在小说中，作者把发生战争的根源部分归咎于西方世界的基督教文化传统。例如《圣经》中上帝对那些不信奉自己的民族大开杀戒的描写比比皆是，如同比利在一家汽车旅馆的基狄荣版《圣经》上看到的那样。基督徒的残暴连外星人都感到匪夷所思，他们对地球人的研究结果表明，基督徒的残忍来源于《新约》的教导。在历史长河中，人类一直在被屠杀，城市一直在被毁灭。基督已不会为人类哭泣。人类不断自我毁灭的倾向也让外星人深感厌倦。对于比利关于德累斯顿毁灭的描述，对于比利希望知道世界如何才能得到和平的问题，特拉法马多尔人毫无兴趣，他们捂住手掌，盖住眼睛。让外星人感兴趣的反而是查尔斯·达尔文的物竞天择、弱肉强食的法则，它似乎远比《新约》或基督更接近事物的本质。不过作者也有短暂的幻想：在等待飞船接他前往特拉法马多尔星球前，作者让比利打开电视消磨时间。这时比利稍稍摆脱了时间的羁绊。他倒着观看一部新上映的战争片，表现的是“二战”中美国轰炸机飞行员的作战情形。电影从美国本土军火工厂的生产车间开始，妇女们在组装炸弹，炸弹被装上飞机，飞行员们驾机升空与德国人交战，轰炸德国城市。然而倒过来看，这部战争影片变成了一部消解战争的影片。投下的炸弹被“吸回”到了弹舱，喷射出的子弹缩回到枪管，美国人和德国人的飞机都飞回到了各自的基地，弹药被撤出枪炮，送回工厂，枪支弹药被一一拆卸，变成原材料被运回到遥远的地方埋入地下，从此不再被铸造成武器去危害世人。令人感动的是，做这些工作的主要是妇女。然而时间并不会倒流，比利也不能改变过去、现在和将来。作者的想象只是一种乌托邦式的愿望而已，几乎没有实现的可能性。

《五号屠场》是一部典型的战争小说，作品中主人公比利因战争创伤造成精神幻觉，他拥有了看到过去、现在与未来的超自然能力。此外，作者还借用特拉法马多尔人的第四维视角来审视人类与战争，将自己对战争与人类命运的思考放在整个人类历史和宇宙的角度来进行，极大地拓展了读者的思维空间，深化了作品的思想主题。作者在小说中还融入了他对科学与人类命运关系的思考。他得出的结论是，在霸权主义思想和战争的阴霾下，科学技术的迅猛发展只能给人类带来不幸。杀人手段从常规武器到原子弹、氢弹、凝固汽油弹、细菌弹等各种先进武器的发明，人类战争从马背战争到常规战、核战、生化战的不断发展，所有这些实验室的胜利都说明了这一点。更为可悲的是现代科技把人变成了不具备独立思维能力的机器。那些在几千米高空投掷炸弹的飞行员是如此，那些受官方与媒体控制与操纵，只习惯于一种思维模式，即官方思维模式的普通百姓更是如此，而这正是最可怕的。

三、反战叙事

《五号屠场》中的战争场面可以说是寥寥无几。书中仅有三处算得上是“战斗”，但作者仍不忘对它们进行讽刺和嘲弄。一处是写德军名为“扫荡”的一次军事行动。行动的参与者中有五名德国兵和一只用皮条系着的警犬。这五名德国兵中，两个是十几岁的少年，两个是走起路来踉踉跄跄的老头——老掉了牙的呆瓜，指挥官是受伤厌战的德军班长。他们从刚死的正规军身上扒下破烂的军服和武器，胡乱地武装起来，蓝眼睛里充满着非战斗人员的朦胧的好奇心①。那只警犬是当天早晨刚从农民那儿借来的一只德

① 冯内古特. 五号屠场［M］. 云彩，紫芹译. 南京：译林出版社，1998：42.（本节以下引自该书的内容只标注页码。）

国母牧羊犬，夹着尾巴，浑身发抖。尽管这次“行动”已看上去十分滑稽可笑，作者还是刻毒地把它戏称为“人们在性交以后所进行的既舒坦又稍带倦意的调情”①。第二处战争场面是借埃德加·德比之口，以黑色幽默的语调描述在倾盆大雨般的大炮轰击中的感受：“德比描述了令人难以置信的人造气候，这是地球上的一些人为了不使地球上的另外一些人再住在地球上而创造出来的。”② 第三处写了德累斯顿的轰炸，这本应是书中的核心事件，但作者却惜墨如金，一带而过。除去这些，我们基本上看不到传统战争作品中常有的炮火连天的场面。

传统战争作品常常集中描写一个或若干个英雄人物，并赋予他们英勇善战、建功立业的浪漫主义色彩。在英雄人物的意识中，他们是为荣誉、尊严和国家民族的利益而战的，因此立功受勋是必然的，战死沙场是光荣的。作为英雄，他们既体魄强健，又有钢铁般的意志；既骁勇善战，又不失聪敏机智。而冯内古特的小说中没有英雄，勇敢行为更是奢谈。总的来说，冯内古特是通过两种方法来颠覆传统战争叙事中的英雄观的：一是塑造一类毫无英雄气概，甚至没有战争观念的弱者形象。他们大多病弱不堪，被战争恶魔耍弄得无精打采。这类人物在敌对的美、德军队中都不少见。美军俘虏中的比利、保罗·拉扎罗和无名的流浪汉，以及德军中参与“扫荡”的两老两少和后来在德累斯顿看守俘虏的16岁少年魏纳·格鲁克均属此类人物。比利被俘前是随军牧师助理，而美军里的牧师助理通常是个可笑的人物，比利也不例外。他对伤害敌人或帮助朋友都同样无能为力。

另外，比利的外貌很可笑。又高又瘦，外形像一个可口可乐瓶子、一只肮脏的红鹤等。看到比利滑稽的外表，就连德国人也发现他是整个第二次世界大战中所看到的最令人发笑的人之一。他们笑呀笑呀直笑个不停。保罗·拉扎罗是战俘中身体最差的，体重还没有一只小鸡重。40多岁的流浪汉对挤在肮脏的战俘车厢已是非常满意，就在他行将饿死前仍说自己的情况并不怎么糟糕。德国士兵的情况也好不到哪儿去：他们要么年老，要

① p：42.
② p：84.

么年少；有的纯粹是农民，有的是刚入伍的建筑师。面对比利、埃德加·德比和像比利一样身材高而体质弱的德国小卫兵魏纳·格鲁克，德累斯顿战俘营中的女厨师感叹说，真正的战士全死光了。当真正的战士死光了，英雄的存在也就成了不可能。

冯内古特颠覆传统战争叙事中的英雄观的方法之二是，先在其人物的意识中构筑这种英雄观，即先赋予这类人物英武善战、建功立业的浪漫主义幻想，然后在滑稽嘲弄中对之一一解构，并采取让他们在小说中出现后不久就很快消失（死去）的方法，来暗示作者对这种英雄观的抵制与不屑。特别值得一提的是两个侦察兵。他们聪明、文雅、安静，而且以前曾多次待在德国人的后方——像林中的动物一样，时时刻刻生活在有益的恐怖中，用脊髓而不是头脑进行思考。这两个既机智勇敢又训练有素的侦察兵完全可以担当某一传统战争作品中的英雄角色，或者至少是真正的战士，但在冯内古特的笔下，这两位本来就着墨不多的英雄都没有机会开口说话很快就被作者“干掉”了。冯内古特让他们毫无尊严地死于背后中枪，在试图伏击德国人时被打死了。

在传统战争叙事模式中，作者的敌我界限十分清晰，读者也可以清楚地看出敌对双方的对峙与斗争。如在赫尔曼·沃克所著的《战争风云》中，作者的写作态度和语调说明了他歌颂的是正义的反法西斯力量，而批判的则是法西斯势力。但在《五号屠场》中，这种明晰的界限与区分变得模糊，有时甚至消失了。首先是敌我界限的模糊。作者虽没有写英美战俘与德国兵友好相处，但也很少写到双方的对立与斗争。虽然这种对立与斗争在现实中是真实存在的，而且无疑是鲜明和激烈的，但冯内古特不愿去表现这种对立与斗争，这是因为他把注意力集中到了别的方面，即战争本身。

四、结语

《五号屠场》是黑色幽默反战作品中的经典。作者采用后现代主义解构的手法，通过小说中的人物在“二战”下经历的无法愈合的心灵创伤，创造了使人印象深刻的“反战”、“反英雄”形象，使读者产生共鸣——战争的残酷性。“二战”后的小说中存在主义思想替代了爱国主义精神，人物形象被去英雄化和去神圣化，反英雄形象不再具有传统英雄的英勇和智慧。作者们借反英雄形象的疯狂形式思考美国及整个人类的生存危机和生存方式。

作者介绍

库尔特·冯内古特（Kurt Vonnegut Jr.，1922年11月11日~2007年4月11日），美国著名作家，黑色幽默文学代表人物之一。冯内古特在1922年出生于美国印第安纳州印第安纳波利斯。他著有十多部小说和许多短文、评论，极受好评；曾被公认为美国现代科幻小说之父，英国作家格雷·安葛林（Graham Greene）亦曾公开推崇他为美国当代最好的作家之一。

美国20世纪30年代经济大萧条时，冯内古特的父亲长期失业，因此他决计不让冯内古特去学建筑或艺术，而要他像他哥哥那样去学化学。冯内古特1940~1942年在康奈尔大学主修化学，虽对自然科学不感兴趣，然而这方面的丰富知识有助于他后来独特风格的形成——用科学幻想的意境讽喻现实，将荒诞不经的幻想与重大的社会题材结合在一起。

他虽然也写剧本和短篇小说，但主要成就是长篇小说，他的头两部小说《自动钢琴》（1952）和《泰坦族的海妖》主要采用传统的艺术方法，科学幻想的成分较多，因此在20世纪50年代一度被看作科幻小说家。《夜妈妈》（1961）从内容到形式有根本性改变，此后作者就形成了被称作“黑色幽默”的独特风格。他在60年代陆续出版的三部长篇小说《猫的摇篮》、《上帝保佑你，罗斯瓦特先生》，尤其是《五号屠场》是他创作的高峰，极受美国评论界和读书界的推崇，在青年学生中还出现过“冯内古特迷”。70年代“黑色幽默”流派趋向低潮，但他的作品《顶呱呱的早餐》、《囚鸟》等仍受重视与欢迎。2007年，库尔特·冯内古特因在家中不慎跌倒，脑部严重损伤，不幸去世，终年84岁。

70年代以后的美国小说

20世纪 70 年代开始，美国和世界的形势有了很大的变化。70 年代，美国社会仍然动荡不安，游行示威成了家常便饭。人们上街可以是为了抗议越南战争或争取种族与男女平等，也可以是反对试验核武器；可以是批评政府腐败，也可以是抗议警察的暴虐。当时影响最大的是妇女解放运动。这种混乱局面一直到 1975 年美国人从越南撤军以后才有所缓和。社会的种种现象都在文学与文化中有所反映。

70 年代以来，美国文学的一大特点是很多过去壁垒分明的界限变得模糊。比如 60 年代嬉皮士服装与发式是为了表示他们对社会的不满而有意跟传统不一样。它们一直被视为“另类”的文化现象，但现在被社会所接受了。同样，在文学方面，主流文学与边缘文学的区别也渐渐不太明显。一些过去处于边缘的少数族裔的文学，如黑人文学、亚裔文学、妇女文学开始进入主流文学视界。其中，黑人文学的成就最大。七八十年代，黑人文学作品，如阿历克斯·黑雷的《根》(1976)、艾丽斯·沃克的《紫颜色》(1982)、托尼·莫里森的《宝贝儿》(1987) 等不仅登上畅销书名单而且还被改编成电影。1993 年托尼·莫里森获得诺贝尔文学奖。这时期的黑人小说不再以抗议为主题、以现实主义为主要手法、以白人读者为主要受众，而是在语言、技巧、主题方面都有了新的突破，例如莫里森对意识流、多视角、象征等手法的运用，她对黑人文化、民族神话和传说的借鉴使她继承并超越了黑人文学和白人文学的优秀传统。沃克的成就也许不如莫里森，但她的小说打破黑人文学的禁区，面向黑人来探索黑人男女之间的关系，提倡妇女主义和肯定女人的才能和出路，为黑人文学和妇女解放运动及女性主义文学做出了新的贡献。其他出色的黑人作家还有玛雅·安吉罗、伊什梅尔·里德、约翰·埃德加·韦德曼和格罗莉亚·内勒等。黑人小说在美国的影响越来越大。

80年代后期亚裔文学有所发展。其中汤亭亭在1976年发表的《女勇士》，引起轰动。现在美国文坛比较著名的亚裔作家有汤亭亭、谭恩美、任碧莲等。他们采用的如超现实主义的时空换位、现代拼贴、多视角多叙述者以及模棱两可的开放性结局等手法说明他们在艺术技巧方面也已经相当成熟了。

白人作家为主的主流小说20世纪最后30年也发生了很大的变化。约翰·厄普代克、乔伊斯·卡罗·欧茨以及贝娄、马拉默德等老作家继续用现实主义手法探索美国社会和美国价值观念，表现那些失去精神支柱、对现代社会并不满足的人的痛苦与困惑。但也有相当一部分作家认为面对变得光怪陆离、充满暴力、犹如梦魇的现实生活，传统的手法已经不能发挥作用，文学也已经不可能起到教育的作用，作家不可能也没有责任为读者指出生活的道路或前进的方向。于是他们下功夫在语言文字和手法技巧等方面进行试验。库尔特·冯内古特延续并发展了60年代海勒式的黑色幽默。菲利普·罗斯、埃·劳·道克托罗和罗伯特·库弗等利用历史“事实”来创造新的小说形式，把历史上的真人真事和虚构的人物与匪夷所思的情节巧妙地糅合在一起，从而在嬉笑之余无情地揭露美国政治的虚伪性，迫使读者或者怀疑美国“光辉”历史的真实性，或者明白过去的不光彩的历史在今天也还是有可能重复的。在语言与形式的试验方面最成功的作家是托马斯·品钦。他运用混乱而不相关的事物、不知所终的故事情节以及语言上的重复、不关联甚至浪费等手法说明科技进步造成的信息过剩正在对现代生活形成威胁。在品钦等作家倾心于构建寓言式的规模庞杂的元小说的时候，另一些作家却试验完全不同的小说形式。80年代出现了“简约派”小说。代表作家为诗人、小说家雷蒙德·卡弗。这类作家常常描写普通人日常生活中发生的小事情以及他们的失意与绝望。他们对文字很吝啬，绝对不使用多余的话或可能影响读者的文字。他们只是用最简单的语言把生活中一个个特定的时刻或事件告诉读者。作品中没有一个全能的、无所不知的起主宰作用的统治话语，一切均由读者自己来做各种层次的分析。80年代以后，随着整个社会渐趋保守，作家们也逐渐放弃试验，回归现实主义。当然，这些作品并非是传统的现实主义，而是有所变革的。尽管冯内古特在《囚鸟》（1979）和《神枪手迪克》（1982）中并没有放弃黑色幽默，但他不再使用试验手法，也不如过去尖刻激烈。曾经极力主张革新的巴思在《信件》（1979）和《休假》中也采用比较传统的手法。

总的来说，70 年代末崛起的后现代现实主义小说是对六七十年代以来后现代主义小说无视现实、无视读者的极端主义的反叛，同时也打破了这一时期后现代派小说“一统天下”和现实主义小说创作低迷不振的僵局，代表着美国现实主义小说的复兴。后现代现实主义小说既保留了传统现实主义注重讲故事和人物刻画的优点，又吸收了后现代主义实验性的创作方法，形成了一种独特的现实主义创作风格。

第一节

觉醒与反抗——《紫颜色》的成长主题分析

一、作品概述

《紫颜色》是美国作家艾丽斯·沃克 1982 年发表的长篇书信体小说。该书刚一出版便成为畅销书，并为作者赢得了美国文学最重要的奖项普利策奖、美国国家图书奖和全国书评家协会奖，现已成为西方女性主义文学经典。该书由 94 封书信构成。

故事发生在 20 世纪初，背景是美国南方佐治亚乡村。讲述的是一个未受过教育，遭受男性压迫的黑人女孩，在其他女性的帮助下，逐渐发现自我，摆脱压迫，成长为一个独立自强、拥有完整人格和尊严的女性的故事。小说深刻揭示了黑人男性对女性的压迫，成功塑造了黑人女性形象，并宣扬了女性成长和女性间关爱的主题。

小说主人公西莉的故事凄惨哀婉、催人泪下。她不满 14 岁就被继父强奸怀孕而被迫辍学，丧失了受教育的权利；母亲重病，弟妹尚幼，满腹悲

哀、孤立无助的小西莉只有给上帝写信倾诉心声。给上帝写了一封又一封信，西莉受屈辱的命运却得不到丝毫的改变。死了妻子的小农场主×先生，因四个孩子需要照料才把西莉娶进门，对西莉来说，婚姻远不是苦难的结束，而是新一轮更痛苦压迫的开始。

西莉一过门就被×先生的儿子打破了头，不但自己得不到照顾，她还要马上伺候那些孩子。平时除了伺候丈夫、照管孩子、做好家务外，还得干地里的活。在所谓的“家”里，勤劳善良的西莉得不到丝毫的温暖和关爱，还常常遭到丈夫的毒打。在×先生眼里，她不过是个不用付酬的保姆、劳力和泄欲工具，没有一点做人的尊严。

西莉唯一的精神寄托就是给杳无音讯的妹妹聂蒂和从不回答的上帝写信，宣泄内心的孤独与痛苦。受传统思想的束缚，西莉在×先生非人的欺压下，只能忍气吞声、逆来顺受、麻木不仁，直到黑人女歌手莎格出现。莎格是×先生的情人，×先生把生病的莎格接到家里来调养，宽厚善良的西莉并没有因为她是丈夫的情人而心存妒忌，相反，她却精心细致地给予照料。在西莉的悉心护理下，莎格的病逐渐痊愈，两个女人之间也由此产生了深厚的友谊和感情。

从莎格帮助西莉找到被×先生扣押的聂蒂的来信起，西莉的思想开始产生了巨大的变化。在莎格的帮助和启发下，随着性意识的觉醒，她开始发现和认识自我，由此产生了独立自主意识，开始争取自己作为一个“人”的权利。她和莎格团结起来，与×先生做斗争，痛斥他的无耻行为并勇敢地离开了他，开始了崭新的人生里程。

在莎格的鼓励和支持下，西莉开始为妇女制作各式花裤并获得成功，继而开设了一家服装店，有了自己的事业，又继承了生父留下的房产。至此西莉获得了经济上的独立和人格上的自主，靠自己的努力赢得了做人的尊严。从经济的独立到人格的完整，她终于能够穿上自己喜爱的、梦寐以求的紫色衣服，开始了美好的新生活。这时，妹妹聂蒂带着西莉的两个孩子和他们的配偶从非洲回来。整个故事以西莉和妹妹聂蒂以及自己孩子大团圆为结局，表达了黑人女性渴望美好生活的朴素愿望。

二、遭遇苦难

《紫颜色》中女主人公西莉在从“失语”的黑人少女成长为勇敢追求幸福的黑人新女性的艰难路程中，经历了黑人女性文学中常有的主题：强奸和失语。这在西莉的自我成长和最终身份建构征程中是重要的因素。

小说一开始，14 岁的西莉对自身的生理一无所知。在母亲生病期间，她多次遭到被她称为“爸”的人的强奸，成为他泄欲的工具。但是无知的西莉无处诉说，因为她继父威胁她说：“你最好什么人也不告诉，只告诉上帝。否则，会害了你妈妈。”[①] 在继父为代表的男性权威的威逼和自我知识缺乏等因素的作用下，西莉的自我遭到压抑，她被剥夺了“说话”的权利，成为“无语”的在场物。后来，继父厌倦了西莉，便将她像一头牲畜一样卖给了鳏夫×先生。他还对×先生说西莉会撒谎，使西莉成为一个不可靠的叙述者，进一步丧失了话语权。×先生娶西莉的目的，也只是把她当作自己孩子的保姆，免费的佣人，还有他发泄情欲的工具。虽然，×先生是西莉的丈夫，但是从某种意义上说，西莉也是被“强奸”，她在他们的夫妻生活中完全处于被动，甚至是“物化”状态。她曾在信件中写道：“他（×先生）从不知道区别，从不问我的感觉如何，什么也不问。只是我行我素，完事了，就睡觉。”[②] 在艾丽斯的文本叙事中，“爸”和×先生都是“强奸者”的形象，他们代表男性的权威对女性身体和思想的肆意书写。强奸是女性身体遭受暴力的印记，它剥夺了女性生命活动的主动权和话语权[③]。小说中的女性除了遭受黑人男性的玷污外，还遭受来自白人男性的蹂躏。如西莉的继子哈珀的第二个女友“吱吱叫”为了帮助监狱中的索菲亚，打扮一番去求她的白人表叔时，就被其白人亲戚强奸了。

在种族主义制度和文化下，黑人女性只不过是可以产生劳动力的“雌

---

① 艾丽斯·沃克. 紫颜色［M］. 陶洁译. 南京：译林出版社，1998：3.（本节以下引自该书的内容只标注页码。）

② p：68.

③ 黄立华. 论《紫色》中强奸原型的运用与改写［J］. 四川外语学院学报，2003（5）：71-74.

性动物”，是男性的财产。强奸作为一个常见的主题，反映的正是黑人女性在父权压迫和种族歧视两座大山下的一种共同体验，是对女性身体的无情摧残。“强奸”作为黑人女性主义文学传统中一个重要的部分，它是黑人女性身心受摧残的印记。然而，在经历“强奸”的磨难后，西莉又迎来了第二重磨难——失语。黑人女性身处白人和男性话语主导系统中，成为失语的、哑化的奴隶。文化上，失语则指少数族裔在主流文化的冲击中丧失言说的权利。小说中，在遭到强奸后，西莉不敢诉说，也无处诉说，虽然她拥有说话的能力，但却没有话语权，她只能通过给上帝写信来排解心中的孤独和苦闷，但这只是一种心理慰藉，并非有意义的反抗。当妹妹聂蒂被×先生赶走时，西莉虽然很伤心，却没办法说出咒骂的话，只能不断地说没关系，就这样，她阻挡了自己内部的声音，一味地压抑自己的感受，使自己达到所谓的活着不死的状态。作为存在的主体，美国黑人女性在寻求自身身份意识的过程中，毫不例外地被剥夺了言语的权利，在美国历史的长河里，黑人女性的声音一直被排斥在主流文化之外。黑人女性作为弱者中的弱者，被排挤在文化语境之外，并逐渐消隐在历史的盲点之中。女性的失语，是男性权力话语压迫女性的结果。失语是女性的现实感受，体现的是女性在社会历史文化中的处境。

由于长时间处于沉默和忍耐状态，西莉已经习惯把自己的所有都奉献给男性，也习惯把男性的快乐当成自己的快乐，在精神上完全顺从男性。在听到哈珀讲述他希望能管束索菲亚时，她的建议和×先生一样，认为哈珀可以通过打妻子进而得到妻子的认同。在西莉身上，我们看不到一个成年女性所应具有的意识，而更像个未长大的孩子，只知道接受父母或更有权威的人的意见，却不知道什么是自己该做的。

三、从迷茫到顿悟

在成长小说中，主人公一般都会遭遇重大刺激，从而突破之前的观念或不合理的理念，迈入一个新的思想高度。在这些重大刺激后，主人公或能从中学到自己应对事情的方法，或能接受自己原来未曾想过的观点，但是其共同特点是这些事情使主人公失去了幼时的天真，开始学会建立自己的观点。西莉首先受到索菲亚的质问，开始思考自己为什么不会斗争，然后经历了类似昏迷的成长仪式，最终丢弃了以前禁锢自己的观念。

当索菲亚来质问西莉为什么要建议哈珀打自己的时候，西莉的回答是："我说那种话因为我是个傻瓜，我那么说是因为我妒忌你，因为你做了我不敢做的事——打架。"① 索菲亚的问题让西莉开始反思自己，她似乎从来不知道表达自己的愤怒，也没有任何表达的途径。西莉寻思着："我不记得我什么时候生过气……我一生气，或者觉得我要生气了，就会恶心，好像要吐，难受极了。再往后，我什么感觉都没有了。这辈子很快就会过去，只有天堂永远存在。"② 西莉从幼年开始的成长过程中就不停地受到压抑，她的任何想法都未被重视，长期以来形成了一个不敢释放自己负面情绪的定式。这种定式发展下来变成了自己对自己的桎梏，但凡自己出现负面情绪时，她就会在生理上出现恶心呕吐的感觉，这种感觉进一步地压抑自己的心理情绪，最后让她没有办法表达出自己生气的情绪。这是长期被压抑的后果，更是她固守自己的天真的潜在原因。借着相信上帝、相信天堂，她认为可以安然度过一辈子，可是，这样的天真真的能拯救她吗？索菲亚对此是持否定态度的，索菲亚告诉西莉应该把×先生的脑袋打开花，然后再想天堂的事。之后，当莎格把一封来自聂蒂的信给西莉并猜测×先生可能一直把她的信藏起来时，西莉觉得他还不至于这么坏。但后来她发现×先生装着这封信走来走去，却压根不提这封信时，西莉感觉自己的心灵受到极大的刺激。整整一天，她结结巴巴地说话，她自言自语，她跌跌撞撞地在屋子里转来转去并一心想杀了×先生。"我迷迷糊糊地觉得他倒在地上死了。到了晚上我不能说话了。我张嘴的时候发不出声音，只是打了个嗝。我没有睡觉。我没有哭泣。我什么都不做。我浑身冰凉。我想我很快就会死的。"③ 西莉的这种表现，象征着她之前懦弱和天真的结束。在成长小说中，主人公经常会经历昏迷，象征着过去的死亡，从死亡中再生。这一个晚上就是

① p：97.
② p：195.
③ p：83.

西莉转变的一个关键。从最初她自己说的，她不会生气、没有感觉，到她感觉到极大的愤怒，甚至要杀×先生时，她开始感悟到了自己身体里的力量，感觉到了斗争的必要。这种愤怒是她成长的动力，是在她内心深处呼唤力量的象征，这种力量将引导她走向对自己更清晰的认识、找寻自己的地位。

每个人的成长都会受到一些人的影响，这些人从正反两方面丰富着主人公的生活经历和对社会的认知。在观察这些人扮演的社会角色的过程中，主人公逐渐确立自己的角色意识和生活方向。影响西莉成长轨迹的人有索菲亚和歌手莎格，而后者在西莉的成长过程中承担了近乎决定性的力量。从她们身上，西莉领悟到了不同的生活态度、生活方式和为人处世的原则及技巧。

索菲亚的出现使西莉对自己开始有点反思，让她知道女人应该为自己的权利斗争。索菲亚是×先生大儿子哈珀的老婆，是一个高大、结实、健壮的姑娘。哈珀没有办法让她听从他的指挥，如同西莉听从×先生一样，因为他认为索菲亚从来不照他说的做，还总要回嘴。西莉是喜欢索菲亚的，因为她觉得索菲亚的一举一动跟她完全不一样。当她教哈珀打索菲亚后，西莉有一个月都睡不好觉，她知道自己做了错事，伤害了一个人的灵魂。当她和索菲亚和解以后，索菲亚告诉她应该反抗，还建议两人一起缝制“百衲被”，并得到了西莉的支持。之后西莉就像新生娃娃一样睡得香了。正是从索菲亚的质疑中，西莉感受到了自己作为一名女性的角色，开始了自我力量的苏醒。

如果说索菲亚给了西莉一些力量的话，莎格则是她当之无愧的领路人。莎格是个黑人女歌手，曾是×先生的情人，也是西莉爱的人。她敢爱敢恨，什么都敢干，根本不在乎别人对她的非议。她听从自己的天性去爱别人，并懂得怎么回报爱她的人。西莉真心地对待她，莎格被她的真情感动。当她知道×先生经常打西莉时，便决定留下来等到他不再打西莉的时候再走。她教给西莉一些女性生理方面的知识，西莉通过和她互相接吻，互相抚摸，不仅获得了身心上的愉悦，而且能够诉说对别人难以启齿的事，获得很多的精神交流。这种感觉就是西莉从未体验过的“爱”，是那个只知道压抑自己负面情绪的西莉从来没有“妄想”过的。“沃克借助两个女人的爱情强调了女性的个性发展和认识自我、接受女性生理之间的必然联系”。[①] 后来莎格又帮西莉拿到了她梦寐以求的聂蒂的来信，并使西莉明白了她所依赖的上帝其实只是白人《圣经》里的上帝。她帮助西莉把“上帝”从她的头脑里赶出去。从此，西莉不再给她原来以为的那个上帝写信了，开始跟她爱的人谈心，说出自己想说的话，而借着莎格的提示，她也找到了真的上帝。这在西莉的生活中是个很大的转变，近乎转折式的转变。曾经上帝就是西莉的力量，是她以为的那个力量，从这以后，西莉作为成人的力量在自己的身上恢复壮大。莎格给西莉最大的帮助就是带着西莉离开了禁锢她发展的×先生家去了孟菲斯，真正带领她找到了一条解放自己、自我独立成长的大路。在这之前，西莉都是为他人而存在的，以前是为家人，为妈妈带弟弟妹妹，为继父生孩子，后来是为×先生带孩子，满足他的性欲，认识莎格后又为她奉献，却从没有为自己做过什么打算。莎格让西莉真正认识到，人是需要为自己打算的，必须有自己的认识、自己的前途，别人才会欣赏你，才会尊重你。

四、找回自我

帮助西莉成长为独立而有自我的新女性的一个重要契机就是她决定跟着莎格离开×先生家去孟菲斯，这使得她有机会跳出以前的位置和社会圈子而进入到内心的自我世界。她学会了更多去思考“我是谁”的问题，而这恰恰是一个人在成长过程中所必须经历的阶段。每一个人在成长过程中都会以这样或那样的方式反复地审视自己：“我是谁?”除了从别人的视角认识“我是谁”以外，“我是谁”还包含很多的内省问题，比如“我能做什么”、“我敢做什么”和“我会做什么”。西莉由一个听任别人的安排、按照他人的指示活着的人变成一个不断探索自己能力、认识自己在社会中的作用和地位的人，成了一个成熟、有能力、有勇气和本领选择自己的道路并

① 翁德修，都岚岚. 美国黑人女性文学［M］. 长春：吉林大学出版社，2000：94.

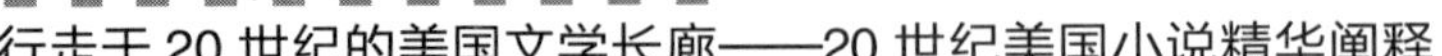

承担责任的人。

在索菲亚姐姐家吃饭时，莎格提出要走了，并且要带西莉一起走。×先生很愤怒，威胁她说除非他死了，要不然绝对不会让西莉走的。西莉却很有勇气地说："我现在该离开你去创造新世界了，你死了我最高兴。"① 而索菲亚对她敢回嘴大为吃惊，以至于好半天没动嘴吃东西。以前的西莉是不敢顶嘴、不敢斗争的，她会的只有忍耐，忍到极度痛苦想吐却仍然坚持不发表意见，这时的西莉不仅敢于表达自己的意见，而且对自己的负面情绪不加任何阻止，所以，她的力量源源不断地展现出来，说起话来不再支支吾吾，而是滔滔不绝，顺利地表达出自己的感受和想法。在她离家时，对来自×先生的诅咒做出了反击，并借此机会表达了她的自我认识："我穷，我是个黑人，我也许长得难看，还不会做饭……不过我就在这里。"② 在学会为自己斗争后，她了解到命运是掌握在自己手上的。

到了孟菲斯之后，西莉开始利用时间做裤子，为外出唱歌的莎格做一条非常棒的裤子。做裤子也意味着西莉对女性身份的认同。以前的她是不敢想象自己或是其他女性会穿着男人裤子出门的，裤子是她身上的男权的象征。在莎格的鼓励下，她在做裤子上找到满足感，同时她做的裤子也得到了其他人的喜爱，此时的西莉终于找到了自己的事业，最为重要的是抛弃了原来那个只懂得做家务，为男人奉献的旧形象，找到了自己的新定位，认同了自己作为一个有用的人的存在。

西莉在索菲亚的母亲去世后回到故地参加葬礼。这时她进一步看清自己给周围的人带来的影响，她不是孤立的，周围的人和事物都因她的转变而发生了变化。西莉的出走使×先生受到极大的冲击，使他从震惊到恼怒再到反思，也经历了一系列的成长过程，继而认识到应该为自己的行为及其后果负责。真心实意的悔过使他终于获得西莉的谅解：在小说的最后部分，也是×先生的后半生，西莉开始称呼他"艾伯特"，最后西莉也认为她和艾伯特渐渐有话可说了，以前的附属关系或是命令关系消失了，取而代之的

---

① p：502.

② p：141.

是平和的关系。他们也一起谈论莎格，共同欣赏她。西莉告诉艾伯特越爱大家，别人也就爱起你来了。后来，她发现自己没有莎格也能活得很快活。西莉也认识到自己该学会这一课：如果莎格来的话，她很高兴；如果沙格不来的话，她也该心满意足。至此，西莉完成了自己的成长，成了一个完全成熟、自我评价比较高的女性。如果说她是借助莎格的帮助才走向成熟的，那么此时的她已经学会了独立，学会了不依赖他人，学会让自己快乐，并且能够和男性平等共处，这才是沃克想表现的独立女性形象。

五、结语

《紫颜色》中，沃克不仅描写了西莉的成长，还把一定的笔触放在了其他几个女性的成长上。莎格从西莉身上看到了自己缺乏的素质和品质，学会了关爱与责任，有事情都会跟西莉商量并写信告诉她自己的情况。聂蒂更是远渡非洲学习了很多自己原来不知道的东西，摆脱了美国白人对黑人的设定，认识了黑人的历史也增加了对世界的认识。这些人的成长和西莉的成长相辅相成，共同构建了这部了不起的成长之书。

作者介绍

艾丽斯·沃克是美国当代文坛杰出的黑人女性作家，她出版了大量描写黑人妇女为争取政治、经济、性别和种族平等而斗争的小说。

艾丽斯·沃克 1944 年 2 月 9 日出生于南方佐治亚州的一个佃农家庭，父母的祖先是奴隶和印第安人，艾丽斯是家里八个孩子中最小的一个。1961 年艾丽斯获奖学金入亚特兰大的斯帕尔曼大学学习，正赶上美国民权运动的高涨时期，她即投身于这场争取种族平等的政治运动。1962 年，艾丽斯·沃克被邀请到马丁·路德·金的家里做客。1963 年艾丽斯到华盛顿参加了那次著名的游行，与万千黑人一同聆听马丁·路德·金《我有一个梦想》的讲演。1965 年艾丽斯大学毕业后回到了当时是民权运动中心的南方老家继续参加争取黑人选举权的运动。马丁·路德·金领导的民权运动对艾丽斯的妇女主义思想的形成及其创作有很大的影响。1972年艾丽斯到威尔斯利大学任教，开设了“妇女文学”课程，这是美国大学最早开设的女性研究课程。艾丽斯给学生介绍了大量黑人女作家，尤其是在此过程中发掘并整理了黑人女性文学先行者佐拉·尼尔·赫斯顿（Zora Neale Hurston，1891~1960）的材料。艾丽斯此时还担任了《女士》杂志的编辑，但仍坚持写作。1973年、1976年艾丽斯先后出版了小说集《爱与烦恼》和长篇小说《梅丽迪恩》。艾丽斯随后辞去工作开始专职写作。1982年是艾丽斯·沃克的事业巅峰期，她发表了小说《紫颜色》（*The Color Purple*）。《紫颜色》1983年一举拿下代表美国文学最高荣誉的三大奖：普利策奖、美国国家图书奖、全国书评家协会奖。1985年著名导演斯皮尔伯格将其拍成电影，当电影在艾丽斯的家乡上演时，艾丽斯受到了家乡人的盛大欢迎。《紫颜色》从此成为美国大学中黑人文学与妇女文学的必读作品。

第二节 白人文化殖民下的黑人悲剧——《最蓝的眼睛》

一、作品概述

《最蓝的眼睛》是一部悲剧小说，小说叙述了主人公佩科拉·布里德洛瓦所受到的虐待和遭遇。佩科拉是一个年轻的美国女孩子，她的母亲早就知道她的这个非常黑的女儿将来长大后不会是一个吸引人的女孩。小说的故事发生在1940年，小说的第一人称是克劳蒂娅·麦克蒂尔，她比佩科拉小两岁，是佩科拉唯一的朋友。在一个白人占统治地位的时代，作为黑人的佩科拉开始相信：如果自己的皮肤是白色的，那么她的生活就会美好得多，而且她还把蓝色的眼睛视为一个白人的象征。她眼看着自己的父亲乔利·布里德洛瓦随着梦想的破碎而逐渐变成了一个暴徒，而且作为一个非裔美国人，父亲也不断地因其出身而遭受挫折和羞辱；她的母亲波琳则进入了一家清洁而整齐的白人家庭做女仆。

在一个春天的下午，佩科拉的父亲喝完酒回家后就强暴了佩科拉，那时，家中只有她和她父亲两人。当父亲再次强暴佩科拉之后，她怀孕了。由于身心遭受伤害，佩科拉更加渴望逃避现实，于是她拜访了骗子牧师迈卡·伊莱休·惠特科姆——迈卡在有名的索阿菲德教堂担任牧师，佩科拉请求迈卡给她一双蓝色的眼睛。为了钱，迈卡声称自己可以帮助佩科拉实现她的理想，但条件是，佩科拉必须首先为他执行一个任务。迈卡早就想除掉一只生病的老狗，于是，他给佩科拉一块有毒的肉，让佩科拉拿这块肉去喂那只老狗，并欺骗佩科拉说，只有这样她才能实现自己的愿望。当佩科拉眼看着那只老狗吃了有毒的肉之后在地上痛苦地挣扎并最终死去后，她吓坏了。

这次的惊吓，再加上之前的被强暴事件，这一切遭遇使得佩科拉变疯了，使得她完全丧失了与现实的接触。佩科拉认为，她的确已经拥有了一双蓝色的眼睛，而且还幻想自己拥有一个亲密的朋友，这个朋友总是不离自己左右，并十分珍视自己，因为自己拥有世界上最蓝的眼睛。

二、白人文化霸权

西方评论家杰林格瑞·沃尔和赫拉德·克鲁思针对美国黑人的生存状况及其在白人主流文化强大压力下破碎的文化身份，提出了“国内帝国主义”的概念，即美国国内实质上存在着白人统治阶级借助政权机器对黑人进行种族压迫的不平等和不公正现象，黑人在自己的国家承受着被物化被殖民的痛苦，拓宽了后殖民理论的解读范围。莫里森的《最蓝的眼睛》从种族和性别的角度解密了白人文化霸权，是整个黑人民族处于臣属地位的缩影，暗合了这一观点。

小说从多视角审视了俄亥俄州一个名叫劳瑞恩的黑人社区形象和黑人群像。透过白人杂货店店主对佩科拉的“凝视”，中产阶级黑人女性对她的“第二手的歧视”，社区里的黑人少年群起嘲笑她的黑人性，以及她的父亲乔利对她的强奸，母亲试图从为白人雇主做一个完美的仆人中寻求被侮辱、被损害后的心理补偿，不能给她关心和真正的爱，周围的人大都把垃圾堆到她的身上，把自己遭受的心理损害转嫁给她，作者以一种极端的艺术加工，引导读者思考佩科拉精神崩溃的社会根源和如何看待黑人文化与白人文化的关系，界定黑人民族文化身份，以及如何形成对白人文化霸权的有效抵抗。

托尼·莫里森以一个世界顶级艺术家的手法发出了被殖民者的声音，把黑人无法言说的惨痛经历和心理创伤呈现给读者，形成了某种新的历史书写。她的文本并不停留在对强奸、无所事事、男性菲勒斯中心主义的暴露，更着眼于他们个人心理变化的轨迹，以及他们不得不忍受的白人种族主义对他们的阉割。

《最蓝的眼睛》以佩科拉之父乔利为代表的黑人男性被无形的社会力量严酷剥夺，无法逃避他们“贱民”的社会经济地位，不能给家人以尊严，反倒殴打妻儿，加深他们的苦难，把自己所受的侮辱和损害转嫁到比自己更弱的黑人女性或少女身上。乔利未出生即遭父亲遗弃，出生四天就被母亲丢在垃圾堆上，被好心的黑人老姑婆收养。他和一个黑人少女的初次性经历不幸被两个白人猎手撞见，在他们的手电筒和枪口下，在他们观看“动物”交配的“嘿—嘿—”声中，他实际上被白人强奸了，他的美好人性被残杀了。妻子波琳也和他一样，是虚构的白人优越感之流挟裹下的一片落叶。佩科拉的母亲本是一个纯朴的南方乡下姑娘，能够从黑人音乐中汲取文化滋养。结婚后迁往北方工业城市是她生活的转折点。她周围的黑人妇女以白人的审美观和价值观来衡量她，嘲笑她的卷发等黑人特征，丈夫不和她沟通思想，她深感孤独。于是就去电影院消磨时间，而作为主要文化传播手段的电影，是为美国统治阶级服务的。后殖民理论认为，文化被殖民者总是处于被剥夺、被边缘化的地位，他们是沉默的一群，或虽希图发出声音却不被听取的一群。

种族主义内化在白人文化的传播中不断加强。黑人在长期被奴役、被殖民的过程中，在强势文化的潜移默化之下，认同了白人文化中的最恶劣的部分——种族歧视，以白人的审美观和价值观为标准，用白人的眼光来

看自己，视为白人统治者服务的习惯性意义体系为当然。这种种族主义的内化使妻子鄙视丈夫，母亲厌弃儿女，黑人嘲笑其他黑人的黑人性。文化作为一种复杂的社会现象，渗透于社会生活的各个方面，涵盖宗教观念、哲学思想、文学艺术、社会心理、价值取向和风俗习惯等。尽管文化与种族一样，从本质上说并无贵贱优劣之分，但当两种或两种以上的文化在同一社会背景下相遇时却可因各自的经济、政治实力和影响的差异而形成强势和弱势的区别。弱势文化群体会在强势文化所引领的价值观、大众传媒中感到困惑和无所适从，若放弃自己的本位文化，迷失在主流文化的冲击中，其结果必然是造成主体身份的丧失。美国黑人通过长期的斗争赢得了一定的权利，但仍然无法摆脱多年来积淀于社会每一个角落的种族偏见。这种偏见顽固蛰伏于白人以及黑人内部肤色较浅的人的头脑中。

在小说中，当佩科拉满怀喜悦地到白人店主的杂货店里买包装上印有一个蓝眼睛小女孩的玛丽·简糖果时，她看到店主对她露出漠视和厌恶的神色。她发现所有白人的眼睛里都潜藏着这种神情，并认定这是由于自己的黑皮肤，自己的“丑陋”引起的。她想要变得美丽，盼望白皮肤、蓝眼睛的奇迹降临在自己身上。佩科拉对包装纸上印有蓝眼睛、白皮肤女孩的玛丽·简糖果的喜爱，反映了美国社会大众传媒对黑人行为方式和心理状态的影响。内部殖民状态下的美国不再像奴隶制时代那样对黑人进行公开的剥削和奴役，代替它的却是白人强势文化对一切的权威性操纵。这种操纵一切的权威比比皆是：小学的课本中介绍的是安逸舒适的白人中产阶级家庭生活；小说的叙述者克劳蒂娅的父母送给她的圣诞礼物是金发碧眼的洋娃娃；佩科拉喜欢吃的糖果包装纸上是一个蓝眼睛的白人女孩；佩科拉母亲波琳所看的电影中褒扬的是白皮肤的俊男靓女，而屏幕上的黑人演的多是外貌可笑、言行拖沓的傻子、仆人之类的角色。这些人物给白人的浪漫故事平添了不少趣味，实际上却强化了白人虚假的优越感和黑人不应有的自卑感。白人凭借他们在媒体上的强势，大肆宣扬白人文化，并通过电影、电视、广告等大众媒体以及音乐、服装、杂志等宣传工具，推行白人文化的审美观和价值观，向黑人及其他少数民族显示其优越性。

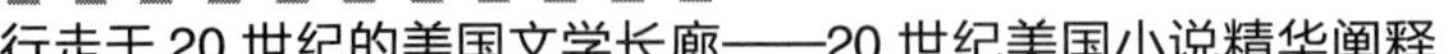

三、黑人文化身份的异化、迷失与找寻

美国黑人族群是个在很短时间内形成的有着自己独特文化传统的少数民族，犹如美国内部的一个殖民化小国，由于早先的奴隶身份，他们在获得自由之后仍然被白人歧视，他们的文化也处于主流文化的边缘状态。美国黑人的这些特质令他们进退维谷：黑皮肤成为他们无法抹去的种族印记。《最蓝的眼睛》体现了20世纪美国民权运动的领袖之一杜波依丝所阐述的“双重意识”理论。美国黑人的非洲性和美国性的冲突使他们不得平静，因为每时每刻都有两种公民资格、两种灵魂、两种观察事物的方法，他们不得不选择其中一个。然而无论选择哪一个，另一部分的自我都不得安宁，挣扎在心狱的藩篱中。他们中有的人在内外交困中心理失衡、精神分裂；有的人则在追求被认同的过程中心灵异化、行为变态，有的人为获白人的另眼相看，挣脱自己劣等民族的枷锁挤入上等社会，抹去自己黑色身份的耻辱，在无意中对自己的肤色面貌产生憎恨，在灵与肉上都陷入一种自卑和自毁的可悲处境而不能自拔。通过杰拉尔丁和切丘，莫里森揭露和批判了“混血儿审美意识”。杰拉尔丁出身于黑人中产阶级家庭，因皮肤呈浅棕色而自认优于深肤色黑人，为被白人主流文化接纳，她不但使用各种药物和化妆品以消除其作为黑人的外部特征，还极力模仿白人的生活方式，摒弃自己的种族亲情和黑色文化底蕴，直接导致生活中最大的乐趣丧失。同杰拉尔丁一样，小说中还描写了一个误以为自己的混血血统可以让其高人一等的牧师——切丘。切丘是被西方文明扭曲得最为严重的一个。从那些或许有些不列颠贵族血统的混血儿祖先那里，他学会了要把自己从各个方面与非洲祖先的一切隔绝。为了弃绝自己的黑人性，他与黑人社区格格不入，结果将自己置于孤独状态中，离群索居，行为变态。切丘自己也清醒地意识到黑人在放弃弱势文化本位转而追逐强势文化过程中发生的价值错位和迷失。在给上帝的信中，他承认像他这样的黑人资产阶级接纳了白人最恶劣的一些特征。在这种异化了的人格中挣扎着的黑人，不顾亲情、友情、种族情和爱情，甚至抛弃了最起码的同情心和良知，扭曲人性，压抑

生命。切丘的遭际体现了莫里森对“白化”黑人自我的一种批判。

文化是人类所创造的一切文明，是一只无形的手，影响着人们的思维和行动，它代表着整个社会的特质，是各种政治力量和意识形态争斗消长的舞台。白人文化霸权是一种无可置疑的客观的历史存在。它源于早期殖民者的对外征服，体现在法律对黑人种族的权利的剥夺，也深植在某些种族主义者的心灵深处，以领导权的认同的方式内化到被统治者心中。它的不正常的文化氛围造成了黑人的自卑和自恨情结，使受害者同时又成为施害者。它打碎了黑人的文化身份，使他们在“一个身体两个灵魂”中挣扎。

《最蓝的眼睛》向人们展示了在这个人人都不同程度地受害的世上如何完整地生存。力求唤醒在西方社会的精神奴役下产生精神危机的黑人，促使他们寻找自我，寻找黑色文化底蕴并最终返璞归真。为此，莫里森塑造了克劳蒂娅·麦克蒂尔一家。这一家人尽管家境贫寒，终日为生存而奔波，却尽力避免因种族主义和经济贫困所导致的“精神贫困”。他们自尊，自爱，自强，富有责任感。在乔利放火烧了自家的房子后，是他们收留了佩科拉。他们精神上的强大在于他们保持住了两项黑人的文化传统：音乐和社区责任感。黑人自从被贩为奴隶，美洲大陆上便飘着他们的歌声，白人压迫得了黑人的身体却压抑不了他们的歌声。通过歌唱，他们毫无保留地传情达意，并把他们的情感和精神从压抑中释放出来，从而获得精神自由。因此，音乐使他们免于死亡，是幸福和自豪的源泉。女儿克劳蒂娅回忆母亲哼唱的曲调时说：“如果妈妈有情绪唱歌，事情就不会太糟。她会唱到艰难的时刻，糟糕的时刻。”黑人布鲁斯音乐中包含着黑人妇女的女性诉求，更重要的是，布鲁斯把黑人经历的艰难困苦转化成生存的抒情源泉，以至于像克劳蒂娅这样的孩子，也能从母亲充满喜怒哀乐的歌声中听出“伤心的往事不再令人心碎，痛苦不仅可以忍受，还甜蜜蜜的”。

四、结语

《最蓝的眼睛》这部小说真实再现了美国黑人在白人主流文化压抑下的两难困境，并深入探讨了白人强势文化压抑所造成的黑人心灵文化的迷失。

一方面，由于本国“内部殖民”的影响，黑人作为弱势文化群体在主流文化的激流中无所适从，盲目认同白人文化；另一方面，黑人由于不能完全摆脱奴隶制的阴影而身心受到戕害，人格畸变、心灵异化、行为变态，变成黑人传统文化的弃绝者。同时，黑人社区的价值体系和民族文化未能得到有效传承，产生文化身份的断层感。但是，黑人中也不乏民族文化的传承者和种族亲情的维护者。正是由于这部分人的存在，才为黑人的精神自由和民族身份的良性构建提供了可供效仿的榜样。莫里森通过对克劳蒂娅一家的赞许号召黑人，尤其是黑人妇女儿童唱“自己的歌”，强调黑人坚持自我和保持社区团结的重要性。表达了对黑人重塑民族形象和建构民族身份的希望与信念。

作丨者丨介丨绍

托尼·莫里森，出生于1931年2月18日，美国黑人女作家。生于俄亥俄州钢城洛雷恩，父亲是船厂焊接工。母亲是忠实教徒并且参加教会歌咏队，在白人家帮佣。为了逃避种族歧视，父母从俄州（美国中西部）迁徙到美国南方，又为了工作迁移到北方。父母都为黑人文化感到骄傲，她从小在家里学会无数的黑人歌曲，听过许多南方黑人的民间传说。在黑人文化的影响和熏陶下，她读遍与此相关的书籍，尤其对文学有兴趣。

小学一年级时，她是班上唯一的黑人，不过很能和白人孩子交朋友，直到开始交男朋友时才感觉到种族歧视。1949年她以优异成绩考入当时专为黑人开设的学校攻读英语和古典文学。大学毕业后，又入康奈尔大学专攻福克纳和伍尔芙的小说，并以此获硕士学位。此后，她到德克萨斯南方大学和霍德华大学任教。1966年，她在纽约兰登书屋担任高级编辑，曾为拳王穆罕默德·阿里自传和一些青年黑人作家的作品的出版竭尽全力。她所主编的《黑人之书》，记叙了美国黑人300年历史，被称为美国黑人史的百科全书。

1969年，莫里森的处女作《最蓝的眼睛》发表，此后，她经常应邀撰

写社会评论，为黑人的利益而呐喊。20 世纪 70 年代起，她先后在纽约州立大学、耶鲁大学和巴尔德学院讲授美国黑人文学，并为《纽约时报书评周报》撰写过 30 篇高质量的书评文章。20 世纪 70 年代初，也是美国第二波女权运动轰轰烈烈进行之时，莫里森曾在一篇名为《黑人女性对女权运动的态度》的文章中公开发表过自己对当时女权运动的看法。1988 年起出任普林斯顿大学教授，讲授文学创作。同年获美国普利策文学奖。1993 年，她的作品由于被认为具有极其丰富的想象力和诗意的表达方式，而赢得了诺贝尔文学奖，她是文学史上第一位获得诺贝尔文学奖的黑人女作家。

第三节
华裔女性文学的经典——《女勇士》的主题探析

一、作品概述

《女勇士》是美国华裔女作家汤亭亭的代表作。小说以女性为主体，描述了在中美两国不同的生活背景下，女性们的痛苦、挣扎、不甘与反抗，体现了女性在生活各个方面的弱势、软弱，在漫长的岁月中为了谋求平等的权利而进行的抗争。

小说第一部分“无名女子”讲述的是几十年前“我”的姑姑作为“金山客”的妻子被留在大陆老家，后与人通奸怀孕，使家里遭到村民围攻，姑姑抱着初生的婴儿投井自杀，从此全家不再提起有关她的事。这是当“我”刚进入青春期时，母亲给我讲的故事。目的是提醒我行为要检点，不要让家里人丢脸，否则就会像姑姑那样，成为不被家人提起的“无名”的人。“我”是一个生长在旧金山唐人街的女孩儿。生活本身（妈妈的故事，中国传统文化和美国主流文化）在“我”的成长过程中起到重要作用。和许多华人移民一样，“我”的父母以开洗衣店为生。“我”在学校接受的是

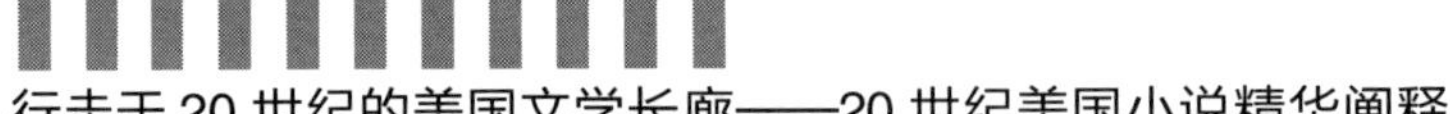

美国教育，在唐人街则处于传统的中国文化氛围之中。爱讲故事的妈妈给“我”的头脑里装进了大量的中国规矩、习俗、禁忌以及神仙鬼怪、英雄豪杰，唐人街的街谈巷议让“我”明白中国人的好恶和成见。所有这一切和“我”心目中的美国价值观念和行为准则混杂在一起，使“我”备感困惑和矛盾。第二部分“白虎山学道”中，为了摆脱这种矛盾与困惑，为了避免长大后华人女孩只能给别人当妻子或佣人的悲惨命运，“我”从母亲讲的神话故事中得到启发，想象自己成为花木兰式的女英雄，在白虎山上跟神仙师傅学艺15年，下山后代父从军，杀富济贫，建功立业，荣归故里。第三部分“乡村医生”讲述了母亲勇兰的故事。她在大陆老家做医生的经历以及她捉鬼招魂的本领，还有她讲述的稀奇古怪的中国故事。第四部分“西宫门外”，记述勇兰帮助妹妹月兰从香港来美国找变心再婚的丈夫。但软弱的月兰无力使丈夫回到她的身边，也无法适应美国的生活，最终精神失常，死在疯人院里。小说的第五部分“羌笛野曲”讲的是“我”的故事。虽然妈妈说为了让“我”说好外国话，在“我”小时候就割掉了我的舌筋，但“我”在美国学校里仍然是个沉默失声的女孩。“我”痛恨比“我”更不爱说话的华裔同学，“我”对唐人街里轻视女孩的观念无比愤怒。因此“我”总是叛逆，经常借洗碗时打破盘子、吃饭时不洗手以及在考试中得高分等来发泄“我”对现实的不满，远离家乡去工作去寻找自我发展的空间。最后，“我”从母亲讲的故事中得到启发，讲出了自己的故事：蔡琰在胡人中生活12年，终于打破沉默，在羌笛野曲的伴奏下唱出了自己的歌。

二、华裔女性文学的发展

在英裔白人主流文化占主导地位的美国，由有色人种构成的少数族裔处于从属地位和社会的边缘地带。美国华裔女性作家正是以她们独特的写作表达了对身份认同的诉求，逐渐走出边缘，受人瞩目，促进了美国华裔女性文学的蓬勃发展。美国华裔女性文学通常被定义为由在美国出生或后移居美国、有华裔血统的女性作家用英语写成的文学作品。处于种族压迫和性别歧视双重桎梏下的美国华裔女性在历史上一直是被定型的无声群体，是“边缘的边缘”。第一位发出华裔女性声音的是中英混血儿，笔名为“水仙花”的艾迪丝・伊顿。另一位早期的华裔女作家德龄，是清贵族正白旗人裕庚之女。黄玉雪是又一位早期美国华裔女性作家的先驱者。

在 20 世纪 60 年代美国民权运动以及女权运动的冲击之下，美国华裔女性文学得到了蓬勃发展。70 年代以来，华裔女性文学已在美国当代多元文化的大背景中逐步受到关注，并形成比较繁荣的局面。历史的机遇使 20 世纪四五十年代出生的华裔美国女性作家走出了“边缘”，步入了美国“主流”文坛。在这些作家中，汤亭亭最具影响力。她的处女作《女勇士》是美国华裔文学史上具有里程碑意义的作品。它的问世标志着华裔作家的创作真正进入到美国文学的主流之中。谭恩美的《喜福会》因以独特视角细腻而传神地刻画了母女关系，获得了奇迹般的成功，使她成为美国文学界的一颗新星。在推动华裔女性文学发展的作家中，任碧莲是另一位典型代表。伍慧明以她的处女作《骨》（1993）在美国文坛崭露锋芒。

美国华裔女性文学是一种在特定文化环境下所进行的艺术创作，其中充满着两种习俗、两种信念乃至两种文化的冲突，其文化语境是西方经典文学传统与自身族裔文化结合的特定的历史语境。作为华裔女性作家，她们所创作的文学作品首先具有西方女性文学传统的共性，即从自身经验出发描写女人的艰辛。她们不甘于沉默和被消音的生存困境，勇敢地喊出了争取平等与发展的时代的最强音。她们一方面要面对身为少数族裔和弱势族群普遍遭受的种族歧视，另一方面还要面对华裔族群中依然存在的重男轻女的男权传统。因此，她们在作品中自然地表达了对白人强势主流社会的种族歧视和华人社区内男权传统的性别歧视的双重反抗，彰显出美国华裔女性独特的艺术追求和文化选择。在多元文化共存逐渐成为趋势的语境下，华裔女性作家创建了一种融汇中西的、复合型的、具有华裔独特族群性的文化新范式。她们提出，种族之间需要相互包容、尊重以及对彼此文化的了解，从而走向融合。这一融合的过程，既蕴含中国文化的特色，又体现美国文化的特质。综观美国华裔女性作家的作品，不难发现混同、融汇原则弥漫于其文学主题及艺术形式之中。这是她们接受双重文化遗产的结果，是她们所置身其间的时代的产物，更是种族身份认同的诉求。此外，华裔女性作家也在作品中表达了对人类共同生存意义、对华裔女性自身价值的实现和对“美国梦”的反省与重建。

三、身份、女权与文化碰撞

作为早期中国移民后代，美籍华人汤亭亭是一位生活在两种文化之间的“边缘人”，特殊的双重民族文化背景虽然给她带来了尴尬困境，但也为她反观两种文化提供了一个最佳的边缘视角。在《女勇士》中，汤亭亭正是利用了这一文化身份上的优势充分展现了其跨文化观：她在美国文化的土壤中移植并培育中国神话传说，将中美文化置于平等对话状态，对两者都进行了反思与批判；在消解二元文化对立的基础上重建自己的文化身份和新的中心。

1. 双重身份

汤亭亭自幼生活在西方现代文化大环境下，受到的是西方教育，主张通过个性解放来寻找和证明个体的存在，而她又无法回避华人家庭和社区的小氛围，既不能否认与生俱来的中国血统也不能抵制中华文化传统的浸染。这样的社会家庭环境和历史时代赋予了她双重文化背景和双重民族精神，而使她常处于一种难以确定自己文化身份的两难境地。作为一个华裔(少数民族)，同时又是一个女人，她必须在二元文化的夹缝中求得生存，在两种文化价值观之间寻求平衡。由于与故土在空间及时间上的疏离使她得以摆脱本民族文化语境的干扰，从一个大洋彼岸的移民的角度远视传统中国文化，对其采取审视、保留和批判的态度，并进行广泛的挖掘和深刻的反思。而在美国的亲身移民经历又将她置于社会、文化、语言的边缘地带，使她“在社会上找不到自己的地位”，于是她的作品中有一种“落入陷阱、受到围困的愤懑情绪”①。正是这种处于本民族文化局外和帝国主义强势文化边缘的处境，使她反而更容易摆脱主流文化和中华文化的影响，在两种不同的语境中保持自己的独立性和批判思考的精神。在这个意义上，

① 吴冰. 哎——咿！听听我们的声音！——美国亚裔文学初探［J］. 国外文学，1995（2）：38.

双重民族的文化身份给汤亭亭带来的尴尬困境为她反观两种文化提供了一个最佳的观察视角，使她能更为深刻地洞悉两种价值观的良莠杂芜。此时的作家已经拥有了坚定而深刻的独立意识，她作为弱势种族和边缘文化的一员发出了自己的声音，并且勇敢地向两个世界开战，反抗他们的压迫。

《女勇士》糅合了汤亭亭的自传和传记、历史和神话、记忆和虚构，小说的五个部分看似独立不相连，但这种碎片式拼贴的后现代手法的运用深刻反映了作者关于性别、种族、阶级、文化和历史等多重但却相互关联的身份网络。作品从一个生长于美国的华裔小女孩的视角转述了她从母亲那里听来的中国传说与往事，通过她深有感触的亲身经历向读者描绘了其周围华人的生活以及自己在两种文化的碰撞与交融中不断寻找自我，逐步成长的艰难心路历程。她将古老的中国神话、传说及历史进行移植，并用异域文化土壤对其进行改造和发展，使它们焕发出独特的生机和色彩。此外，她在故事中有意将中美两种异质文化置于对话状态，既辨认了本民族的传统美德和文化糟粕，也审视了西方文化中的不合理与荒诞性，试图在平等对话的基础上确立边缘文化的合理价值，实现自我身份的重构，在旧式权威的废墟上空呐喊出边缘的声音。

2. 女权思想

受美国社会女权运动的影响，很多美籍华裔女作家意识到她们生活在父权社会的边缘地位，汤亭亭也是如此。在男权制统治的社会里，女性被定位为低劣、从属的客体。小说第一部分“无名女子”讲的就是无名氏姑姑因与人私通生了小孩，被视为有辱家族荣誉，分娩的当天被村里人抄了家，她被迫抱着婴儿跳进家中的水井，家里人在她死后禁止任何人再提起她的事情及名字。由此，这位姑姑就成了无名女人。姑姑是中国男权社会中被压迫妇女的典型代表，她的悲剧反映了所有越轨女人的痛苦命运。在这样一个男权社会里没有人会把一个女人当作一个完整而独立的人看待。她们从小所受的教导就是从，即顺从一切男性。婚前听父亲的，婚后听丈夫的，丈夫死后听儿子的。小说中被殖民妇女没有说话，并非因为她们在历史中没有发过言，而是因为作品没有提供她们发言的空间。汤亭亭把这一部分作为整部作品的开头也表明了她作为女性无声却强烈的反抗。

小说中男性权力话语被完全颠覆。通常意义上的历史是以男性活动为主的语言纪实，换言之，历史是男性的、纪实的。但这两点在这部小说中都发生了质的变化。其一，男性从《女勇士》的历史前台隐去，书中主要人物花木兰、蔡琰、无名姑姑、母亲、女儿都是女性，她们生活的历史、回忆和故事都是女儿从女性的角度看到的女性的历史。作者以女性为主的历史置换男性话语的历史，擦去了历史的男性书写特征。其二，与纪实性传记叙事结构不同，《女勇士》以回忆为手段来书写历史，即使在某种程度上有自传的性质。回忆这一手段使事实与幻想、过去与现在、真实与虚构紧密结合起来，突破了传统的以男性书写为主的纪实性传记的樊篱。

小说中女勇士的斗争历程也充满了艰辛的、顽强的反传统和反男权思想。女勇士从小就具有强烈的反抗情结。年幼的主人公一听到养女等于白填，宁养呆鹅不养女仔时，就大哭不止；当她得知学好功课被认为是只能给未来的公婆增添光彩的时候，就决定再也不拿A了；她坚决不做饭，因为这样会符合男尊女卑的封建思想；当母亲强迫她去送错药的药店索要糖果以除晦气的时候，她感到荒唐，难以忍受；她不理解姨妈古怪离奇的行为举止，讨厌华裔移民旁若无人地大声喧哗，憎恨母亲对于家族历史的诡秘态度。女儿的种种叛逆行为都是通过母女之间的冲突展开的。这里，因为传统的中国男尊女卑的封建思想已经在母亲心中根深蒂固，她已经成为男权至上社会的代表。但母亲本身也是一个矛盾的综合体，她在代表男权社会的同时，也表现出勇士般的反叛精神，母亲把禁止再提起的无名氏姑姑的往事告诉了女儿，这种行为本身就是一种对男权社会统治的反抗。在七岁的小女孩心中，她已经强烈地意识到女性被歧视、受压迫的现实状况，所以她想尽力摆脱这种命运。在精神世界里，她幻想自己是代父从军的花木兰，像爱国英雄岳飞那样把家仇国恨刻在背上，像女英雄穆桂英统率千军万马，肩负着国家、民族和家庭的重托，成为一个真正的女英雄。在现实生活中，她反对性别歧视，顶着严酷的厌女现实，自强不息，仍然努力学习，读完大学并走上了职业妇女的道路，使女性作为一个独立的人的能力与价值得到肯定。

3. 文化碰撞

《女勇士》的副标题“一个生活在鬼中间的女孩的童年回忆”充分暗示了其中关于各种鬼的描述及其意象的举足轻重。故事中充满了形形色色的鬼，大体上可分为中国鬼和美国鬼两大类，如果说前者代表的是中国传统文化，那么后者则是美国白人主流社会的象征。无名姑姑的鬼魂流离失所，没有归宿，被永远流放于家族历史的外围。母亲在就读于医学院期间凭借智慧和勇敢驱走了萦绕在学校里的鬼魂，此外母亲的叙述中充斥了许多人招魂捉鬼的故事。在中国，“我”的父母会把“我”和妹妹们卖掉，“我”的父亲会娶两三个姨太太，她们会往我们的脚上泼滚开的油，并谎称我们哭是因为淘气。她们把好吃的给自己的孩子，给“我们”石块。中国人会处死那些装扮成士兵和学生的女孩子，而不论她们在战斗中多么英勇或是在考试中得到怎样的高分。这一切让“我”幼小的心灵对中国产生了一种抵制与疏离。于“我”而言，那里是一个鬼都没有人形的地方，而美国的生活则理性、自由，其中鼓励人们发挥创造力和个性的氛围似乎更受“我”的青睐。美国学校的老师告诉她月食只是地球走到太阳和月亮之间投向月亮的影子，而代表着中国传统文化的母亲却称之为“蟾蜍吞月”；美国氛围使她确信只要学业优秀，踏实苦干就可以出人头地，而中国传统却决定了女孩子被出卖或为人妻的命运。药房的伙计一时粗心把药错送上了门，母亲为此大为恼火，认为这将会给家里带来厄运，逼着“我”去向药房老板索要糖果借以消灾，这在“我”一个接受西方科学理性教育的孩子看来十分荒唐可笑，而白人误以为“我”是在乞讨拿出过期的糖果来应付，使得“我”年幼的自尊心受到了极大伤害。在“我”的眼中生活在周围的华人都神秘兮兮，满口谎言，大声说话，走路不雅，重男轻女，辈分严格。这些对“我”来说简直是粗俗不堪，荒诞可笑。而对“我”产生了更深刻影响的事件是封建迷信的母亲割去我的舌系带导致我在幼儿园中无法开口、发音困难，而蒙受了失语三年的屈辱与痛苦。于是“我”更愿意去接受美国教育和生活习惯，把自己塑造成一个美国妇女。当“我”为了摆脱这个令人窒息的文化桎梏，而欲寻求美国社会的新鲜空气时却猛然发现这里也并不是一个充满阳光、远离鬼魂的伊甸乐土。正相反，在移民眼中这更是一

个名副其实的“鬼国家”。“美国也到处是各种各样的机器，各种各样的鬼——的士鬼、公车鬼、警察鬼、开枪鬼……曾几何时，世界上充满了鬼，我都透不过气来，我都无法迈步。”① 这一方面反映了中国移民身处美国强势文化下的异己感、压抑感和不安全感，另一方面则暴露了美国白人主流文化对少数族裔文化的歧视与排斥。在这样的困境中，父辈们因受到白人主流文化的压抑和迫害而保持沉默，他们原有的文化身份也被抹杀，“母亲说我们就像那些鬼一样是没有记忆的”②。从母亲踏上美国领土，第一次面对海关官员的提问而紧张失语到“我”在幼儿园的三年中因不会说英语而被迫保持沉默，以及后来父母告诫我不要向旧金山的移民总部说出自己的身份，否则就会被驱逐出境，据“我”所知，周围的许多华人一到美国就改了名字等，这一切都具有深刻的寓意，暗示了华人在美国社会中的失语症状及其所导致的丧失身份的深深失落感与心理不平衡。母亲在来美国之前是当地一位颇有名气、受人尊敬的医生，可是来这里之后，生活环境的巨大变化，语言不通而造成的交流障碍及无法逾越的文化鸿沟使她只有甘于沉默，沦为家里的“洗衣烧饭工”。“你想不出我到美国后沦落到如何悲惨的境地。”③

作为第二代移民的“我”虽然渴望得到白人主流社会的认同与接纳，却无法逃避种族偏见和强势文化的排挤与压抑，只能在主流文化的边缘苦苦挣扎。“我”曾被老板污辱地称为“黄黑鬼”，自尊心受到了极大伤害。也曾因华人身份遭到白人歧视而被开除。城市改建的时候，父母的洗衣店被推倒了，这一片贫民窟被夷为平地，改成了停车场。“我”对种族主义的迫害和华裔所遭受的灾难有着切肤之痛。在幼儿园，华人小孩作为少数族裔不能说英语，因而受到歧视，被老师置之不理。孩子们的创造性、活泼热情被无端而粗暴地抹灭，于是他们变得更加沉默寡言。华人的群体失声使作者将沉默与作为华人紧密地联系在一起，群体的沉默体现了西方文化

---

① Maxine Hong Kingston. The Woman Warrior: Memoirs of a Girlhood Among Ghosts [M]. New York: Afred A. Knopf, Inc., New York, 1984: 88.（本节以下引自该书的内容只标注页码。）

② p: 151.

③ p: 74.

对东方文化的消声与抹杀，象征着弱势民族在主流社会中的不被接受、无法参与的无奈，从侧面揭示出主流文化给边缘文化造成的巨大心理压迫和精神创伤。在此，文本清晰地展现了一种文化凌驾于另一种文化之上的现象，并强烈地控诉了二元文化对立对华裔美国人造成的深重侵害。

四、结语

生活在海外的华人跨越了两个民族，也跨越了两种文化。他们创造了想象的共同体，可是又与原始的家园始终保持着某种象征性的联系。从汤亭亭等华裔作家的作品中读者可以观察到其中所蕴含的中华文化，这是中华文化在西方语境下的延伸和渗透，也是建立在双重性和跨文化基础上的一种独立中间形态。作为文化相对主义和文化多元主义的大胆实践者，汤亭亭在《女勇士》中深切表达了各民族文化应该通过平等交流与对话形成互补互通、和谐相处的跨文化交际观。在文化多元的美国社会中，华裔只有借助自己的传统文化资源才能建构有别于其他族裔的特性，形成与主流文化不同且平等的族裔文化，在西方社会的土地上拓展出一片属于自己的文化家园。

作 | 者 | 介 | 绍

汤亭亭（1940-），女，美国华人小说家。祖籍广东新会，1940 年生于美国加利福尼亚州，1962 年毕业于伯克利加州大学英国文学系，1992 年被选为美国人文和自然科学院士，2008 年获得美国国家图书奖的杰出文学贡献奖。

汤亭亭的父亲汤恩德是广东省新会县古井镇古泗村仁和里人，1925 年去美国，在一家洗衣店打工。母亲朱兰英是一位助产护士，1939 年才远涉重洋到了丈夫身边。在八个兄弟姊妹中，汤亭亭排行老三。汤亭亭小时候，汤家穷得叮当响，十口之家蜷缩在一处简陋的寓所里。为了养家糊口，汤恩德起早贪黑地打理着一个小得可怜的店面，赚取一些微薄的利润；朱兰英则在或近或远的医院里上上下下地跑着打“短工”。即便是这样，夫妇二人的收入还是不能维持一家人的温饱。汤家的物质虽然匮乏，但是孩子们的精神食粮却是很丰富的。汤恩德忙于生计，不怎么对孩子们进行管教，但他毕竟是一个满腹诗文的传统知识分子，他以自己较为深厚的文学修养，潜移默化地影响着汤亭亭。至于朱兰英，更是一位讲故事的能手，无论是女娲补天、精卫填海、愚公移山，还是程门立雪、花木兰从军、聊斋志异都能信手拈来、绘声绘色地讲上半天。幼小的汤亭亭虽然用着美国式的思维来理解和领悟着其中的善、恶、美、丑，但还是很快被悠远缥缈的传奇色彩和精彩生动的点滴细节所折服。就这样，汤亭亭慢慢地对文学产生了浓厚的兴趣。

1958年，汤亭亭获得奖学金进入加州大学伯克利分校就读，先就读于工程学系，后转念英国文学。毕业后汤亭亭在离旧金山不远的一个小镇上的一所贫民窟学校担任英文教师。1967年，汤亭亭赴夏威夷，在夏威夷大学长期任教，后又去加州大学伯克利分校英文系任教授。1976年，几经增删之后，汤亭亭的《女勇士》终于由美国诺福出版社出版，一举成名。1980年，汤亭亭出版了第二部小说《中国佬》。1989年，汤亭亭的第三部作品《孙行者》也相继问世。这些文学作品确立了汤亭亭在美国华裔文学史上的地位。

第四节

战争中的彩虹——分析《万有引力之虹》的多重主题

一、作品概述

《万有引力之虹》跟许多后现代主义小说一样，没有什么故事情节，全书由许多零散插曲和作者似是而非的议论构成，内容包括现代物理、火箭工程、高等数学、性心理学、变态性爱等。小说的线索围绕着德国的V-2

火箭展开。V-2 火箭袭击伦敦，美国和英国情报机构都想弄到火箭的秘密。他们发现美国军官发生性行为的地方，往往是火箭的落点。于是开始对这问题进行研究，吸引和牵连了许多人，一位研究巴甫洛夫学说的专家甚至认为这个美国军官的头脑里有个支配生死的开关，决定利用他的感应能力，派他到敌后去刺探火箭秘密。随后小说又以不少篇幅描写了德国军官的性虐待狂和性变态，论述了科技和性欲总是结合在一起并向死亡发展的荒谬理论。小说还提出了“热寂说”，即宇宙中的热能散发完后会冷寂下来，整个世界将会冰冻，作者认为人类社会中的一切活动也能用“热寂”法则来解释，各种狂热在热能消耗光之后也都会冷寂，趋向死亡。“万有引力之虹”是火箭发射后形成的弧线，火箭摧毁一切，作者认为它是死亡的象征，同时也是现代世界的象征，因而被用作书名。

小说共分四个部分，第一部分“零之下”，将该故事的时间设置于降灵节的前九天，即从 1944 年 12 月 18 日到 26 日。当时，德军正在使用一种威力强大的火箭对伦敦进行大规模袭击。然而，一个奇怪的巧合却令盟军大惑不解：美军军官斯洛索普，他习惯把他性虐他人的“性虐图”的地点进行标注，而这些地点随后无一例外地受到了火箭的袭击。在科学理论无法解释的情况下，斯洛索普便被盟军委以重任，为追寻导弹，他开始了一连串匪夷所思的旅程。在小说的第二部分“埃尔曼，戈林赌场的休假”中，主人公在赌场的海边邂逅了双面间谍卡捷，并与其厮混。在赌场中，斯洛索普逐渐了解到，他小时候曾经接受条件反射试验，其试验内容，涉及跟“生理敏感”有关的化学物质。在小说的第三部分“在占领区”，斯洛索普终于断断续续地了解到，他小时候曾经被父亲卖到实验室，被一位科学家用来对“生理反应”进行敏感反射试验，而后来这种化合物又被用在了火箭的制造中，这一点似乎解释了其性虐行为地点同火箭落点之间的巧合。在小说的最后一部分“反作用力”中，当斯洛索普看见天边的彩虹喜极而泣之后，他的身体竟然奇迹般地消解并飘散，而一直成为神秘的边缘人物最终登场，他希望能够通过爱和理性拯救世界。

同品钦的其他小说一样，《万有引力之虹》也涉及众多品钦作品所特有的主题，如追寻、熵化和理性霸权等。

二、追寻的主题

从某种意义上说，《万有引力之虹》就是一部关于“追寻”的后现代戏仿之作。“追寻”是最古老的文学题材之一，它把人的主观个体经验转化成具有历史意义的象征性表述。人类的追寻之旅，无论是肉体上的还是心灵上的，都表达了求生的欲望，体现着生存的勇气，揭示出人生的真谛。然而品钦对“追寻”的运用已不再是传统的英雄漂泊奇遇或骑士出征救美人。小说主人公斯洛索普为查证 Imipolex G 和自己过去经历的联系，同意前往德军火箭基地调查，但他横跨欧洲大陆的追寻之旅却不啻是上演在当代荒原社会的一出闹剧。

与传统的追寻主人公相比，斯洛索普既没有俄底修斯的智慧超群、坚韧不拔，也没有鲁宾逊的足智多谋、正直进取。他笨手笨脚又不合时宜，他跌跌撞撞、懵懵懂懂地踏上探寻之旅，却全无目标和方向，甚至不知自己身居何处。当传统的追寻英雄俄底修斯们勇敢地挑战命运、战胜艰险时，斯洛索普却瞻前顾后、胆小如鼠，关键时刻溜之大吉，危险当头逃之夭夭。品钦刻意描绘了一出出荒诞不经、匪夷所思的闹剧，当斯洛索普要做竖琴演奏时，他居然把琴掉进了厕所，而他竟也随着竖琴从下水道游走。当他乘气球升空逃跑时，居然用馅饼投掷追赶而来的战斗机，并把馅饼摔到驾驶员马维的脸上以致吓退了他。显而易见，品钦用这些喜剧、闹剧式的低俗、荒唐和离奇来对抗传统史诗的高贵、威武和神圣是别具匠心的，这种对文学传统的滑稽模仿正是后现代主义小说的最显著特征。后现代社会的追寻之旅不再有清教时期对上帝的依赖，也丧失了美国文学传统中实现神谕的神圣感，更丧失了个人主义追寻自我价值的使命感。斯洛索普的追寻只能是科技专制时代的无奈流浪，是熵定律一统天下的垂死挣扎。这时候的人已经从“神”沦落成“虫”，不再高贵威武，却只落得低俗卑下。斯洛索普的探寻之旅不仅一无所获，就连他的肉体最后竟然也开始分解、消散，以致了无踪迹。这扭曲而绝望的幽默引发的笑声充满了恐惧和震慑。

三、熵化主题

《万有引力之虹》还是一部庞杂的科学大百科。其中对于熵定律的运用，反映了品钦深刻犀利、充满怀疑精神的科学观和人生观。熵主题在品钦的几部小说（如《V.》、《叫卖第 49 组》等）中屡屡出现并非偶然，大学学工程物理出身的品钦对科学领域的诸多理论都有着敏锐而深刻的理解。

熵定律也叫热力学第二定律。热力学第一定律说宇宙中的物质和能量是守恒的，既不能被创造，也不能被消灭。它们只有形式的改变而没有本质的变化。热力学第二定律告诉我们，物质与能量只能沿着一个方向转换，即从可利用到不可利用，从有效到无效，从有序到无序，朝着不可逆转的耗散转化。也就是说宇宙万物从一定的价值与结构开始不可挽回地朝着混乱衰亡发展。熵就是不能再被转化做功的能量的总和的测定单位。熵的增加就意味着有效能量的减少，能量平均状态是熵达到的最大状态，那时将不再有任何有效能量来进一步做功，温度也达到同一均衡状态，这就是所谓的“热寂”——宇宙的永恒的宁静。热力学定律不仅统治着物质世界的运行规律，熵定律的出现也摧毁了历史是进步的这一观念，以及摧毁了科学技术能建立起一个更有秩序的世界的观念。一句话，它摧毁了 400 年前形成并已在我们的意识里根深蒂固的牛顿机械论的世界观，以及深得人心的达尔文的进化论。于是有人预测 20 世纪的人们将会不假思索地用熵的世界观看待生活，熵的观念将潜移默化地成为人的第二天性。20 世纪初，美国历史学家亨利·亚当斯率先将熵的定律运用于研究人类历史和社会的发展。在其著名的《致美国历史教师的一封信》（1909）中，他不仅直接援引克劳修斯的论述，并进一步指出：“熵定律制约着所有种类的能量，包括精神的。自由的程度在稳步且快速地削弱。”鉴于熵值升高的条件是必须在封闭的系统里，亚当斯又描绘了由一个个独立分离的团体构成的社会，并进而确认人类社会就是由一个个独立的团体构成的封闭系统。在那里，“生活没

有意义，探索也总是以纯粹的虚无空寂而告终，人无处可逃”①。当人类社会进入后现代时期，熵的观念更是深深地渗透进许多敏感善察的文学家的创作当中。品钦选择“二战”即将结束的欧洲作为主背景是颇具深意的。战争浩劫后的欧洲已近乎废墟一片：硝烟弥漫，残垣遍地，尸横遍野。一切都在崩溃瓦解，一切都在毁灭消亡。火箭是那巨大的死亡象征，仿佛高悬的达摩克里斯之剑，随时可将人类毁于旦夕。混乱无序、崩溃瓦解正是世界走向热寂的显著特征。品钦刻意描绘的熵化世界无疑是在警告世人，如果人类照此杀戮下去，混乱下去，世界末日即将到来。“二次”是人类丧失理性、丧失人性的极端体现。战争疯子、科学狂人、投机商人组成了一个疯狂的世界，以希特勒为首的德国法西斯对伦敦狂轰滥炸，而保卫家园、维护正义的盟军官兵也一样放纵情欲，浑噩度日。主人公斯洛索普和他遇到的每一个女人发生性关系，甚至还把自己有性行为的地点绘制成图。受雇于盟军心理情报部门的巴甫洛夫专家奈德·波因兹曼一心角逐诺贝尔奖，不惜用士兵做反射实验。而盟军的一位高级将军竟然是性变态狂，以被情妇鞭打为快。品钦笔下的战争已不再有明晰的善恶之分，每个人都身不由己地卷入了混乱的旋涡。战争使人丧失理性，然而有理性的人就真的赋予世界和平和良善了吗？品钦再次提出了更加发人深省的质疑。诚然，故事是发生在战争时期，但追根溯源，品钦探寻的是西方社会制度的普遍痼疾，是人类社会发展的根本规律。世界的熵化不会因战争的结束而偃旗息鼓，宇宙的热寂也不会在和平年代销声匿迹。只要看看当今社会物欲横流、人情冷漠的可怕景象，就会明白品钦的“狼来了”绝不是杞人忧天，战争不过是人类的缩影而已。

四、理性霸权

在描绘熵化世界时，品钦再次引入了他一贯关注的主题，即“弃民”与“选民”，或说是“阴谋”与“对抗力”之间的冲突争斗。这当然不是

① 亨利·亚当斯. 民主信条的堕落［M］. 纽约：哈泼火炬书局，1949：251.

一般意义上的阶级斗争与反抗，就“阴谋”的概念而言，它代表着一种强大无形却又无处不在的力量，它渗透在社会生活的各个方面，抑制人的独创思维，压制人的自然天性，将人紧紧地禁锢在“制度”的囚笼之中，是一种莫名而又邪恶、随时可能毁灭人性的“他者”。它的代表常是政客、经济财阀乃至技术官僚，他们通过控制话语权而操纵人们的思维和行动。而与这些“选民精英”相对的，则是西方传统中所谓的“弃民”。从宗教神学角度讲，就是不被上帝拣选并被上帝所忽视的人。从当代社会阶层划分，则是那些被控制、被嘲讽、被忽视乃至被遗弃的下层“贱民”。但引人注意的是，品钦似乎对这一阶层的人群颇有偏爱，在他的几部小说中均给予深切的关注，甚至把他们当作未来的希望。品钦认为弃民们尽管处于卑微低贱的下层，但却时常能表现出非凡的能力、勇气、人性、智慧及其他美德，也许正因其受歧视、被遗弃的社会背景，“弃民们”反倒有脱俗的勇气来对抗官方的压迫与控制。品钦的洞察是犀利的，他直指美国社会的清教传统。传统清教徒认为弃民是该诅咒的，因为他们根本就不打算获得上帝的救赎。

小说中，斯洛索普的一个祖先曾写过一本《论弃民》的书，因此他也幻想，“或许有那么一阵儿，所有的樊篱都倒塌，这条路和那条路一样好，基地里所有的空间都清净、消磁，在荒墟之中会有一种和谐引我们前行，不再有选民，不再有弃民，甚至不再有他妈的国家之分……”① 与斯洛索普相比，罗杰·麦克西柯代表了两方面的对抗力：爱和可能性。他是书中最多显露独创思想和人文关怀的人物。他认为理性是任意且人工的，是压制现实的任意性与开放性的根源。而受雇于盟军的巴甫洛夫专家波因兹曼则是一个绝对的因果论者。麦克西柯蔑视一统天下的二元对立及因果论。他认为人们总以为因果论是颠扑不破、长存不朽的。但科学若要发展，就绝不能如此狭隘，如此绝对地进行预测。如果人们有勇气摒弃因果论并换个角度看问题，那么伟大的突破或许即将到来。在与杰茜卡一起参加圣诞晚祷时，他嘲讽神圣的宗教仪式。“当那年迈的国王匍匐在地，叩首送上礼物

① 托马斯·品钦. 万有引力之虹［M］. 张文宇，黄向荣译. 南京：译林出版社，2009：256.（本节以下引自该书的内容只标注页码。）

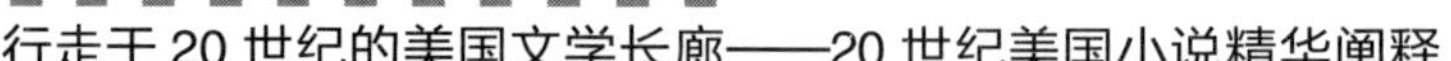

时，那神之子真的从铺满金色稻草的马槽上凝视他了吗，他们真的相互对视，传达什么信息和问候了吗？那神之子是在微笑，还是不过是气体而已？那全凭你怎么说了。”① 尽管对现实充满了冷峻的洞察和尖刻的调侃，麦克西柯仍然表现了品钦思想的精髓：对爱的信仰与依赖。

在小说中品钦就把爱当作人类抵抗熵化、抵御消亡的救赎之途。在《万有引力之虹》充斥着离奇荒诞、琐屑低俗的情节中，麦克西柯和杰茜卡的爱情故事可说是最富温情、最具人性、最有希望的部分。尽管战争充斥着流血与残杀，使人备感绝望，但在圣诞节的夜晚，他俩依然盼望会“有那么一个充满了爱与启明星的夜晚，明澈地照亮回家的路，消除一切纷争，毁掉一切土地、身体、故事的界限。只要能有一个那样的夜晚，只留下清晰明亮的归家路和那关于神之子的记忆”。然而归家的路又何其难寻，人们只能独自在黑暗中，独自找寻踩踏自己的路。也许正因如此，麦克西柯和杰茜卡的短暂爱情才显得弥足珍贵与震撼人心。与麦克西柯和杰茜卡的真诚、忘我且充满激情的爱情相比，德军火箭工程师弗兰茨·波克勒的妻离子散难团圆的经历则更多地体现了爱的深沉与悲凉。战争中波克勒的妻子和女儿被送到“再教育”营受训，后来妻子沦为柏林街头的妓女，女儿则成为邪恶的德军头目韦斯曼的人质，用以胁迫他帮助韦斯曼研制 A4 火箭。从此每年 8 月 5 日与女儿的会面便成为波克勒生活的唯一支柱与寄托。有一次他到集中营寻找妻儿，看见一位倒地垂死的妇女，便将自己的结婚戒指戴在了她的手指上，想着如果她能活下来，这戒指或许还够她买几顿饭，或者买条毯子，或者一次夜宿，或者能让她乘车回家。一贯以调侃嘲讽见长的品钦此时却以两个简单的写实主义场景令人怆然泪下。

五、结语

《万有引力之虹》中围绕在主人公斯洛索普周围的形形色色的人们无不生活在挣扎与孤独、迷惘和恐惧之中，传统战争文学作品中的那些勇于探

① p：101.

求的理想化和英雄化的人物已经不复存在，取而代之的是一群个性压抑、精神扭曲的小人物。传统追寻叙事模式中对人生终极意义的追求目标也被彻底颠覆，面对一个充满暴力、混乱无序、意义消散的战争世界，追寻的目标最终指向了混杂、飘忽不定的开放结局。通过多元的视角，品钦记录了现代战争背后人们生活的苦难、残酷和无处排解的悲哀与无奈，揭示了整个社会的疯狂与混乱，表现了对战争本质和战争后果的反思和批判。读者在《万有引力之虹》中看到的不仅是战场上的战争，也见证了一场没有硝烟的战争，即技术理性霸权与人性自由的战争。

作丨者丨介丨绍

托马斯·品钦生于纽约，美国著名作家，以写晦涩复杂的小说著称。品钦来自长岛，曾于美国海军服役两年，并在康奈尔大学获得了英语学位。于 20 世纪 50 年代末期和 60 年代早期发表了几篇短篇小说后，他开始创作他赖以成名的长篇小说：《V.》(1963)、《叫卖第 49 组》(1966)、《万有引力之虹》(1973)、《葡萄园》(1990)、《梅森和迪克逊》(1997) 和《抵抗白昼》(2006)。品钦被许多读者和批评家视作当代最优秀的作家之一。

1937 年 5 月 8 日，托马斯·品钦出生于美国纽约长岛的格伦湾，原名托马斯·鲁格斯·品钦，是老托马斯·鲁格斯·品钦和凯瑟琳·弗朗西斯·班尼特的三个孩子之一，其祖先威廉·品钦是马萨诸塞湾殖民地最初的所有者，曾领导了在斯普林菲尔德和汉普登县的殖民活动。品钦曾就读于牡蛎湾中学，在那里他获得过“年度学生”的称号，还在校报上发表过一些短篇小说。1953 年，因为跳过两个年级，16 岁的品钦中学毕业，进入康奈尔大学进修工程物理。次年，品钦离开大学去海军服役两年。后又返回大学完成英语学位。1963 年品钦出版《V.》，赢得福克纳文学奖。1973 年，发表作品《万有引力之虹》，荣获 1974 年度美国国家图书奖，但他拒绝领奖，并提名 1974 年的普利策小说奖，然而普利策协会否决了评审团的推荐，认为该小说“无法卒读”、“浮夸”、“滥用笔墨”且有些地方“伤风败俗”，结果导致该年度普利策小说奖空缺。

在托马斯·品钦的小说中，包含着当代社会丰富的信息，风格独特到了没有人可以模仿的地步，其小说主题广泛地涉及美国和人类历史、自然科学和数学、工程学、军事科学、信息学、现代物理学等不同的领域，以全新的视野和感受表达。

第五节 新现实主义的代表作——《美国牧歌》的主题分析

一、作品概述

《美国牧歌》是当代美国犹太裔小说家菲利普·罗斯最具有思想深度、最优秀的一部力作，鲜明地展现了一个意味深长的故事，同时也为他本人赢得了1998年普利策奖。

主人公西摩·莱沃夫生于20世纪20年代末，是一名犹太移民的后裔。他一心要实现自己的美国梦，做一个百分之百的美国人。他的金色头发、健壮体格和运动天赋都使他在外形和气质上与正统的美国人无异，而与犹太人有别。小说首先是一部关于成功的故事。西摩成功经营了家传事业纽瓦克女士手套工厂，娶了1949年的新泽西小姐为妻。婚后他们搬到了位于新泽西郊区旧里姆洛克的一座有着170年历史的石头房子里居住，并有了聪明可爱的女儿。西摩的美国梦就此实现了。他为此非常感恩生活。他注重外表，尊崇规范、讲究礼节，精心地保持着自己完美的牧歌形象。他谦虚、诚恳、有责任心。人人爱他，他是个完美的、体面的人。可他那叛逆的女儿却破坏了这看似完美的一切。16岁的梅丽卷入了反越战运动，用炸弹炸毁了当地的邮局，随后潜逃并与极端分子用激进手段反抗社会。五年后，西摩费尽周折终于找到了已成为自我残害的耆那教信徒的女儿，但梅丽仍然对父母和社会充满仇恨，不愿回家。最后，西摩在自责与绝望中走向死亡。这部作品展示美国梦破碎和传统分崩离析的过程。

罗斯在创作中转向新现实主义，既秉承现实主义传统，又吸纳运用现代主义和后现代主义实验小说的某些技巧，逼真地再现了几代犹太移民美国梦幻灭的过程。

二、新现实主义手法

新现实主义主要指 20 世纪 70 年代后，一部分作家在坚持现实主义基本原则的同时，又借鉴现代主义，甚至后现代主义手法的风格。他们着重反映现实生活和历史事件，其创作实践丰富了现实主义的内涵。新现实主义最大的特点就是在继承传统现实主义的基础上与后现代主义充分结合。主要体现在以下几个方面：首先是事实与虚构的结合。传统现实主义是利用纯粹的写实手法对事实进行描述，而新现实主义将事实与虚构巧妙地结合在一起，在论述历史人物事实的同时，虚构一个融入作者想象和价值观的现实世界。在作品中一方面肯定历史现实客观性，另一方面对传统文化中的一些问题提出质疑，例如罗伯特·库弗的《公众的怒火》建立在尼克松入主白宫的真实历史背景下，在其中插入虚构情节，隐晦地嘲笑和批判 20 世纪 50 年代麦卡锡主义对科学家罗森堡夫妇的迫害。其次是多种文学形式的结合。美国当代文学中的新现实主义倾向表现在其跨题材的创作手法上，将小说与诗歌、戏剧和书信充分结合，提供了一种丰富多彩的感官体验。例如，美国当代文坛著名小说家艾丽斯·沃克的作品《紫颜色》以新颖的书信体记录了女主角受尽欺凌而后又自强不息的坚强人格品质，这种独特的文学结构展现了小说的独特魅力。整部小说由 94 封信组成，在书信当中的对话融入了主人公的强烈情感，带给人身临其境之感，同时生动地向读者传达了作者想要表达的主题思想。最后是雅俗共赏的艺术风格。随着种族歧视的消除和文化同质化的发展，美国当代新现实主义小说家不再一味追求高雅艺术，而是用通俗的手法来客观描述现实社会，获得了大众的认可。随着信息化的发展，通俗文学的生存空间得到拓展，包括哥特小说、侦探小说、浪漫小说等题材被广泛接受。在通俗的基础上，美国当代现实

主义还将人类学、社会学、心理学等各领域与文学思潮结合起来，从心理角度考量大众的接受程度，使文学中的批判和赞赏表述都更加成熟准确，呈现出文学中的科学性。新现实主义这种雅俗共赏的艺术风格在当代文学中形成一股强劲的风潮，影响着美国当代文学的发展，为促进美国文学的多样化发展和创新性发展起到了奠基性的作用。

《美国牧歌》是罗斯在20世纪末推出的美国三部曲中的第一部，另外两部为《我嫁给一个共产党人》和《人性的污点》。他再次将焦点聚集到美国政治大事件上，老年的祖克曼像罗斯一样熟悉现实社会，对美国神话看得更清楚。罗斯在《美国小说创作》中写道，他试图描写和让人们相信美国现实，这种现实使人麻木、惹人生气，最终给自己枯竭的想象带来麻烦，因为现实存在继续不断地超越他们的才能①。

《美国牧歌》的创作临近20世纪末，各种实验小说此时已逐渐淡出，曾经推动文学创作的文艺理论也正被自我消解。罗斯在《美国牧歌》中细致入微地描述重大历史事件对普通人生活的影响。从该书中可以看到罗斯家庭历史和个人经历的影子。他在自传中写道，父亲做过报酬很低的工作，又经历了家庭鞋店的破产，在大萧条后的经济萎缩时获得市人寿保险公司推销员工作感到很满足。罗斯后来回忆道，他们一家在第二次世界大战中看到报纸上对欧洲大屠杀的宣传，深感自己躲在美国这个避风港里非常幸运，全家人都充满爱国热情。《美国牧歌》中利沃夫一家的遭遇极具代表性。他们像投奔新大陆的其他犹太人一样，老一辈通过艰苦奋斗，逐步发家致富，后代接受良好教育，充分享受丰富的物质财富带来的优越生活。

三、主题之美国梦的破灭

从小说的结构来看，《美国牧歌》模仿《圣经》中的《创世纪》和约翰·弥尔顿的史诗《失乐园》，可以分为三个部分，即“乐园追忆”、“堕

① 艾默里·埃利奥特. 哥伦比亚美国文学史［M］. 朱通伯等译. 成都：四川辞书出版社，1994：954.

落”和“失乐园”。小说主人公西摩是罗斯笔下美国犹太人中的“亚当”，在追寻向往已久的美国梦的过程中试图到达自己心目中的“乐园”。然而，整部小说似乎又在暗示：美国20世纪60年代恶魔般的历史现实彻底粉碎了这个国家理想化的神话。

主人公“瑞典佬”西摩是罗斯笔下致力于重建伊甸园的亚当，其父亲娄·利沃夫代表老一辈移民，努力维护犹太民族的历史文化传统。对于西摩这些第二代移民来说，其美国梦就是符合犹太人传统价值观的事业成功。西摩让自己超越宗教之间的界限，无视种族之间的隔阂，不露痕迹地融入美国主流社会，安定幸福地生活在当代的“伊甸园”中。事实上，西摩拥有实现美国梦所需要的一切天赋：棒球明星、海军陆战队教官、成功的企业家，还娶了名噪一时的美丽的新泽西小姐为妻。他身上体现了犹太文化与美国梦的完美结合，是几代移民同化的结果。然而，正当西摩几乎毫无阻力地融入美国社会之时，越南战争和国内矛盾的激化以及由此导致的美国国内长达数十年之久的动乱阻断了他实现美国梦的进程。具有强烈反叛意识的女儿梅丽在抗议越战活动中投向家乡邮局的一颗炸弹更是把西摩推向了万劫不复的深渊，彻底摧毁了一家人的美国梦，她随后的逃亡生涯也给家人带来了无穷无尽的苦难和焦虑。通过西摩的不幸遭遇罗斯深入探索了主人公美国梦破灭背后深层的文化与社会根源。

从表面来看，三代人无法逾越的“代沟”是西摩美国梦破灭的主要原因之一。父亲是个有着钢铁般意志的犹太商人，一个因循守旧、头脑固执的犹太人。父辈的美国梦就是建立庞大的皮件工厂，获得最大的经济效益，让后代有坚实的物质基础出人头地。为了实现美国梦，祖父在发家致富的道路上备尝艰辛。西摩作为利沃夫家族的长子，听话、孝敬，继承父亲的事业，顺从父亲的意愿，始终生活在父亲为他设置的一套生活理念当中。然而父子之间的矛盾却悄然产生。西摩是个非宗教主义者，父辈们强烈反对的与异教徒通婚对他来说只不过是前进道路上的障碍而已。为了实现美国梦，西摩做了两件违背父亲意愿的事情：娶信仰天主教的新泽西小姐多恩为妻以及举家搬往旧里姆洛克居住。后来，西摩对父亲的反抗报应在他女儿身上。女儿梅丽却因为后来的悲惨生活颇具反讽意味。作为在越南战

争的阴影下成长的一代人，梅丽的美国梦早已破灭。她似乎是命运在西摩身上开的玩笑。可爱的女儿长大后却肥胖、口吃、激进叛逆、行为怪异，甚至盲目崇拜。女儿梅丽与安享其乐、随遇而安、满足于美国式生活的父亲构成了一对难以调和的矛盾，最终她亲手毁了一家人的美国梦。西摩毕生都在维护秩序，避免混乱，可是他女儿本身就是混乱。罗斯在作品中流露出对脱离族群的新一代犹太人被美国主流文化同化后而失去传统根基的深切担忧。

社会政治、越南战争对美国人生活变迁的渗透性影响是阻碍西摩美国梦实现的深层原因。罗斯层层揭开笼罩在人们心头的历史迷雾，对发生在20世纪60年代的越南战争带给美国人的心灵创伤进行了浓墨重彩的描绘。焦虑困惑和无所适从是当时人们的普遍心理，梅丽这一代的孩子也陷入空前的精神混乱状态。电视上越南人自焚的画面在梅丽幼小的心灵投下了阴影。这一切促使梅丽积极地投入反越战活动，她艰难地用口吃的腔调怒吼："美国空军将越南婴儿炸成碎片，全是为了让新泽西的特权阶层过上他们的和——和——和平，安——安——安全，贪得无厌，毫无意义，吸血鬼似的小——小——小日子！"[①] 终于她把战争带回了家，将当地的邮局炸毁，一同毁灭的还有她自己和西摩完美的中产阶级生活以及三代人的美国牧歌。目睹女儿的所作所为和家庭的巨变，西摩逐渐意识到自己的渺小和无能，他这种貌似的大人物有根本性的弱点：他骨子里保留着犹太先祖们折中妥协、力图规避一切麻烦的处世哲学，最后连他自己都成了谜团。更让西摩的生活雪上加霜的是人人艳羡的"金童玉女"完美无瑕的夫妻关系也在这场灾难中变得苍白无力，不攻自破。西摩恰恰在电视上直播水门事件听证会的那一天发现了妻子多恩的背叛。多恩在家庭遭遇变故时却只身逃离，投入乡绅沃库特的怀抱，一心期望这个代表正统白人文化的"美国先生"带她回到原来的生活轨道，重温浪漫的美国梦。

罗斯在小说中将个人和家庭的不幸与国家的命运并置，在深化小说主题的同时又给人以强烈的震撼。对社会的失望和家庭发生的裂变形成内外

---

① Philip Roth. American Pastoral [M]. New York: Vintage Books, 1997: 231.

交加的打击，迫使西摩不得不重新审视自己的一生。细心的读者会发现罗斯在小说中清楚地指出：西摩的悲剧根源在于他身处在一个自己并不真正了解的国家，他对那个疯狂时代的荒谬本质缺乏清醒的认识。越战、水门事件、能源危机这一切使得 20 世纪六七十年代的美国文化哀鸿遍野，集体共享的新世界之梦也面临崩溃。这是一个理想破灭的时代，这是一个混乱无序的时代，享受着“二战”后美国经济大扩张的人们开始看到了美国衰败的迹象。西摩这一代人那爱默生式的盲目乐观已无法适应那个时代，他一直憧憬的美国梦已成为他一生中再也无法忍受和无法逃离的噩梦。西摩从少年时代便梦想成为当代伊甸园的建构者，却在越战的阴影和时代的冲击下逐步走向了精神的毁灭。

四、结语

菲利普·罗斯是一位至今还活跃在美国文坛上的重要作家，也是美国犹太文学中第三代犹太作家的重要代表，他的创作在很大程度上代表了美国严肃文学的重要成果。在艺术风格上，罗斯从一位现实主义作家转向后现代实验作家，最后又成为一位新现实主义作家。他特别擅长挖掘人们习以为常的现象，从细微处探讨民族和社会的大问题，甚至不避粗俗的描写。《美国牧歌》中罗斯以新现实主义的创作手法描写的美国牧歌让人们体味到的恰恰是一番反面乌托邦景象。这部小说不仅对美国梦实质的揭示引人深思，其中体现的新现实主义视域也为“后现代之后”美国文坛向现实主义的回归提供了成功的典范。

作者介绍

菲利普·罗斯，1933 年 3 月 19 日出生于美国新泽西州纽瓦克市的一个中产阶级犹太人家庭，1954 年毕业于宾夕法尼亚州巴克内尔大学，1955 年获芝加哥大学文学硕士学位后留校教英语，同时攻读博士学位，但在 1957 年放弃学位学习，专事写作。罗斯在 26 岁时凭借处女作《再见，哥伦布》

(*Goodbye*, *Columbus*) 获得1960年美国国家图书奖而一鸣惊人。自那以后，他在美国文坛叱咤风云了半个世纪，迄今共出版著作数十部，几乎蝉联了所有的美国文学大奖，也连续多年成为诺贝尔文学奖呼声最高的作家之一。罗斯以其高超的小说艺术以及惊人的创作力跻身世界文坛最有影响力的小说家行列，绝对称得上是“在文学创作上成就突出、具有非凡国际影响力的作家”。

2010年出版的《复仇女神》，是其“封笔之作”。罗斯说：“说实话，我写够了。”并称：“我已经将我拥有的天赋发挥到了极致。”作为一名犹太裔作家，罗斯的早期作品特别关注犹太人在现实美国社会中的生存状况以及身份危机，而罗斯在后期写作中逐渐转向了“新现实主义”，其代表作“美国三部曲”呈现了生活在1945年“二战”后美国社会政治变动下的普通人所经受的家庭动荡和个人悲剧。

罗斯是一位多产的作家，主要作品有《再见，哥伦布》(1959)、《乳房》(1972)、《夏洛克行动》(1993)、《美国牧歌》(1997)、《人性的污秽》(2000)、《凡人》(2006) 等。

参考文献

[1] Maxine Hong Kingston. The Woman Warrior：Memoirs of a Girlhood Among Ghosts [M]. New York：Afred A. Knopf，Inc.，New York，1984.

[2] Jack London. The Callofthe Wild [M]. Beijing：Foreign Language Teachingand Research Press/Oxford：Oxford University Press，1994.

[3] Tanncr Tony. The Wave of Wonder：Naivety and Reality in American Literature [M] Cambridge：Cambridge University Press，1965.

[4] Philip Roth. American Pastoral [M]. New York：Vintage Books，1997.

[5] 艾默里·埃利奥特. 哥伦比亚美国文学史 [M]. 朱通伯等译. 成都：四川辞书出版社，1994.

[6] 崔小清. 回归生命的本源——从《野性的呼唤》看杰克·伦敦的人生哲学 [J]. 西安外国语大学学报，2014，22（2）.

[7] 陶晓. 从消费主义的角度解读嘉莉妹妹的迷失 [J]. 时代文学 2015（1）.

[8] 刘佳雪. 论《野性的呼唤》多重叙事视角的运用 [J]. 绥化学院学报，2012，32（2）.

[9] 侯晓丽.《嘉莉妹妹》——二十一世纪中国社会的现实诠释 [J]. 佳木斯教育学院学报，2011（3）.

[10] 西奥多·德莱赛. 嘉莉妹妹 [M]. 王克非，张韶宁译. 南京：译林出版社，2000.

[11] 朱刚. 新编美国文学史（第二卷）[M]. 上海：上海外语教育出版社，2002.

[12] 史志康. 美国文学背景概况 [M]. 上海：上海外语教育出版

社，1998.

［13］李淑言，吴冰. 杰克·伦敦研究［M］. 桂林：漓江出版社，1988.

［14］胡亚敏. 叙事学［M］. 武汉：华中师范大学出版社，2004.

［15］申丹. 叙述学及小说文体学研究（第三版）［M］. 北京：北京大学出版社，2005.

［16］苏珊·兰瑟. 虚构的权威［M］. 黄必康译. 北京：北京大学出版社，2002.

［17］菲茨杰拉德. 了不起的盖茨比［M］. 巫宁坤等译. 上海：上海译文出版社，2002.

［18］海明威. 老人与海［M］. 吴劳译. 上海：上海译文出版社，2001.

［19］傅树斌. 心是孤独的猎人主题剖析［J］. 解放军外国语学院学报，2000（4）.

［20］麦卡勒斯·卡森. 心是孤独的猎手 M］. 陈笑黎译. 上海：上海三联书店，2005.

［21］彭艳青. 《女勇士》华裔文学中的成长小说［J］. 语文学刊，2008（5）.

［22］陈晶. 浅析汤亭亭《女勇士》中华裔美国人的文化适应模式［J］. 学术交流，2011（3）.

［23］钱满苏. 美国当代小说家论［M］. 北京：中国社会科学出版社，1987.

［24］罗伯特·彭斯. 彭斯抒情诗选［M］. 袁可嘉译. 长沙：湖南文艺出版社，1996.

［25］罗小云. 走向新现实主义的菲利普·罗斯——解读小说《美国牧歌》［J］. 英语研究，2005，3（1）.

［26］索尔·贝娄. 雨王亨德森［M］. 蓝仁哲译. 上海：上海译文出版社，2006.

［27］李宜，常耀信. 美国文学选读［M］. 天津：南开大学出版社，2000.

［28］秦小孟. 当代美国文学概述及作品选读［M］. 上海：上海译文出

版社，2001.

［29］游南醇，徐特辉. 黑色幽默特点探析［J］. 华南师范大学学报（社会科学版），2004（6）.

［30］刘雪岚. 追寻死亡与再生的彩虹——托马斯·品钦《万有引力之虹》解读［J］. 国外文学，1999（4）.

［31］王建平，郭琦. 《万有引力之虹》的隐喻结构与人文关怀［J］. 东北大学学报（社会科学版），2008，10（1）.

［32］托马斯·品钦. 万有引力之虹［M］. 张文宇，黄向荣译. 南京：译林出版社，2009.

［33］林莉. 论《美国牧歌》的多重主题［J］. 当代外国文献，2008（1）.

［34］高婷. 当代“伊甸园”的困惑——菲利普·罗斯新现实主义小说《美国牧歌》解读［J］. 山东社会科学，2010（3）.

［35］张珊珊. 论华裔美国女性主义文学研究的兴起与发展［J］. 广东技术师范学院学报（社会科学版），2013（4）.

［36］郑庆庆. 站在边缘的女勇士——对汤亭亭《女勇士》的跨文化观读解［J］. 外国语言文学，2005（1）.

［37］丁晓春. 白人文化殖民下的黑人悲剧——托尼·莫里森的《最蓝的眼睛》［J］. 外国文学研究，2013（2）.

［38］曾玲. 成长小说主题在《紫颜色》中的体现——美国非裔女性西丽的成长分析［J］. 集美大学学报（哲学社会科学版），2010（7）.

［39］田鹏. 《五号屠场》与反战争叙事［J］. 河南师范大学学报（哲学社会科学版），2004，31（2）.

［40］王琨. 美丑易位　喜中见悲——从《第二十二条军规》中解读黑色幽默［J］. 山东外语教学，2002（4）.

［41］潘源. 反叛与皈依——从《第二十二条军规》谈“黑色幽默”［J］. 上海大学学报（社会科学版），1997，4（4）.

［42］张世君. 亨德森自我探索的心路历程［J］. 西南师范学院学报，1985（3）.

[43] 钟洁. 自由伦理的个体叙事——论纳博科夫的《洛丽塔》[J]. 重庆科技学院学报（社会科学版），2016（8）.

[44] 石发林，邓彦东. 对自由和身份的探求——论拉尔夫·埃利森小说《看不见的人》中的主人公 [J]. 绵阳师范学院学报，2008，27（3）.

[45] 任洁敏. 民族的悲歌，时代的抗争——论理查德·赖特的《土生子》[J]. 文学研究，2015（5）.

[46] 曹长波. 基于弗洛姆理论对《心是孤独的猎手》孤独意识解读 [J]. 新余学院学报，2013，18（4）.

[47] 郑梅花. 梦想照不进的现实——对《人鼠之间》主题三重隐喻的解读 [J]. 湖南科技学院学报，2015，36（3）.

[48] 庄美芝. 宏大叙事中的多重代码——重访多斯·帕索斯《美国》三部曲的全景式描写 [J]. 社会科学战线，2004（4）.

[49] 黎明，江智利. 不确定性：《喧哗与骚动》中的后现代主义特征 [J]. 外国语文，2011，27（6）.

[50] 张英利，韩久全. 在无意义的世界中寻求意义——论《太阳照常升起》的存在主义主题 [J]. 河北建筑科技学院学报（社会科学版），2006，23（4）.

[51] 熊净雅. 反叛还是顺从——刘易斯《巴比特》主题剖析 [J]. 外国文学研究，2008（11）.

后　记

完成对20世纪英国小说精华阐释后，能够再接再厉完成对20世纪美国小说精华的阐释，是对自己研究兴趣的最好鼓励，也是对自己多年教学工作的另一次总结。在广泛阅读与查找资料的基础上，在认真思考与反复研读资料后，经过几个月的打磨，本书即将面世。这个漫长的写作过程是一个系统工程，非一人之力所能完成，而是需要各方面因素的协同和众人的合力。在此首先应该感谢河南财经政法大学外语学院的领导给予的大力支持，同时感谢白雅老师为我解答各种疑问和咨询，还有其他同事为本书的顺利完成所付出的努力和支持。笔者在此一并予以真诚的感谢。

在撰写本书的过程中，笔者依据个人的喜好选取了美国20世纪最有特色的小说进行阐释，比较重要的思潮、作家、作品都有所涉猎。由于视野、学识和时间的局限，在写作期间，也曾苦恼、彷徨过。幸得拜读相关著作和论文才使自己视野开阔，并进一步增补和充实了书稿内容。在此也感谢本书所借鉴的相关著作和论文的作者，这些书籍和论文已在文内和参考文献中标出。笔者对这些研究者所能带来的启示性的知识表示深深的谢意。

赵琳娅

2017年7月16日